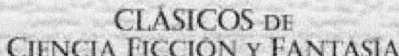

CLÁSICOS DE
CIENCIA FICCIÓN Y FANTASÍA

Don Quijote en América

o sea cuarta salida del Ingenioso HIDALGO de la MANCHA

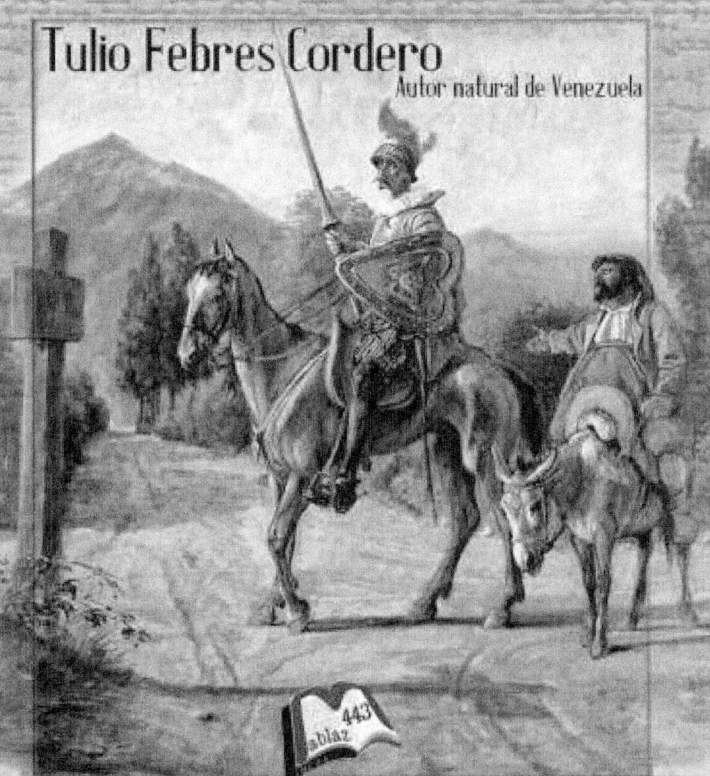

Tulio Febres Cordero

Autor natural de Venezuela

PRÓLOGO DE RICARDO MUÑOZ FAJARDO:
QUIJOTES HISPANOAMERICANOS

Ciencia Ficción y Fantasía - 168

Don Quijote en América o la cuarta salida del ingenioso Hidalgo de La Mancha
Primera Edición, enero de 2026

© Libros Mablaz, Madrid

© De esta edición, Libros Mablaz, Madrid

blogs:
Editorial Libros Mablaz
http://editoriallibrosmablazycienciaficcion.blogspot.com.es/
Ciencia ficción y fantasía en Libros Mablaz:
http://mablazlibros.blogspot.com.es/
Librería en Todocolección:
https://www.todocoleccion.net/s/catalogo?identificadorvende
dor=LibrosMablaz

Diseño de cubiertas: Mari Carmen López

ISBN: 979-13-991637-0-4
Depósito Legal: M-3546-2026

LIBROS MABLAZ - 443

Don Quijote en América, o sea, la cuarta salida
del ingenioso Hidalgo de La Mancha

Tulio Febres Cordero

La obra inmortal de Cervantes es como un río grande y majestuoso, que corre desde hace siglos, deleitando al mundo entero con la pureza y saludable virtud de sus aguas; y este Quijotillo criollo, no es sino una simple acequia de regadío, derivado de aquel amplísimo cauce, con el sólo propósito de llevar esas mismas aguas a un nuevo campo, necesitado del provechoso riego de la crítica.

Tulio Febres Cordero

Prólogo: Quijotes hispanoamericanos

Don Quijote en América, o sea, la cuarta salida del ingenioso Hidalgo de La Mancha (1905) fue escrita por Tulio Febres Cordero, un escritor venezolano de mérito, continuador de la moda de escribir continuaciones de las andanzas de don Quijote más allá de la segunda parte de la obra de Cervantes y la muerte del hidalgo, cuerdo, tras el episodio de Barcelona.

Este libro, como se refleja al principio de este prólogo, es *Don Quijote en América, o sea, la cuarta salida del ingenioso Hidalgo de La Mancha*, por lo que es de proceder en primer lugar con una semblanza de su trama.

La obra narra la cuarta salida de Don Quijote, quien, motivado por el deseo de deshacer agravios en tierras inexploradas, decide cruzar el Atlántico junto a su fiel escudero Sancho Panza. Desembarcan en Venezuela, desde donde inician sus nuevas andanzas.

La novela describe con minuciosidad los paisajes americanos, con mucho entusiasmo los andinos. El nudo del argumento se centra en las peripecias del dúo protagonista entorno a la ciudad de Sanisidro, el espejo de la Mérida venezolana, donde el caballero entabla diálogos y vive peripecias que contrastan el idealismo medieval con la realidad hispanoamericana del siglo XIX y principios del XX.

Como ya se ha dicho en parte con anterioridad, las continuaciones del Quijote, a pesar de que Cervantes lo mató en la segunda parte del original, son abundantes, tanto jugando con que la muerte del hidalgo no fue tal, la resurrección del caballero, reescribiendo alguna de sus aventuras o basándose en ellas, haciendo protagonista de la nueva entrega a uno de sus personajes, contando lo que ocurrió en su entorno tras su muerte... etcétera.

En Hispanoamérica, donde ejemplares del original Ingenioso Hidalgo llegaron poco tiempo después de su edición, no tardó en asimilarse el espíritu del Quijote, e quijotismo en costumbres, representaciones festivas y demás, aunque hubo que esperar un tiempo hasta que alguno de los literatos que creaban en su territorio se atreviera a retomar el personaje o, al menos, que se hiciera referencia a su esencia en una obra escrita.

El primer título al que nos referiremos será *La Quijotita y su prima*, de Joaquín Fernández de Lizardi (1818), que narra las vidas en contradicción de dos primas, Pomposa, a la que apodan La Quijotita y Pudenciana. La primera es una entusiasta de la lectura de novelas románticas y vive en un mundo fantástico, mientras que la otra se muestra como una persona sensata, interesada en mostrarse siempre muy educada, un contraste que dirige al lector a la verdadera intención que el autor quiere significar en la novela, el predominio de los malos modales y actitudes que vagan como un espectro real entre el género femenino, lo que lleva a la mayoría de las veces lleva a la mujer a la desgracia, que en suma es una crítica a la sociedad novohispana.

En 1895, Juan Montalvo, natural de Ecuador, escribe la que es considerada como la mejor secuela del

Quijote escrita en América. El título que le dio el autor es *Capítulos que se le olvidaron a Cervantes*. Destaca en ella el lenguaje utilizado por Montalvo, propio del ambiente quijotesco, para añadir nuevas aventuras del personaje, incluyendo a la vez críticas sociales y políticas del tiempo en que la novela fue redactada.

De Rubén Darío se puede destacar las dos menciones que hace al Quijote. Una proviene de un relato corto, titulado *D. Q.*, un poema, *Letanía de nuestro señor don Quijote* (1905), situado en el contexto de la guerra hispano-estadounidense, en la que una tropa española no desea rendirse a los americanos, hasta que reciben la notificación de que la conflagración ha terminado con derrota de los suyos y han de entregar las armas. El abanderado de la hueste es un hombre al que solo se le conoce como D. Q., dando así una interpretación propia del personaje cervantino, que ante la noticia de la rendición se acaba arrojando al vacío.

Kenneth Graham, seudónimo de Juan Manuel Polar Vargas, peruano, escribe *Don Quijote en Yanquilandia* (1920-1921, publicada en España en 1925), cuya acción traslada al caballero de la triste figura y a su escudero a Estados Unidos, donde el autor cree que solo existe el materialismo, que busca contrarrestar con el idealismo quijotesco. Destaca mucho de la lectura de este libro la utilización de un lenguaje castizo.

Carlos Gagini, autor del que la editorial Libros Mablaz ha publicado una novela corta, *La caída del águila*, escribe un cuento que titula *Don Quijote se va*

(1938), donde muestra al protagonista tal como es, idealista y romántico, que se desilusiona del mundo que ve en ese momento, inmersa como está en uno de los instantes de capitalismo salvaje en el que el sistema se ve inmerso de forma periódica.

Jorge Luis Borges, el genio argentino, cuenta con un relato que se llamó *Pierre Menard, autor del Quijote* (1939), una idea de diferente matiz a lo que es el universo del personaje. Un autor decide reescribir el Quijote copiando palabra por palabra al original, lo que supone que el libro que está redactando es igual al de Cervantes, que el momento que se está escribiendo, más de tres siglos después de la edición primera, tiene un significado totalmente nuevo.

También argentinos son Pedro Manuel Eguía y Fernando Vargas Caba, que realizan *Don Quijote en la Pampa* (1948), que traslada las andanzas del ingenioso hidalgo desde el entorno rural manchego al pampeño. El libro está escrito utilizando versos gauchescos.

Paraguayo es Augusto Roa Bastos, que en su novela *Yo, el Supremo* (1974), en que el autor imaginó un doble de don Quijote, que escribió con modos cervantinos una trama que propone llegar al poder absoluto.

Pedro Gómez Valderrama, natural de Colombia, publica *En un lugar de las Indias* (1983), ambientada en el siglo XVII, como la obra original, pero en un escenario muy diferente, Nueva Granada —hasta el siglo XVIII no se constituyó como virreinato, que abarcaba los actuales países de Colombia, Venezuela, Ecuador, Panamá y el lugar de la Guayana Esequiba, en Guyana, territorio reclamado por Venezuela—, que busca resituar en otro contexto, como es la vida en la colonia entrelazándolo con la figura de Cervantes.

TULIO FEBRES CORDERO

D. QUIJOTE ·:·

·:· EN AMERICA

O SEA LA CUARTA SALIDA DEL INGENIOSO

HIDALGO DE LA MANCHA

MERIDA—VENEZUELA

TIPOGRAFIA DE "EL LAPIZ"

1905

CAPÍTULO I
Del gran susto y la extraña aparición que tuvo un pastorcillo de los campos de Montiel

Vagaba un pastorcillo con su rebaño por los celebrados campos de Montiel en la vieja España, y no caminaba ciertamente por fáciles senderos ni por risueños prados, sino por dondequiera que saltaban gozosos los más inquietos cabritillos, ora trepándose a las peñas, ora metiéndose por las malezas o sepultándose en el fondo de los barrancos, alternativas que no cambiaban el buen humor del muchacho, por ser cosa propia del oficio y porque mostraba en su semblante ser de condición apacible y estar ya habituado a los trabajos de su profesión pastoril.

De pronto el pastorcillo detuvo el paso y se quedó en suspenso, porque oyó voces sordas y confusas que salían de la tierra. ¿Quién podría darlas en aquel paraje solitario? Esta natural pregunta que el muchacho se hizo para sí, no tuvo más respuesta que un ¡Dios me ampare! lleno de tribulación y de espanto, que él mismo dio al viento, retrocediendo instintivamente varios pasos. Las voces eran cada vez más fuertes y tenebrosas, y lo que mayor miedo causaba al pastor era que salían del interior de la tierra por entre unas piedras y malezas, donde a la sazón brincaban las cabras de una parte a otra, espantadas a su vez de aquellos gritos subterráneos, que ya no eran sordos ni confusos como al principio, sino voces que claramente pedían auxilio. Cobró ánimo el muchacho, que era muy buen cristiano, y encomendándose a toda la corte celestial, se allegó un poco al montecillo que encerraba el misterio, llevando cogida con ambas manos la cruz del rosario y preguntando con temblorosa voz:

—¿De parte de Dios, decid qué queréis?

Diciendo esto, se quedó clavado en el sitio, esperando oír una contestación del otro mundo, porque creía habérselas con alguna ánima en pena, respuesta que no tardó en recibir, sin saber a punto fijo de dónde partía, pues sus ojos solamente veían las piedras y la maleza. Una voz fuerte y ahuecada le respondió en un tono más propio de requerimiento que de súplica:

—Quienquiera que seáis, hombre o mujer, pastor o viandante, seglar o eclesiástico, allegaos aquí por la abertura que dejan estas piedras, que tengo de pediros una gran merced.

Por mucho esfuerzo que el pastor hizo para allegarse, no se lo permitió al momento el gran temblor de sus piernas, de suerte que dio tiempo a que tornase la cavernosa voz a requerirle por segunda y tercera vez. Así como el pastor pudo al cabo vencer el miedo, que es por cierto mayor valentía que ejercitar el valor mismo, se allegó más a las consabidas piedras, rompiendo en parte la tupida maleza que las arropaba, repitiendo con apagada voz lo que antes había dicho.

—Gracias os doy, caritativo cristiano, porque venís a ayudarme en la necesidad que padezco. Buen rato hace que trabajo por apartar las piedras que cierran la entrada de esta caverna. Meted, pues, un palo por esta abertura y haced fuerza para descubrir la boca de ella, que aunque vos no me veáis de fuera, yo os distingo de adentro tal cual sois, pastor amigo, a quien Dios se ha servido mandar por estos sitios como ángel salvador, que me saque de esta misteriosa cueva a la luz del mundo, y me ponga en el camino y ejercicio de las altas empresas para que estoy destinado, según el vaticinio y pensamientos del gran profeta Merlín, sabio entre los sabios, gloria y orgullo de los pasados siglos, y clarísima antorcha de los venideros.

En los cuentos y relaciones que el pastor había oído

hasta allí no se decía de ninguna alma en pena que hablase tan largo ni en términos tan extraños, sino que lisa y llanamente pedían lo que necesitaban, bien fuera un sufragio o el perdón de alguna deuda u ofensa, que las librase de las penas del purgatorio, por lo que entendió el pastor que se trataba de un vivo y no de un muerto, y con este caldo de sustancia, acreció su valor y diose traza al instante de cortar una rama fuerte, aderezar una palanca y apartar la piedra principal que cerraba la boca de la cueva, a tiempo que el cautivo o quienquiera que fuese proseguía en su discurso, ininteligible por completo para el rústico muchacho, cuyos oídos no estaban hechos ni acostumbrados a oír de ordinario sino las pláticas de los cabreros, y en raras ocasiones, las del cura de la parroquia, aunque respecto de estas, tampoco podría afirmarse que las entendiese sin ayuda de vecino.

Es el caso, y así lo refiere el autor de esta noticia, no muy vieja, puesto que de ello no hace muchos años, que la boca o entrada de la caverna quedó libre, y por ella se asomó la cara más larga y flaca que ojos humanos hayan visto, sobre la cual resaltaban unos bigotes no menos largos y alesnados, una barba que por luenga y delgada parecía un limpiapeines de cerda o de fique, y unos ojos redondos y grandísimos a punto de salirse de sus órbitas.

El pastor lanzó un gran grito de espanto, y con la rapidez de un ciervo de monte dio la espalda y salió de carrera, dejando en el campo de la aventura el cayado, el morral y el sombrero, sin dar oídos a las voces que el aparecido le daba desde la boca de la cueva.

—¡Non fuyáis, pastor timorato! Non fuyáis, mi libertador y guía, que ningún mal recibiréis en vuestra persona y bienes, sino más bien el premio de vuestra generosa y noble acción. Volveos acá, que tengo dineros para pagaros, tantos que en muchos años no ganaríais de salario los que ahora mismo podéis recibir de mi mano.

El muchacho, de quien no hemos dicho la edad, la cual sería de catorce a quince años, temeroso de que le siguiese aquel fantasma, dejó el camino que llevaba y se metió por entre unos árboles, sin que el terror de que estaba poseído le hiciese olvidar las prendas que dejaba ni la suerte de su desbandado rebaño. Un tanto recobrado en este escondite, se puso a oír con atención las voces que de la caverna partían, entre las cuales oyó la oferta del dinero, que es remedio de toda pena, incentivo de toda esperanza y resorte principal en todo negocio humano. Fuese, pues, caminando con muchos rodeos hasta ponerse encima de la peña, bajo la cual se abría la boca de la cueva, y desde este paraje, sólo de las cabras transitado, le dijo al aparecido que pronto estaba para servirle y que le dijese qué otra cosa necesitaba.

—De vos quiero que completéis la obra empezada, pastor afortunado, yendo a cualquiera ciudad vecina a comprarme las ropas que necesito para salir de aquí, puesto que no me obstruye ahora la salida la gran piedra que habéis removido, sino la vergüenza de mi desnudez, que es tan completa como la de nuestro padre Adán. Aquí tenéis dineros bastantes para ello y para holgares vos mismo en el campo y la ciudad como gustéis, porque es mi voluntad que cuanto os reste y sobre de la compra de mis vestidos, lo toméis para vos en recuerdo de mi agradecimiento.

Ante razones tan claras y terminantes, descendió el pastor con las precauciones que le sugirió su no acabado miedo; y es fama entre los cabreros de los campos de Montiel que, como viese primero el muchacho la mano descarnada del aparecido y en ella el puñado de moneda de oro, que acreditaban su ofrecimiento, cuando descendió más y se puso frente a frente de él, no le pareció ya tan feo y espantable su rostro, ni tan cavernosas sus palabras, y que a vuelta de poco entró en amigable coloquio con él, y ajustaron los términos y condiciones de la compra de las ropas y otros menesteres, para lo cual recibió el dinero ofrecido en oro de muy buenos quilates.

En el tiempo que se tomó el muchacho para la ida y vuelta, el aparecido, a medio cubrir con una manta y otras ropillas que aquel le procuró, quedó encargado de cuidar la manada, y en posesión de una rústica y desmantelada choza a donde lo condujo su libertador; la cual no estaba hecha para dormir en ella, sino para que sirviese de refugio en un caso extremo, pero vino a ser de gran socorro y comodidad para el misterioso huésped, sujeto principal de esta historia que ahora no más va en los comienzos.

CAPÍTULO II
Donde el autor da un salto hacia atrás de trescientos años, poco más o menos

Con poco esfuerzo de la memoria debes de recordar, lector, que en la agonía y muerte del insigne hidalgo D. Quijote de la Mancha se hallaron presentes el cura, la sobrina y el fiel escudero Sancho Panza; que la enfermedad que lo postró en la cama fue una calentura, que en vez de calentar enfrió para siempre, como entonces se creyó, el aporreado cuerpo del valiente manchego, que asombró al mundo con sus hechos, siendo en todo tiempo, lugar y ocasión, socorro de necesitados, amparo de viudas, escudo de doncellas, reparo de entuertos y espanto de malhechores. Asimismo recordarás cómo el ingenioso hidalgo, durante su enfermedad, durmió de un solo tirón seis horas largas y despertó sano de juicio, abominando los libros de caballerías y todos sus grandísimos disparates; que después de esto se confesó, comulgó, recibió la santa extremaunción e hizo testamento; y que en los tres días que precedieron a su cristiana muerte, entró en un delirio que daba lástima verlo. Pero en llegando al caso extremo de su fallecimiento, y a las lágrimas de los circunstantes, alza la pluma el discreto Cervantes y no dice más nada, de suerte que la posteridad ignora los sucesos siguientes, y el lugar a donde fue a parar el cuerpo de D. Quijote, no menos que el fin de Sancho Panza.

Todas estas cosas y otras más que adelante se dirán, las dejó escritas Cide Hamete en un apéndice a sus memorias, que no llegó en tiempo oportuno a manos de Cervantes, porque fue hallado después de publicada la segunda y última parte de su libro.

Por el texto de este apéndice se sabe que a la nueva de la muerte de D. Quijote, acudió mucha gente de los contornos para asistir a su enterramiento, el cual se hizo con gran pompa y séquito de muchos hidalgos y personas de toda clase. En el cementerio se quitaron los ropones a la caja mortuoria y se abrió esta por última vez, de orden del cura, para que todos se cerciorasen de que estaba muerto y bien muerto, como antes había sido declarado por el escribano público, a fin de prevenir en lo futuro plagios o suplantaciones. ¡Vana precaución! Hallábase entre los presentes un doncel desconocido que procedía de África, según se supo, el cual era de noble y gallardo continente y vestía ropas muy finas y elegantes, por lo que mostraba a las claras ser persona de buen linaje, rica y de esmerada educación. No bien hubo visto el rostro cadavérico del famoso caballero, cuando dijo en alta voz para que todos lo oyesen: —Tengo para mí, señores, que D. Quijote no está muerto sino privado del sentido, y que no es razón enterrarle sin que antes se compruebe y ratifique su muerte por señales más evidentes, no sea que el mundo os haga cargo por la precipitación con que vais a meterle en la sepultura, si por uno de tantos desgraciados errores, resultare que al exhumar sus huesos para trasladarlos a alguna basílica o mausoleo, se notase que no estaban en la posición y compostura que debían tener, sino encogidos y trastornados por las horribles contorsiones que habría de hacer si volviese en sí después de enterrado.

Viva impresión causó en los oyentes el discurso del joven, por ser en realidad cosa muy terrible y de innegable posibilidad enterrar por muerto al que está vivo. Al punto se representaron en la imaginación de cada cual las ocultas y desesperantes contorsiones de tan atroz suplicio, menos en Sancho, apocado y miedoso como el que más, pero más sensible que ningún otro cuando se le tocaba por el lado de su personal provecho, de suerte que no pudo contener en su ánimo otro muy distinto temor, cual fue el considerar que resucitase su amo y de hecho quedase malograda la manda que le había dejado en el testamento.

—De mi parte —dijo Sancho— creo y lo afirmo por cierto y verdadero que este difunto no tiene ni medio pelo de vida. Yo que con él viví y con él anduve largo tiempo, acompañándole y sirviéndole en todas las ocasiones de a pie y de a caballo, así en la guerra como en la paz, y tanto en el estado de salud como en los trances desastrados, cuando fue molido y aplastado, más que el trigo entre las piedras, por los enemigos y envidiosos de su fama, hasta dejarle muchas veces por muerto en la mitad del campo; yo, señor desconocido, como quiera que os llaméis, digo y juro que mi amo y señor D. Quijote está muerto y bien muerto desde la coronilla hasta los pies, y que no se moverá ya más sino cuando el Padre Eterno nos llame a todos al juicio final.

—Ni por el lugar en que nos hallamos, ni por el decoro y respeto de las personas aquí reunidas es propio que os replique, amigo Sancho, en los términos que debiera. Por sí o por no, señores, lo más cuerdo sería que el enterramiento se aplazase para mañana, y que esta noche se velase aquí mismo el cuerpo de D. Quijote, para lo cual yo me ofrezco a hacerlo con los demás que quieran acompañarme.

El médico y el escribano, picados en el honor de su oficio, no recibieron tampoco muy bien la duda sobre la muerte de D. Quijote, muerte que habían certificado en documento público. Estas disidencias alborotaron la comitiva y la dividieron en opiniones, pero prevaleció al cabo la idea del joven, puesto que absolutamente nada se perdía con el aplazamiento. Allí mismo quedó convenido el modo en que debía de hacerse la vela, y se eligieron las personas que debían asistir en el cementerio aquella noche, que fueron, a más del desconocido, tres o cuatro vecinos, servidores muy leales de la casa de D. Quijote, que sinceramente lloraban su muerte.

A la hora de elegirlos, el cura buscó a Sancho, que por su oficio de escudero estaba más obligado que cualquiera otro a servir y acompañar a D. Quijote hasta el último momento, pero el bueno de Sancho, viendo el estado del asunto, y adelantándose en pensar para sus adentros lo mismo que pensó el cura, se apartó de la comitiva y se volvió a la casa mortuoria, so pretexto de avisar a la sobrina de su amo lo que pasaba en el cementerio con el cuerpo del tío, de lo cual se alegró en el alma la cristiana doncella, y con lágrimas en los ojos rogó a Dios que tal sospecha de vida tomase cuerpo de verdad, a pesar de su condición de universal heredera del ingenioso hidalgo, con lo cual probó candorosamente a los ojos de Sancho que en la balanza del verdadero cariño no tienen jamás cabida el interés ni la codicia.

Al toque de oraciones, acudieron al cementerio el desconocido y los vecinos que debían hacer la vela. Eran estos unos sencillos labradores, en quienes toma mayor fuerza el miedo natural que infunden los muertos, y con doble motivo en la propia mansión de ellos, lugar solitario y fúnebre que no se visita de ordinario sino a la clara luz del día. Al verse, pues, solos y de noche, metidos entre los muertos y con un cadáver a la vista, sintieron que les corría por todo el cuerpo el escalofrío del miedo, a tiempo que el gallardo doncel mostraba, por el contrario, una serenidad y valor de todo punto admirables.

La puerta del cementerio quedaba cerca del atrio del templo, lo que aprovechó el desconocido para decir a sus compañeros, ya tarde de la noche, que bien podían salir a dicho atrio a comer y beber lo que llevasen prevenido, porque no era el recinto del cementerio lugar muy apropiado para estimular el apetito ni holgarse con entera libertad en la satisfacción del estómago, invitación que aceptaron con tanto mayor gusto cuanto sin ella pensaban salirse con el mismo pretexto, por lo que les vino la sopa a la miel; y tomando una de las linternas que tenían encendidas se fueron para el atrio con los bastimentos de boca necesarios. No quiso seguirlos el joven, quien les dijo que él solo haría la vela mientras ellos cenaban, valentía de ánimo que sorprendió no poco a los cándidos vecinos.

Si en vida y salud era D. Quijote, como es sabido, enjuto y apergaminado fuera de toda ponderación, muy digno del nombre con que él mismo quiso bautizarse, apellidándose Caballero de la Triste Figura, ¿qué tal no estaría después de su enfermedad, amortajado dentro del ataúd? La nariz afilada como un cuchillo, los ojos cavernosos, los carrillos profundamente chupados, la cara, en fin, desde la raíz del pelo hasta la punta de la barba, desencajada y larguísima, de media legua de andadura, como la calificó Cervantes.

Con razón, pues, estaban sobrecogidos y aterrorizados los pobres labriegos, que jamás en sus años de vida habían pasado noche más ingrata, en fuerza del puntillo de honor, que no por otra causa aceptaron el oficio de veladores en presencia de la mucha gente que había en las exequias.

A la mitad de la cena irían, agrupados y silenciosos sobre las frías baldosas del atrio, en torno de la linterna, cuando vieron que por la puerta del cementerio, que les quedaba a media cuadra de distancia, salía una extraña claridad que rompía las tinieblas por aquella parte, y seguidamente vieron salir cuatro figuras de penitentes, con ropones blancos que les caían hasta el suelo y con gruesos cirios encendidos en las manos. En medio de ellos iba un caballero armado, en quien reconocieron al punto a D. Quijote sobre Rocinante. Caminaba pausadamente y en sepulcral silencio entre los cuatro fantasmas que lo escoltaban, dos adelante y dos atrás; y en este orden fueron alejándose hasta desaparecer por una de las salidas del pueblo, y quedar otra vez todo envuelto en la más completa oscuridad.

No es para dicho el terror que sobrevino a los labriegos con tal aparición, al grado de que no pudieron tragar el bocado que cada cual tenía entre los carrillos. Por largo rato se estuvieron en silencio, apretados unos contra otros, sin saber qué decir ni mucho menos qué hacer en caso tan medroso y extraordinario. Lo más acertado era volverse al cementerio y averiguar con el desconocido lo que hubiera visto y lo que pensase hacer, pero el miedo y la locura se dan la mano en los desaciertos. Antes que moverse un palmo de donde estaban, esperaron a que el valiente joven viniese a llamarlos, convencidos de que aquello era la prueba más evidente de que D. Quijote era alma del purgatorio, que ya empezaba a desandar en compañía de otras almas necesitadas.

En esta creencia, fue de parecer el más viejo que rezasen un rosario y otras oraciones por el alivio y descanso del celebérrimo hidalgo, piadosa ocupación en que dejaron correr las horas hasta la madrugada, en la cual, viendo que no salía el joven, tomaron la resolución de asomarse a la puerta del cementerio, como lo hicieron, temblando como unos azogados, para llamarlo desde allí por si se hubiere quedado dormido. Diéronle recias y repetidas voces, y no contestó; miraron hacia adentro, y todo estaba en tinieblas, con lo que acreció su espanto de tal modo que optaron por irse sin más espera a la casa del sepulturero, que no distaba mucho, a informarle de lo ocurrido con todos sus pelos y señales.

El sepulturero los oyó con gran sorpresa y salió para la casa del cura a noticiarlo de tamaña novedad. El cura quedó no menos sorprendido, y salió también a la calle en busca del Br. Sansón Carrasco, y de paso tocó con el alcalde y el escribano; y todos juntos caminaron hacia el cementerio, a donde llegaron cuando ya clareaba el alba. Del desconocido no había rastro alguno, y de D. Quijote, sólo quedaban la urna vacía y los candeleros donde habían estado los cirios. Se mandó en el acto a la casa del hidalgo a averiguar lo que supiesen, y de esta averiguación se puso en limpio que Rocinante y los arneses de D. Quijote, también habían desaparecido.

Sorpresa, confusión y miedo, todo ello produjo en el lugar la divulgación del suceso, que dio rienda suelta a los comentarios, los cuales vienen a ser tanto más contradictorios y fuera de quicio cuanto mayor es la oscuridad del hecho que los motiva. Los más ligeros de imaginación llegaron a suponer que el joven desconocido fuese el diablo en persona, o algún sabio encantador de los muchos que había invocado D. Quijote durante el singular proceso de su caballería andante.

CAPÍTULO III

En que se dice el lugar a donde fueron a parar los cuerpos de D. Quijote y Sancho

No se habían sosegado los ánimos por lo ocurrido en el cementerio, cuando vino a inquietarlos más la nueva de que Sancho había tomado las de Villadiego aquella misma noche, y que su mujer Teresa andaba de casa en casa, buscándolo por todas partes, con la pena y angustia que deben imaginarse.

La infeliz mujer echaba a todos el cuento de la salida de Sancho a deshoras de la noche, sin decirle con quién ni para dónde iba con tanta precipitación, ni despedirse de ella y sus hijos; pero lo que la pobre mujer no pudo saber con tanto ahínco, ahora lo sabrá el lector sin mayor esfuerzo.

Las diez de la noche serían, cuando llamaron con repetidos golpes en la casa de Sancho, quien creyó de las primeras que iban a avisarle que su amo D. Quijote había resucitado, y se confirmó más en ello cuando al asomarse con todas las precauciones del caso, distinguió entre las sombras de la noche la figura del desconocido del cementerio, el cual lo saludó con mucha cortesanía, diciéndole en voz baja, para que dentro no lo oyesen.

—Amigo Sancho, ¿podríais imaginaros qué hace a estas horas vuestro amo D. Quijote?

—Pues qué ha de hacer, sino mantenerse tieso que tieso en el fondo del ataúd, salvo que haya resultado cierto lo que vos sospechabais de que estuviese privado del sentido y no muerto.

—Tan cierto y feliz ha sido el resultado, que ya D. Quijote está no solamente en pie sino caballero en Rocinante, y en camino de la postrera y jamás soñada aventura de las muchas que ilustran su historia.

—¡Por Cristo nuestro Señor! —exclamó Sancho,

haciendo la señal de la cruz— ¿y cómo tan débil y aniquilado ha podido salir de viaje, sin que se lo impidan la sobrina, el cura y sus amigos? No diré que mentís, señor desconocido, sino que queréis divertiros con mi credulidad, y vengaros de la respuesta que os di en el cementerio.

—Ni lo uno ni lo otro, Sancho, y en vuestro interés está dar crédito o no a lo que os digo, y obedecer o no las órdenes de vuestro amo, de quien soy emisario para deciros que lo sigáis ahora mismo, sin previo aviso ni consulta de nadie, no sea que por miedo o torpeza de vuestra parte venga a quedar frustrada a los principios la mayor empresa de su vida, como él la califica desde ahora. Y para que no creáis que es mero ruido de palabras ni vana quimera la importancia de la aventura que acomete, ni la riqueza y honra que de ella espera, os adelanta esta bolsa de dinero, como señal anticipada del cuantioso premio que os cabrá en parte por vuestros servicios.

A la luz de una linterna que el desconocido llevaba debajo de la capa Sancho quedó deslumbrado a la vista del oro que contenía la bolsa, y como no hay cerradura si es de oro la ganzúa, se disiparon por encanto sus temores y se sometió a la voluntad del desconocido, quien le ordenó que al instante lo siguiese para dar alcance a D. Quijote, y continuar todos por el camino que llevaba, tal así como estaba, sin detenerse en aderezar el pollino ni las alforjas, porque de todo iban pertrechados y abastecidos.

Quiso Sancho, por un movimiento instintivo, entrar a despedirse de los suyos, pero no se lo consintió el emisario, sino que prontamente lo obligó a alejarse hasta las afueras del lugar, donde hallaron un criado con dos mulas ensilladas, en que montaron el desconocido en una, y Sancho y el criado en la otra.

A poco andar, el joven dio orden al criado para que sacase de las alforjas dos botas de vino añejo, una de las cuales mandó dar a Sancho, para que la llevase consigo y la catase a su antojo cuantas veces quisiese, y de la otra bebió él y la pasó en seguida al criado para que hiciese lo mismo. Sancho, que a pesar de los dineros recibidos y la fortuna prometida, no iba muy tranquilo en sus adentros, por el misterio con que se desenvolvía aquella aventura, empezando por la resurrección de D. Quijote, cobró ánimo con el pri mer saludo que hizo a la bota, tan largo y concienzudo, que el desconocido no pudo menos que decirle jocosamente:

—Una de dos, Sancho, o tenéis muy estrecho el tragadero, o el pico de la bota debe de estar obstruido.

—A deciros verdad, señor mío, ambos conductos están amplios y expeditos, y por ellos ha corrido lo necesario para aplacar la sed que traía y celebrar la fausta noticia de que mi amo está vivo y en ejercicio otra vez de su empecinada carrera con buen viento y mejores halagos, porque ya es justo que tope comodidades y tesoros en vez de tantas hambres y palos como ha padecido, no sólo en su pellejo sino en el de este su fiel escudero, que no hay para qué recordar de mi parte, después de saldadas las cuentas con mano larga, como lo ha hecho, por lo pasado y lo futuro.

—Cuanto a comodidades, no sé qué deciros, Sancho, de las que os guarde el tiempo, ahora, cuanto a tesoros, son inmensos los que guarda la tierra a donde pasará D. Quijote a ejercitar su sabiduría y preclaro ingenio, tan inmensos que hay trojes de perlas finas como aquí de trigo, y el oro es tan abundante que hasta las herraduras de los caballos se trabajan del precioso metal; y cualquier pelagatos come y bebe en vajillas de oro o plata, como cosa usual y corriente, de donde le ha venido a aquella tierra, que es la más nueva y rara del mundo, el nombre propísimo de El Dorado.

—Quien pregunta no yerra, y a Roma va; así, quiero que me digáis si dista mucho esa maravillosa tierra de estos lugares, y cuál es el camino y entrada de ella, porque yo, que conozco bien a mi amo y señor D. Quijote, y lo olvidadizo que es en negocios que no sean de su honor y fama de caballero andante, barrunto desde ahora que habrá de entretenerse solamente en oír cuentos de dueñas doloridas, desfacer agravios y matar gigantes, sin parar mientes en cosas de mayor sustento; y por ello quisiera yo ir apercibido con una buena partida de mulas, en qué cargar y traer el oro y las perlas que hallemos a la mano.

—Muy plausible es vuestra previsión, y me duele no poderos informar menudamente sobre los rumbos y calidades de la consabida tierra, porque su misma riqueza tiene cegados a los que han ido a explotarla; y en materia de papeles no vienen de allá sino pleitos y enredos, en vez de mapas y geo grafías, por ser más fácil y ventajoso imitar a los Crasos y Pompeyos que a los Plinios y Marcopolos. De suerte que en estos reinos sólo sabemos que es tierra de mucho oro y de gente salvaje, que pelea con flechas y se adorna de plumas, por lo cual yo os aconsejo, Sancho, que a más de la prevención de las mulas, que es muy racional, deberíais también preveniros de baúles enchapados de hierro con buenas cerraduras, porque como aquellas gentes andan desnudas y no tienen ropas ni menesteres qué guardar, claro es que no usan baúles, y os veríais en calzas prietas para poner en seguro y trasportar el oro y las perlas.

—Pues no echo en saco roto lo que me decís, y tal haré al paso por la primera villa o ciudad donde lleguemos, desde la cual me parece bien que escriba a mi mujer una carta, previniéndola de la caudalosa dote que puede llevar mi hija Marisancha, no sea que por ignorancia de lo que sucede caiga en la simpleza de consentir que cualquier mozalbete se le arrime con palabras de matrimonio, porque tiempo vendrá en que yo mismo elija mi yerno, guardando las conveniencias de principalía y nobleza que con buena dote se alcanzan.

Diciendo esto, Sancho vació la bota, y entró en un estado de quietud y silencio, que en breve pasó al de profundo sueño, lo que al parecer no sorprendió en lo más mínimo al joven emisario ni al criado que iba en las ancas de la mula sobre la cual cabalgaba Sancho. Apuraron el paso de las bestias cuanto podía permitirlo la oscuridad de la noche, y pronto dieron alcance a D. Quijote, que iba sobre Rocinante, lo mismo que lo vimos salir del cementerio, pero en vez de los penitentes y los cirios, iban con él dos robustos mozos, caballeros en sendas mulas y armados de palos, que por uno y otro lado caían sobre las ancas de Rocinante. A decir verdad, este trotaba con algún aliento, debido al socorro de pastos y descanso de silla que tuvo en la heredad de D. Quijote.

No se dice en el apéndice el tiempo que invirtieron en el viaje, ni si les pasó otra cosa digna de relato, hasta llegar al fin y remate de la jornada, que fue la misteriosa cueva del gran Montesinos, donde se apearon al punto el desconocido y los criados que le servían; sacaron una soga que llevaban prevenida, y con ella descolgaron primero a D. Quijote, que aún estaba privado del sentido, dejándole bajar poco a poco, para que no cayese de golpe, hasta dar con él no se sabe si en el tercero, quinto o sétimo pozo de la profundísima cueva. Luego practicaron la misma cosa con Sancho, quien por lo más redondo y pesado, descendió con mayor ligereza.

—¡Bendito sea Alá por tres veces! —dijo entonces con gran satisfacción el gallardo doncel— porque cumplidos están los secretos designios del sabio encantador Merlín, comunicados a mi padre Cide Hamete Benengeli, de que reposéis y durmáis en esta oculta morada, oh, ilustre manchego, acompañado de vuestro adicto escudero, hasta que suene la hora de vuestro reaparecimiento en el mundo, para continuar en el otro hemisferio la obra iniciada en este, cambiadas las armas y la divisa, en provecho y gloria de aquellas nuevas naciones, que verán comparecer ante ellas al Caballero andante de la Triste Figura transfigurado en el Caballero cosmopolita de la Libertad y del progreso.

Aquí iba el garboso joven en su final apóstrofe a D. Quijote, cuando lo interrumpió un fuerte y prolongado relincho de Rocinante, que hizo decir a uno de los criados:

—También el rocín le endilga al amo su postrer adiós. Lástima que su merced no hubiera permitido a Sancho venir en su pollino, porque entonces habríamos tenido aquí un lastimero dúo de relinchos y rebuznos.

Celebró el doncel el chiste del criado, y diole orden, como a los demás, de tornar en seguida, rabiatando el rocín a una de las mulas, porque con esta prenda debía acreditar a los ojos de su padre Cide Hamete estar cumplido su delicado y peligroso encargo, según y cómo se lo había cometido; pero antes hizo que los mozos sellasen aquella boca de la caverna con las piedras más grandes que en torno se toparon, a fin de que quedase más oculto y defendido tan misterioso palacio.

Variando el camino que habían llevado, y caminando más de noche que de día, llegaron a la costa y se hicieron a la vela para el África, donde el árabe Cide Hamete estaba ansioso de su regreso, por lo mucho que le importaba tener en seguro a los principales personajes de su historia. La silla y arneses de Rocinante fueron enviados dentro de una arca forrada en terciopelo y claveteada de oro, a la gran mezquita de Constantinopla; y el espejo de las cabalgaduras, el paciente y flaco rocín, el tiempo que vivió lejos de su patria, que no fue mayor cosa, estuvo en el palacio morisco de Cide Hamete asistido y regalado como el caballo-cónsul del emperador Calígula; y después de muerto, fue embalsamado y puesto en un mausoleo de pórfido y jaspe, en el cual se grabaron de relieve los principales hechos de su asendereada vida, entre ellos la descomunal embestida a los molinos de viento y la paliza que le dieron los yangüeses, con lo cual acaba el apéndice escrito por el mismo Cide Hamete, y pasamos nosotros a otro capítulo, un tanto fatigados del gran salto de tres siglos, dado hacia atrás en obsequio de la mayor claridad de esta historia.

CAPÍTULO IV

De los primeros coloquios que pasaron entre D. Quijote y Sancho cuando salieron de la cueva de Montesinos

Dejamos al pastorcillo de Montiel en camino, y al aparecido cuidándole el rebaño y dueño de la choza, personaje que a tiro de ballesta habrá reconocido el lector, lo cual nos excusa decirle formalmente quién pueda ser y la causa de hallarse en tan lastimoso estado. En alejándose el muchacho un buen trecho, o mejor, cuando ya se perdió de vista, volviose D. Quijote rápidamente a la cueva de donde había salido, y asomándose por ella, gritó con toda la fuerza de sus pulmones.

—Sancho!... ¡Sancho amigo!... ya puedes salir sin cuidado.

—Recuerde vuesa merced que estoy en cueros, y que así no saldré ni a palos.

—Ten listas las manos, que voy a echarte un trapillo con que te cubras, mientras nos llega la ropa que he mandado comprar. Sube sin miedo, que por esta abertura entra ya luz suficiente para que pises en firme.

Y D. Quijote echó, en efecto, por la boca de la cueva, un pedazo de trapo que todos los traperos juntos no habrían podido saber a qué género de tela pertenecía, porque en él fallaba la regla de que lo accesorio sigue a lo principal, siendo así que era todo remiendos de punta a punta y de lado a lado, trapo que halló en un rincón de la choza, del cual podría decirse, como de la perrilla de Marroquín, que no era un trapo deshecho, sino un deshecho traposo en figura de calzones. Con este menester tan menesteroso se medio cubrió Sancho y subió hasta la boca de la cueva, donde entabló con D. Quijote el siguiente diálogo:

—¡Por vida de todos los santos y santas del cielo!

mi amo y señor, que estoy cada vez más confuso y atónito de lo que vuesa merced pueda imaginarse por esto que nos sucede. Le ruego de todas veras me vuelva a explicar punto por punto cómo ha sido eso del sueño o encantamiento en qué hemos estado, y por qué hemos venido a despertar en lo profundo de esta caverna, sin una hilacha de vestidos ni otros precisos menesteres, porque yo no he entendido jota de sus discursos ni de las grandes mudanzas que me dice haber en el tiempo y en las cosas.

—Sancho, que no vuelvas a usar esos términos de sueño y encantamiento, ni hablar de magias y hechicerías, porque eso no tiene hoy cabida entre la gente civilizada, sino con los nombres científicos de hipnotismo, espiritismo, sugestiones y otros más que la moderna ciencia les ha puesto, acabando con la ranciedad de aquellos otros nombres tan vulgares, que tuvieron su cuna y fueron usados en los siglos de la ignorancia y la barbarie.

Advertido estás, y vuelvo a decírtelo una y mil veces, que los tiempos son otros, otras las costumbres y otros los pensamientos de los hombres; y contra los que sientan y sostengan lo contrario, batallaré sin descanso hasta rendirlos ante el ara del progreso, que es la antorcha que ahora me guía, y la cual debe brillar en todos los rincones del mundo, y recibir la adoración y sacrificios de todas las gentes, so pena de fulminar contra los rebeldes el formidable anatema de ignorantes y refregados.

—Tan mudados deben de estar los pensamientos, que me maravilla no haber oído hasta ahora en boca de tan galante y rendido amador, como fuera D. Quijote de la Mancha, ni una letra siquiera del nombre de mi alta y benemérita señora doña Dulcinea del Toboso, lo que me prueba que ya su merced la tiene en olvido, o que otra gran señora le ha robado el corazón.

—Trabajo me ha de costar, Sancho, ponerte al corriente de mi nueva profesión, y penetrar tus entendederas, que por desdicha son muy pocas, de los principios e ideas ahora dominantes, que difieren tanto de los que tú recuerdas, como la noche del día. Entonces privaban en los caballeros los sentimiento» del honor y la galantería, los actos de valor, la fama de las proezas, el amor a la justicia, los sacrificios por la patria y, en una palabra, el desinterés y magnanimidad en todas las acciones públicas y privadas de su vida. Ahora, Sancho, debemos seguir el espíritu del tiempo, y ajustarnos a otros moldes, porque a los sentimientos del honor y galantería, han sucedido las ideas de libertad y de progreso; a los actos de valentía y fama de las proezas, la habilidad industrial y las empresas científicas; al amor de la justicia, el criterio más provechoso de la utilidad; y al desinterés y magnanimidad en todos los negocios de la vida, la dualidad de conciencia, esto es, una conciencia para lo privado y otra para lo público, tal así como tiene uno dos vestidos, uno para la casa y otro para la calle. No te maravilles, pues, de que no invoque a Dulcinea, porque los espíritus fuertes del siglo no se enamoran, ni andan en platónicos requiebros. Sábelo y apúntalo bien en la memoria: la dama de mis pensamientos, la reina y señora de mi voluntad es únicamente la gran idea, la idea santa y esplendorosa del progreso moderno, por la cual ya te he dicho que batallaré sin tregua ni descanso, con armas o sin ellas, al raso o en poblado, contra quien haya lugar en ambos hemisferios, contra chicos y grandes, aunque sean príncipes y potestades, pontífices y emperadores.

—¿Y cómo ha podido su merced, en las pocas horas que han pasado desde que despertamos, aprender tantísimas cosas de que no le había oído hablar nunca? —le preguntó Sancho, cada vez más confuso y admirado.

—Eso no lo llegarás a saber en todos los días de tu

34

vida, porque son ciencias ocultas, cosas del mundo invisible, que sólo al espiritismo atañen, y tan ocultas que mueve a risa la candidez del sabio comentador de mi historia D. Diego de Clemencín, y de otros no menos versados que él en ciencias y letras, los cuales achacan a yerros cronológicos del discretísimo Cervantes el que tan pronto fuese yo contemporáneo de Carlo Magno como de D. Felipe II, y ahora se asombrarían aún más de que también lo sea del rey niño D. Alfonso XIII. Estas son, Sancho amigo, cosas muy arduas, que los ingenios medianos no pueden digerir, porque han menester moléculas privilegiadas y mucha cantidad de fósforo en las células del cerebro.

—Pero no quiero que se vaya su merced tan alto en sus razonamientos, sino que se baje lo más posible, y me diga las cosas pan, pan, vino, vino, respondiéndome lisa y llanamente a lo que le fuere preguntando. No pongo en duda que el alma puede estarse por toda una eternidad donde Dios sea servido mandarla, pero no paso a creer que el cuerpo pueda estarse vivo años y más años, sin meterle todos los días cosas de sustento en el estómago, ni estirar los miembros para que no se tullan; lo mismo que es de pasmar a cualquiera lo que su merced me ha dicho, de que ya pasaron a mejor vida todos nuestros parientes y amigos y cuantas criaturas conocimos en el mundo, de las cuales no hay ni polvo.

—Bien descubres, Sancho, que no conoces el libro de la historia ni por el forro. Por él sabrías que los casos de hipnotismo son muy viejos en el mundo, y que de este raro privilegio no suelen gozar sino contadas personas, en sus cuerpos vivientes tan sólo, sin extenderse a las cosas inanimadas que les son accesorias, como los vestidos, que el tiempo consume, según nos ha pasado a nosotros. Sin remontar mucho en la antigüedad, tenemos al griego Epiménides, que durmió en una caverna más de cuarenta años, y despertó lleno de sabiduría y del espíritu de saludables reformas; tenemos también a Federico Barbarroja, emperador de Alemania, gran capitán y destructor de ciudades, que no ha muerto todavía, sino que vive magnetizado desde hace setecientos años en un viejo castillo, situado en la cumbre de una montaña, con los codos apoyados sobre una mesa de piedra, y la barba tan crecida que ha abrazado la mesa y dado nueve veces la vuelta alrededor de ella; tenemos al gran Mameluco, rey o señor de Persia, como quieras llamarlo, dormido o hipnotizado durante novecientos años; y al mismísimo sabio Merlín, que está dormido bajo una piedra solitaria o en el fondo de una laguna; y al poderoso rey Artur que, según unos, duerme en Sicilia bajo el Etna, y según otros, vive transfigurado en un cuervo, por obra de la metempsicosis, para reaparecer de nuevo en la Gran Bretaña, tomar su cetro y corona, y dar libertad a la infortunada Irlanda, según lo tengo entendido.

—Una cosa voy a suplicarle, mi amo y señor, y es que no se le ocurra hablarme de estas historias en la quietud y silencio de la noche, porque, a según se me ponen ahora los pelos de punta, conjeturo que no podría pegar los ojos ni apartarme un ápice del cuerpo de su merced.

—Pues buen cuidado tendré. Sancho, de no excitar tu miedo a tales horas, porque nada bueno saco de tu estrecha proximidad, sino vituperio para mis narices, como en la mal oliente y desdichada aventura de los batanes.

Volviendo al caso que nos sucede, por extraordinario que te parezca, verás que es cosa efectuada y repetida muchas veces; y gracias debemos dar al cielo que nos haya tocado dormir largo en tan honrada mansión como el palacio de Montesinos, y despertar en posesión y ejercicio de nuestros propios cuerpos, porque menos noble y decoroso habría sido que nos hubiera transformado Merlín, como al rey Artur, en algún animal cuadrúpedo, volátil, acuático o rastrero, convirtiéndonos, por ejemplo, a mí en pelícano y a tí en ganso, guardando siempre la ley de las semejanzas.

Mientras D. Quijote hablaba, Sancho tenía puesta toda su atención en una cabra de la manada, que andaba por allí cerca, y la seguía con los ojos por todas partes, codicioso de apagar su sed y saciar su hambre con aquel primer socorro que le deparaba el cielo. Así fue que, cuando D. Quijote le habló de la transformación en ganso, Sancho le respondió al punto, señalándole la cabra y dando un prolongadísimo bostezo:

—Más agradeciera yo al señor Merlín que me hiciese cabrito, para mamar de esta cabra la sustanciosa leche que nos brinda.

—Pues yo, sin serlo, ya he satisfecho ese natural deseo, y había olvidado decirte que es el único alimento que por ahora nos conviene, siguiendo los preceptos de la higiene, porque nacemos otra vez a la vida, y estamos en el tiempo preciso de la lactancia.

Y en tanto se encumbraba D. Quijote nuevamente en la historia antigua, por el recuerdo que se le vino a la mente, de Rómulo y Remo, amamantados por una loba. Sancho corrió tras la cabra, que era mansa, y la trajo para que su amo se la tuviese y poder, como lo hizo, prendérsele a chupar desaforadamente, sin dar oídos a las reflexiones y consejos médicos de D. Quijote, quien era de parecer que se fuera poco a poco, y que diera algunos paseos entre trago y trago, a fin de prevenirle contra una aventazón; porque debe saber el lector que el ingenioso hidalgo tornaba a la vida lleno de una ilustración desmedida. Era un pozo de conocimientos universales, doctor en todas las ciencias, maestro en todas las artes, y reformador de todas las cosas.

Se expresaba como un sabio enciclopédico, renegando, eso sí, de lo antiguo, y proclamando lo nuevo, con una tenacidad solamente comparable a la que puso en su olvidada profesión de caballero de armas.

Aquella noche se recogieron a dormir en la choza, que aunque incómoda en extremo, le pareció a Sancho mejor alojamiento que la cueva, desde que supo que era la misma del gran Montesinos, de la cual recordaba cuanto D. Quijote dijo haber visto la vez primera que en ella estuvo, o sea al caballero Durandarte, tendido en el sepulcro, y la fantástica procesión de doncellas, en que iba la grande y fea señora dolorida, con todos los demás encantamientos de que rebosaba la misteriosa cueva.

Entre las muchas advertencias que hizo D. Quijote a Sancho, y los muchos consejos que le dio para la nueva vida que iban a emprender en el Nuevo Mundo, que sería el campo de sus aventuras, le recomendó particularmente que no hablase nunca, ni recordarse por ningún respecto el tiempo ni las cosas tocantes a su primera vida de caballero andante, ni lo que al mismo Sancho concernía como escudero; todo lo cual debía tenerlo por no pensado ni sucedido; y que el larguísimo sueño del que despertaban, por sueño de la imaginación debía tenerlo también, excepto en las íntimas pláticas que entre los dos meramente pasasen, porque aunque eran cosas de todo punto verdaderas, lo extraordinario de ellas, vendría a dar motivo para que el vulgo ignorante los tuviese por brujos, hechiceros o poseídos del demonio, malográndose así el influjo y poder que sobre el pueblo debían de ejercer, para el logro y cumplimiento de sus nuevas empresas.

—Por todo esto, Sancho, te recomiendo y es mi voluntad, que en público no me llames Don Quijote, sino Doctor Quix, porque cuadra más a mi nueva carrera el título de doctor que el de don, por la ranciedad de este, y el apellido Quix, con *x* en vez de *j*, tiene menos apariencia de español que Quijote o Quijano, que es el mío propio. Desecho, pues, la terminación de Quijano, y me quedo con el Quix meramente. Mas, como es natural que las cosas de uso, que, ya no sirven al amo, pasen al criado, te hago gracia y merced de dicha terminación, para que la añadas a tu nombre, y en vez de Sancho te llames *Sanchano*, siguiendo en esto la honrosa costumbre de los romanos, quienes, en subiendo a emperadores, se la añadían, como lo prueban Diocles, Máximo y Justino, que fueron Diocleciano, Maximiano y Justiniano.

—Con la misma franqueza con que su merced me habla, quiero yo contestarle; y así, le suplico que dejemos quietos en sus tumbas a esos señores emperadores, y a mí me deje con el nombre que el cura me puso en el bautismo, sin ponerle ni quitarle cosa alguna, salvo el título de gobernador que su merced me tiene prometido, y que ahora le recuerdo, por si topácemos en las Indias con alguna gobernación que esté por conquistar en la Tierra Firme, pero escogiéndola de modo que no esté poblada de caribes o indios bravos, sino de gente bonachona y tranquila.

—Razón tienes en recordarme el gobierno que te tengo prometido, del cual habrás de gozar en América con más gusto que el que tuviste en la ínsula Barataria. Creo que nunca como ahora, hayas estado tan cerca de satisfacer tus deseos, porque vamos a correr por repúblicas democráticas, y no por vetustas monarquías; y debes saber, que en las repúblicas gobierna el pueblo como soberano, de suerte que en dos trancos puedes subir a las alturas del poder, ora sea al cargo de gobernador o ministro de Estado, ora al de representante en los congresos, para lo cual yo te instruiré de lo que conviene hacer, que no es cosa que pueda arredrarte, ni trabajo superior a tus escasas y mínimas facultades. Por ahora, lo más acertado será reposar, porque me tiene molida tanto ir y venir detrás de las cabras.

La media noche sería, cuando D. Quijote, que raras veces dormía, llamó a su antiguo escudero, para comunicarle los intentos que tenía de hacer una reforma radical en la crianza y educación de las cabras, según lo exigían los adelantamientos en las ciencias naturales, porque en las horas que llevaba de ejercer el oficio de cabrero, había palpado el atraso e imperfección en que se hallaba semejante industria.

—No puede ser, Sancho, que todavía exista en el mundo la profesión de pastor, cosa tan rancia y primitiva, que desdice de la cultura y progreso del siglo. En los centros civilizados, donde el hombre excusa a la naturaleza de obrar por sí sola, ayudándola con las invenciones de su ingenio, no se concibe ya cómo pueda resignarse un pastor a errar por breñas y malezas detrás de la manada, dejando que esta se huelgue y reproduzca a su antojo, sin sujeción a reglas ni preceptos científicos. No, eso es rudimentario, bárbaro y muy propio de los siglos del oscurantismo. Pensando en esto, me he desvelado para ponerle remedio, el cual no es otro sino que los cabreros de estos campos, concertados e instruidos al efecto, formen el primer Congreso Manchego de Cabrería Perfeccionada, en que se discuta y acuerde la fundación de establecimientos cabríos, según la traza y modelos que habré de indicarles, a fin de encaminar esta industria por el rutilante sendero del progreso moderno.

Hizo en seguida D. Quijote la descripción del establecimiento, que tenía entre ceja y ceja, del cual formaría el plano y escribiría la memoria correspondiente, tan luego recibiere los recados de escribir que, junto con las ropas, había mandado comprar.

Dicho establecimiento sería de forma circular, y en él podrían criarse y educarse cómodamente cuantas cabras se quisiere, bajo la vigilancia de un solo cabrero, el cual viviría en una torre levantada en el centro del edificio.

Una gran campana, colocada en la misma torre, indicaría las horas en que las cabras debían dormir, comer, beber, saltar, ser ordeñadas etc., todo automáticamente, por medio de un teclado eléctrico, en el cual estarían escritas las palabras que a cada uno de estos actos concierne, de suerte que el cabrero no haría otro oficio ni movimiento, para gobernar la dócil manada, sino tocar con el dedo la respectiva tecla, lo que le permitiría llevar allí mismo con minuciosidad la estadística cabruna, con expresión de la edad, señales fisonómicas y carácter de cada individuo, y aun dedicarse en la biblioteca del establecimiento al estudio de los más intrincados problemas, tocantes a la selección de las especies animales y al progresivo mejoramiento de las razas.

A la luz de un encendido mechón de paja, con que Sancho le alumbraba, D. Quijote, a medio vestir, trazaba con la punta del cayado sobre el suelo desigual de la choza las líneas del plano, señalando los puntos donde debían construirse los establos, las fuentes, los almacenes para el pasto, los estanques para la leche, los salones para la biblioteca, archivo y demás oficinas, el lugar excusado para las cabras y la torre central de la maquinaria.

Con tal certidumbre hablaba D. Quijote y trazaba en el suelo lo que su exaltada imaginación le sugería, que Sancho no tuvo reparo alguno que hacer, sino más bien quedarse mudo de admiración ante aquella máquina maravillosamente combinada, en que todo estaba previsto, todo calculado, pesado y medido con una exactitud matemática, porque hasta la siembra, corte y trasporte de los pastos, así como la hechura de los quesos, la matanza de los cabros y la salazón de las carnes, todo se hacía con sólo tocar el teclado eléctrico. Lo único que se atrevió a observar Sancho fue que cuando el cabrero maquinista se pusiese a escribir o estudiar, encaramado en su torre, no lo podría hacer en quietud y silencio, por el continuo balar y berrear de tantos miles de cabras, a lo cual le contestó D. Quijote:

—No balarán ni berrearán. Sancho, sino todas en concierto, y cuando el cabrero mueva la tecla del berrido; y esto mismo lo harán acorde, según el tono y diapasón que la misma máquina les dé en cada caso, grave o agudo, piano o forte, al gusto musical del cabrero.

En estas pláticas y altos pensamientos les sorprendió la luz del alba, y los primeros y desacordes balidos de la manada que D. Quijote tenía a su cargo; y de pastor primitivo lo dejaremos, para seguir al muchacho en la compra de las ropas y otros menesteres.

CAPÍTULO V

Del inesperado amigo que el pastor halló, y lo que juntos hicieron en la ciudad

El muchacho se fue derecho a una de las ciudades vecinas, cuyo nombre corre disputado entre los cronistas, unos que fue la propia de Montiel y otros la de Alcaraz, que ambas tienen su asiento en la provincia de la Mancha; y por el camino iba cavilando sobre lo que mejor le convendría hacer, si echar el cuento de lo que le había sucedido, sin quitarle ni una coma, o guardar silencio, no fuese que se alborotasen algunos curiosos o entrase en sospechas la justicia sobre aquel aparecido y el lastimoso estado en que se hallaba, viniendo por uno u otro motivo a malogrársele la ganancia que le iba en el asunto.

Optó lógicamente por tenerse la lengua, en resguardo de sus dineros, y repasando en la memoria, las cosas que debía comprar, rindió felizmente la jornada, y fue a alojarse en una posada de tres al cuarto, casi en las afueras de la ciudad. El posadero no lo recibió, como debe suponerse, con mucho halago, por la poca ganancia que le prometía el pastor, pero cuando este le averiguó dónde podría comprar algunas ropas y otros menesteres, cambió de semblante, volviéndose al punto en sonrisas y atenciones la frialdad e indiferencia que hasta allí le había mostrado.

—¿Y qué clase de ropas quieres?

—Un vestido completo de turista y otro de criollo una cartera grande de viaje, un mapa de América y recados de escribir.

—Vamos por partes, muchacho, que todo eso no lo podrás conseguir en un solo lugar ni en tan breve tiempo. Además, no atino en cuál pueda ser ese vestido de turista que dices.

—Turista o *torista*, me dijo el dueño del encargo, y

aunque yo le repliqué que no lo conocía, ni lo había oído nombrar, él insistió, diciéndome que no lo sabría yo, por ser un pobre rústico pastor, pero que acá en la ciudad cualquiera persona lo entendería con sólo nombrarlo.

Un maestro de escuela, amigo, compadre y vecino del posadero, que a la sazón se hallaba presente, intervino en la conversación, picado de la curiosidad y por ser la persona más leída del barrio, a quien de derecho competía esclarecer el punto.

—*Torista* y no turista ha debido decirte, muchacho.

—Pero quedamos en la misma, compadre —dijo el posadero– porque tampoco sé yo lo que sea *torista*.

—En verdad, compadre, que es nuevo el término, pero yo sí lo entiendo, y sé del vestido de que se trata, puesto que *torista* y torero valen en gramática lo mismo, porque las terminaciones *ista* y *ero* suelen usarse indistintamente en las voces que denotan alguna profesión u oficio, como se ve en guitarrista y guitarrero, cuentista y cuentero, camarista y camarero, trapacista y trapacero, y en otros vocablos más, que aunque no siempre sean rigurosamente sinónimos, están formados sobre una misma raíz. Con la autoridad de la Academia, creo, pues, que lo que este muchacho solicita es un vestido de torero.

Ante una disertación tan magistralmente hecha, quedaron convencidos el posadero y el pastor de que en aquello no había la menor duda; y pasaron a considerar el segundo vestido, que debía ser de criollo, en el cual no atinaron tampoco.

—Si dijere de indio —observó el maestro— el punto era claro, porque el vestido que estos usan está pintado en las geografías e historias, y se reduce a un guayuco o pampanilla en la cintura y una coraza de plumas en la cabeza, pero el criollo de América, no sé como vista en su tierra.

—¡Cata! —dijo el posadero— ya tenemos quién

pueda aclarar el punto, hablando de esto con el prisionero cubano, llegado en estos días, que sabrá de seguro
cómo visten los criollos, con mayor razón siendo sastre
de oficio.

Entre los pocos huéspedes que había en la posada,
figuraba efectivamente un criollo, tomado prisionero en
la isla de Cuba, que se hallaba muy maltrecho en España. Rayaba en los veinte años, de varonil continente y
agraciado semblante. Ardía en sus ojos la centella revolucionaria, cada vez que de Cuba se trataba, aunque no
era cubano, en realidad, según lo había manifestado,
sino de Tierra Firme, pero tan discreto en sus opiniones
políticas, que nunca se escapaba de sus labios palabra
alguna que pudiese provocar inútiles y peligrosas discusiones sobre la independencia de aquella colonia, última
de España en ultramar.

¿Qué hacía en la Mancha este joven aventurero?
Ganarse el pan, cosiendo en una sastrería, y contar
amargamente en su corazón las muchas leguas que lo
separaban de su hermosa tierra. Suspiraba de continuo
por el ansiado día en que la suerte le deparase medio de
volverse a ella, retorno que veía muy difícil y tardío,
siendo esta la causa de su mayor tristeza, y lo que le
obligaba a correr de ciudad en ciudad y de villa en villa,
a la buena ventura, aguijoneado por la esperanza de hallar algún compatriota que le sirviese de amigo y compañero en su destierro.

No estaba a la sazón el joven en la posada, pero
quedó advertido el pastor de que con él conseguiría el
vestido de criollo que deseaba. Por su parte, el posadero
le averiguó lo que más le importaba saber, si llevaba los
dineros necesarios para las compras y sus gastos, y a
vista de las monedas de oro, que le vio sacar del bolsillo,
se ofreció gustoso a ayudarle en persona a buscar el vestido de torero y las otras cosas, entre las cuales había

olvidado el muchacho incluir una escuadra, un compás y una medida métrica, olvido que subsanó allí mismo, recomendando al posadero para que también los comprase cuando saliese a la calle.

Queda dicho, y aun sin decirlo, por entendido debe darse, que el nuevo huésped vino a ser objeto de especiales agasajos. A falta de otro mejor alojamiento, por ser la posada muy estrecha, el posadero lo acomodó en el mismo cuarto donde dormía el joven criollo, de suerte que cuando este tornó a la posada, se halló con aquel inesperado compañero, que le habló con su natural sencillez y rusticidad del objeto de su viaje, y del vestido que él podría venderle, según lo habían informado.

—¡Un vestido de criollo! ¿Quién te ha hecho ese encargo, muchacho? —le preguntó con vivo interés el joven, cuyo nombre de pila era Santiago.

—Es un secreto —le respondió cándidamente el pastor, sin poder ocultar su turbación.

—¿Y el dueño del encargo te ha dicho que ocultes su nombre?

—No, señor. Yo no sé cómo se llama, ni de dónde ha venido.

—¿Y cómo te has visto con él?

—Porque lo ayudé a salir por la boca de una cueva, que estaba cubierta con piedras y malezas.

Bien fuese porque el pastor se viera comprometido a revelar el secreto, bien porque el joven con quien hablaba le brindase plena confianza, es lo cierto que acabó por referirle punto por punto cuanto le había sucedido, y aun los temores de que pudiese llegar aquello a oídos de la justicia, y provocar sospechas y averiguaciones.

—¿Y contaste todo esto al posadero?

—No, señor: sólo le hablé del dueño del encargo, sin decirle dónde está ni qué porte tiene.

—Pues guárdate de decir una palabra más sobre el

asunto, porque podrías ser llevado ante la justicia. Yo compraré el vestido que necesitas, y te acompañaré al regreso, pero entiende que si no oyes mi consejo, tanto el aparecido como nosotros iríamos a parar bonitamente a la cárcel.

Abrió el pastor tamaños ojos, y se puso a temblar como un azogado, pero lo consoló Santiago, haciéndole ver que no habría mayor peligro, si él prometía guardar silencio y dejarle a su cargo la dirección del asunto, con lo cual se tranquilizó el muchacho.

A gran dicha tuvieron uno y otro que aquel día el posadero estuviese ocupado en la salazón de un puerco que había matado, y que por esto hubiese aplazado para el siguiente la diligencia de las compras, porque cayeron en la cuenta de que el sólo aspecto de las monedas de oro, que eran de siglos anteriores, habría provocado gran curiosidad en él y en cuantos las viesen, por lo que resolvió Santiago pedírselas al muchacho, advirtiéndolo de aquel peligro; y salió él mismo a la casa de un rico comerciante a cambiarlas, aprovechándose de su condición de forastero, y diciendo que eran prendas de un museo de familia, que se veía obligado a gastar para continuar su viaje.

No fue poca la sorpresa del comerciante al examinar aquel puñado de escudos del tiempo de D. Felipe II, y cerciorarse de que eran legítimos y ver daderos. Cambiolos de buen grado por escudos corrientes, prometiéndose ventaja en el negocio, y por su parte, Santiago hizo una vía y dos mandados, porque compró el vestido de criollo, eligiéndolo a su gusto, por las medidas que el pastor le indicó, las cuales eran muy desproporcionadas, pues resultaba que tanto el saco como los pantalones, eran más anchos que largos, lo que daba a entender que debían de ser para un hombre rechoncho. Solicitó el sombrero apropiado, los zapatos y demás piezas necesarias para quien no tiene nada sobre el cuerpo; y con este lío y el dinero sobrante volviose a la posada.

Por si el lector no lo hubiere adivinado, bueno será decírselo. En el aparecido creyó ver Santiago un criollo oculto, acaso algún jefe revolucionario, perseguido o víctima de alguna crueldad; y por ello estaba ansioso de partir, acompañado del pastor, para satisfacer su curiosidad y ofrecerle sus servicios, si fuere necesario, aunque, en realidad, estaba confuso y desorientado por los vestidos y cosas que mandaba comprar, en son de preparativos para un viaje a América, según lo había dicho al pastor el mismo aparecido en la plática que tuvieron.

Al día siguiente salieron el posadero, Santiago y el pastor a hacer las compras, pues no quisieron estos dejar en completa libertad al primero para que solo las hiciese, pensando, con razón, que en negocio tan indeterminado bien podría rendir las cuentas del gran capitán. No es por cierto cosa dificultosa hallar un vestido de torero en cualquier lugar de España, por lo cual fue lo primero que consiguieron, a poco de haber salido, así como la escuadra, el compás y la medida métrica, que negociaron con un carpintero.

Seguidamente solicitaron la cartera de viaje y los recados de escribir; y respecto al mapa de América, el maestro de escuela les vendió el de su uso, que estaba en desuso y acribillado por la polilla.

Arregladas las cuentas de la posada, sin regateo, aunque bien lo merecían, el pastor y Santiago se alejaron de allí por opuestos caminos, para no infundir sospechas, pero luego se juntaron en las afueras de la ciudad, e hicieron rumbo al campo de Montiel, gozoso el uno de verse dueño de varios escudos de oro, riqueza que le parecía un sueño, y esperanzado el otro de encontrar un compatriota pronto a partir para América, que era su sueño dorado.

CAPÍTULO VI
Donde se relata el encuentro del pastor con Sancho y otras cosas dignas de especial mención

Entre tanto, D. Quijote y Sancho cuidaban de las cabras y tenían graciosas pláticas sobre lo pasado, lo presente y lo futuro, en que era de verse la elevación y grandeza de pensamientos del uno, al lado de la materialidad e ignorancia del otro. Cuando D. Quijote tocaba en las estrellas, empinado como un gigante sobre el carro del progreso moderno, Sancho se sobaba la barriga, y bostezaba perezosamente, echando de menos su bota, su pollino y sus alforjas. Mucho favor se le haría en creer que por olvido no hubiese averiguado por la bolsa de dinero que recibió de manos del desconocido, la noche de su última salida, que muy presente la tuvo al despertar, y muchos tanteos dio en torno de su cuerpo para ver si la topaba, pero fue vano su empeño, porque D. Quijote, que despertó primero, ya la había tomado para sí, de lo cual advirtió a Sancho, prometiéndole devolvérsela centuplicada, cuando en América estuviesen, préstamo que el fiel escudero le hizo de buen grado, porque no dudó por un momento siquiera de la puntualidad en el pago, siendo aquella remota tierra la misma de las trojes de perlas y las herraduras de oro fino, riquezas que resplandecían de un modo extraño en sus sueños y pensamientos.

Previendo el pastor que no fuese muy presto su retorno, autorizó a D. Quijote para que matase un cabrito, por lo que dispuso mandar que Sancho escogiese uno entre la manada, que fue darle en la vena del gusto, pues ya renegaba y echaba pestes contra la lactancia higiénica, y se las pelaba por comer cosas sólidas. Pero a la hora de la matanza, tropezaron con una gran dificultad, cual era la falta de cuchillo.

—Vete, Sancho, a la cueva otra vez, y trae mi espada, que junto a la armadura reposa.

—Me ha dicho su merced que ninguna cosa es tan sagrada como un juramento, y yo juré al salir de esa cueva que no entraría más en ella. Ruégole, pues, no me ponga en punto de hacer una mala acción.

—Bien te cuadraría, Sancho, el título de doctor en artimañas. Comprendo que es tu cobardía y no el temor de Dios, quien te lo impide; pero un juramento como ese, con otro tal se paga: yo juro que en la primera autopsia o embalsamamiento que en América practique, te haré saltar tres veces por encima del muerto, que es el remedio más sencillo y eficaz contra el miedo.

Entre un mal inmediato y otro remoto, no hay duda en la elección. Sancho, descubierto en sus intenciones, inclinó la cabeza en señal de que no le quedaba más camino que someterse al juramento de su amo, así como él acataba y se sometía al suyo, y en este predicamento estaba, cuando se le ocurrió salir del mal paso, por medio de otro juramento.

—Como en guerra avisada no muere soldado, yo juro desde ahora para entonces, que no acompañaré a su merced en ese oficio de descuartizar y adobar muertos, y con esto quedamos en paz.

D. Quijote no le tenía miedo ni a los dragones del infierno. Con sereno continente y sin el menor cuidado, volviose para la cueva, y se entró en ella como Pedro por su casa; y allí lo dejaremos metido, para salir al encuentro de Santiago y el pastor, quienes pensaron por el camino que sería lo más conveniente no presentarse juntos al aparecido, sino que se adelantase solo el muchacho, a rendir cuenta de su cometido, y le hablase entonces del compañero que atrás venía, deseoso de conocerle y servirle en lo que fuese de su agrado.

Cumpliendo este plan, se demoró Santiago entre unos árboles, y se adelantó el muchacho solo, con el voluminoso lío del encargo, cantando de voz en cuello una de sus coplas favoritas, y al primero que descubrió fue a Sancho, figura nueva para él, no menos espantable que la de D. Quijote, aunque diametralmente opuesta. Advertido Sancho por su amo de la edad y señales del pastor, no bien hubo escuchado su canto y divisándole a lo lejos, cuando prontamente le salió al encuentro dándole voces de bienvenida y alzando y bajando los brazos en los trasportes de su alegría.

El pastor, que no tenía noticia de este otro personaje, supuso por un instante que era el mismo aparecido, pero transfigurado, por obra de encantamiento o del mismísimo diablo, en aquel enano de fea catadura; y sin entrar en reflexiones, soltó el lío y dio la vuelta a toda carrera, para juntarse a Santiago y poner los pies en polvorosa. Cuando este lo vio llegar, tan demudado y fuera de sí, le preguntó al punto:

—¿Qué ha sido, Dios Santo? ¿Acaso estamos descubiertos por la justicia? Responde, muchacho...

—¡Es otro, es otro! —fue cuanto pudo decirle el pastor, sin que el miedo ni el gran temblor de su cuerpo le permitiesen dar más explicaciones.

—¿Y el lío? ¿Te lo han quitado?

—Lo tiré yo mismo al suelo para correr más ligero, porque el enano se me vino encima tan pronto me vio de lejos.

Y el pastor, repuesto un poco de su gran susto, contó a Santiago lo que había visto; y este, sin participar por completo del espanto de su compañero, quedose perplejo y sin saber qué partido tomar, hasta que resolvieron ambos ponerse en asecho, e ir avanzando con el cuidado que el caso requería. Vieron entonces que el enano había tomado el lío, y regresaba con él, a tiempo que el primer aparecido, armado con una descomunal espada, le salía al encuentro; que en seguida platicaron un rato, y juntos se volvieron tomando el camino de la choza, senderos harto conocidos del pastor, al cual le volvió el alma al cuerpo, viendo desvanecida la causa de su mayor miedo, cual era que el enano y el aparecido fuesen una misma persona.

Libres ya de este supersticioso terror, cayeron en la cuenta de que, según las medidas, el vestido de criollo debía de ser para el enano.

Reanudó el pastor su interrumpido canto y su desandado camino; y en esta vez, fue el mismo aparecido quien salió a recibirlo y manifestarle su agradecimiento, riéndose del inesperado susto que su criado y compañero le había causado, y explicándole a este respecto lo demás que el pastor ignoraba, a tiempo que Sancho, retirado un buen trecho, amolaba sobre una piedra la mohosa espada del Caballero de la Triste Figura, caída del alto y nobilísimo puesto que en la caballería andante llegó a ocupar, al bajo y degradante oficio de cuchillo de carnicero. ¡O témpora, o mores! Entrose luego D. Quijote a la choza, provisto del lío, y al examinar una a una las piezas de ropa, para tomar su vestido de turista, subió de punto su sorpresa al hallarse con la chupa y chaleco de terciopelo, color carmesí, la gran faja de seda de vivos colores, la gorra afelpada, y la tradicional capa con los demás adornos y perejiles del traje clásico del torero.

—Hola, pastor amigo, ¿es este por ventura el vestido de turista que me traes?

—El mismo, señor, según lo aclaró y explicó con mucha gramática, un maestro de escuela, que nos dijo que *turista* o *torista* valía lo mismo que torero.

—¡Válgame Dios! ¡Y en qué grado de atraso e ignorancia viven esas pobres gentes! Culpable soy yo que debí explicarte punto por punto las condiciones del vestido, pero no lo hice por no ofender ni menoscabar la honra profesional de esos señores sastres y tenderos, porque ¿qué dirías tú, amigo, si el que te pidiese un cabro, a tí que eres cabrero de oficio, tuviese necesidad de describirte como un bufón, todo el animal por entero, desde los cuernos hasta la punta del rabo, dándote a entender con esto, que podrías errar en el nombre y en la cosa, mandándole un cerdo o un venado? Así lo han hecho esos infelices, que aún viven en la sombra del mundo, lejos de la corriente y claridades del progreso. Yo mismo tendré que dar las instrucciones, para que me hagan el traje modernísimo que deseo, y en el ínterin, vestiré el que me has traído, porque sería necedad y vano empeño, que en estos lugares tan atrasados y retrógrados, entiendan lo que es *turista*, cosa que en Francia, Alemania y Norte América sabe y comprende cualquier limpia botas.

Diole cuenta el cabrero del desempeño de su cometido, sin omitir sus temores a la justicia, y la compañía y buenos oficios de Santiago, más los deseos que este tenía de conocerlo personalmente, a lo cual respondió D.

Quijote, que tendría gran contento a su vez de conocer a quien de tal modo lo favorecía con su amistad, pero que no era decoroso que los hallase a medio cubrir, por lo que se apresuró en vestirse, y en llamar a Sancho, para que también lo hiciese, mientras regresaba el pastor en busca de Santiago.

Cuando Sancho acudió, ya D. Quijote estaba vestido de pies a cabeza, con su vistosísimo traje, en el cual relampagueaban las lentejuelas y cordones metálicos. Quedose por un momento atónito y en suspenso el fiel escudero, y restregándose los ojos, como quien vuelve de un sueño, exclamó, lleno de admiración:

—¡Cuánta riqueza y hermosura, mi amo y señor! En los días de mi vida, jamás lo había visto tan gentil ni tan guapo como ahora. Ah, si mi señora doña Dulcinea lo viese, estoy seguro de que echaría la baba y se moriría de amor por su merced.

—Anda presto, Sancho, y déjate de bromas, que está para llegar aquel caballero anunciado y no es propio que te halle tan haraposo.

A pesar de los esfuerzos de D. Quijote, que tuvo que servirle a Sancho de camarero, costó mucho meterlo en las ropas de criollo, que resultaron estrechas; pero la necesidad de vestirse era extrema y pronto el celebérrimo escudero quedó convertido en un paisano de América, no porque así pareciese, sino porque tal se le antojó a D. Quijote. Algo había en su rara catadura, de banquero de provincia, algo de aldeano vestido de gala, algo de esquimal, algo, en fin, de todo lo ridículo y caricaturesco que pueda imaginarse, y nada, nada de criollo.

Pondérese la viva impresión que causarían en el ánimo de Santiago, uno y otro personaje, cuando se acercó a ellos y los saludó cortésmente. D. Quijote le contestó con la mayor afabilidad y cortesanía, diciéndole en seguida, con su natural arrogancia:

—Adivino la curiosidad que tenéis de saber quién soy, cosa que vuestro amigo y compañero también ignora: yo soy el Dr. Alonso Quix, caballero de la orden del progreso, ciudadano cosmopolita, instructor y mecenas del pueblo, y reformador de viejas costumbres; y este que aquí veis, agregó volviéndose a su antiguo escudero, es Sancho d'Argamasille, adicto colega, que me sirve de secretario en los negocios políticos, de preparador en el laboratorio químico, de practicante en los casos médicos, de editor en mis obras literarias, y de socio y compañero en todas mis empresas.

Hizo aquí una breve pausa D. Quijote, y luego continuó en estos términos:

—Nos hallábamos en el peregrino trance de necesidad que os habrá contado este pastor amigo, por causa de un suceso infausto, nada extraño en la vida de los viajeros universales. No ha muchos días que nos bañábamos en las ocultas fuentes del Guadiana, cuando creció de súbito el río, con tanta fuerza, que no fue parte nuestra ligereza para librarnos de sus aguas impetuosas, y ser arrastrados largo trecho, hasta que logramos ganar la orilla, y poner en salvo nuestros cuerpos, pero no nuestras ropas, que las crecidas ondas se llevaron consigo. Para ocultar nuestra desnudez, y guarecernos de la intemperie, entramos en la cueva de Montesinos; y tanteando aquí y allá, de uno en otro rincón, para examinarla y medirla, ya que la ocasión era propicia, mientras mi compañero hacía de atalaya, en espera de algún socorro humano, descubrí unos huesos áridos, dispersos por el suelo, que de gente me parecieron, y junto a ellos, muchas monedas de oro, por lo que he creído que fuesen los restos de algún perseguido moro, que halló la muerte en su escondite. En posesión de tan rico hallazgo estaba, cuando oí el canto de este pastor, y a grandes voces le pedí el socorro que necesitaba. Lo demás, él os lo habrá contado.

Con tanta naturalidad y visos de verdad habló D. Quijote, que el mismo Sancho estuvo a punto de creer y dar por cierto todo lo que acababa de oír. A la verdad, tampoco nosotros podríamos asegurar que fuese aquello una invención, porque bien podía ser el aparecido uno de tantos viajeros de oficio, como hay en el mundo. Lo que sí aseveramos, es que D. Quijote y Sancho fueron depositados en la famosa cueva de Montesinos, y que de esta mismísima cueva salieron el Dr. Quix y su compañero. Que sean estos unos usurpadores del nombre e historia de aquellos, es cosa que no nos atañe inquirir ni esclarecer. Por sus hechos se conocerán.

Nunca había visto Santiago un personaje tan extravagante en su figura, ni tan envuelto en el misterio, pero tampoco había hallado hasta allí mayor cortesanía ni amabilidad de parte de un desconocido, porque en seguida de esta presentación e historia, entró con él en discretas y cariñosas pláticas, prometiéndole D. Quijote llevarlo consigo hasta el cabo del mundo, si necesario fuere, y mostrándose muy solícito en averiguar por las cosas de América, como si americano fuese. Con lo cual acabó de ganarse la buena voluntad de Santiago, desvaneciéndose por completo en el ánimo de este los temores que lo inquietaban de que el Dr. Quix fuese un loco rematado, concepto muy puesto en razón.

No había olvidado el cabrero proveerse de buen vino y otras cosillas, para festejar su buena suerte y obsequiar a sus nuevos amigos. Así fue que, mientras D. Quijote y Santiago conversaban, él y Sancho se ocuparon en aderezar la comida lo mejor posible. El señor d'Argamasille no apartaba un momento la vista de las botellas de vino, que era su lado flaco, si es que cabe alguna flaqueza en el tonel de Sancho. Después de la comida, le preguntó a su amo por qué le había quitado su apellido Panza, y alterado el nombre de su pueblo, a lo que respondió D. Quijote, llamándolo aparte.

—¿No ves, Sancho, que tu nombre anda en la historia pegado al mío? Nombrarte con todos tus pelos y señales sería quedar yo en descubierto. Por la hebra sacarían el ovillo, y esto no nos conviene. Por eso, afrancesando el nombre de Argamasilla, he hecho d'Argamasille, así como yo diré, llegado el caso, que soy de Manchéster, y no de la Mancha. Además, es cosa demasiado triste, sedentaria y monótona usar siempre de los mismos nombres, lo que viene a contradecir la ley santa del progreso, que exige diarias reformas y mudanzas en los objetos y sus nombres, no menos que en las ideas y propósitos, porque esta continua serie de cambiamientos, es el oleaje sobre el cual flota la nave redentora de la civilización.

Y volviéndose al cabrero, continuó su discurso en estos términos:

—Por eso debe abolirse el oficio que hacéis, porque la edad de los pastores ya pasó para no volver jamás; y os hago gracia y donación del plano y la memoria que estoy formulando, para que sin pérdida de tiempo, convoquéis a vuestros colegas, primero a congreso internacional, para echar las bases de la cabrería moderna, y luego, a juntas locales y compañías anónimas, para emprender la fundación de establecimientos cabríos a la altura de los adelantamientos del siglo.

No es de admirar que el pobre cabrero creyese a pie juntillas en la realización de tan grandes y descomunales mejoras, sino que el mismo Santiago tomase muy en serio semejantes reformas, y se deshiciese en sinceros elogios del Dr. Quix, autor de una máquina tan complicada como ingeniosa, lo cual llenaba de vanagloria al insigne caballero del progreso, que ilusionado con este triunfo, no se cansaba de prometerle brillantes y extraordinarias reformas en la vida y costumbres de los pueblos de América, tan luego pusiese la planta en ellos, y empezase su obra redentora de acabar con lo viejo, e implantar los nuevos inventos e instituciones.

Es muy cierto que de médico, poeta y loco, todos tenemos un poco, de donde resulta que cualquier hijo de vecino se cree capaz de dar recetas, escribir versos y cometer locuras, con la sola diferencia de que unos pocos dan en el clavo, y ciento en la herradura.

Concretándonos a las locuras, alguien ha dicho que

el mundo es una casa de orates, o un gran manicomio. Tan cierto es esto, que hasta el más cuerdo revienta sin pensarlo por este lado flaco de la humanidad, que de tan variados modos se manifiesta. ¿Qué son en la vida los gustos extravagantes, los caprichos, las idiosincrasias, las pasiones absorbentes, y tantos otros movimientos del ánimo que están fuera de razón? Digan lo que quieran los filósofos, estas son locuras más o menos graves, pero siempre locuras, señal evidente de que al atornillar Dios la caja del cerebro humano, dejó un tornillo a medio poner, y este es el que algunos tienen flojo, y a otros les falta por completo.

Pero no es ciertamente tan temible el loco que a las claras se manifiesta, en sus acciones y palabras, del cual huimos, movidos por el temor de recibir algún daño, o compadecidos de su infortunio; no, el loco más funesto es aquel cuyo tema seduce y cautiva a los cuerdos, ora halagando los sentidos con falaces placeres, ora deslumbrando la imaginación con quimeras y utopías, porque este gana prosélitos de buena y mala fe, según sorprenda en unos la candidez e ignorancia, o cohoneste en otros las ideas erróneas y las malas pasiones. Para este género de males tiene el vulgo el siguiente alerta: del agua mansa, me guarde Dios, que de la brava yo me guardaré.

Locuras de esta especie, se propagan por contagio, como si fueran una peste, y son en muchos casos origen de la decadencia y ruina de una familia, de una sociedad, y aún de toda una nación, como no sería difícil probarlo con ejemplos sacados de la historia.

El primer tema de la locura de D. Quijote, resucitar la caballería andante, por lo temerario, y peregrino, movió solamente a compasión y risa, de suerte que nadie lo siguió en su descabellada carrera de las armas caballerescas, en el modo y forma en que él las seguía y profesaba. Por eso abo minó a la postre la lectura de las historias de Amadís de Gaula, Olivante de Laura, Florismarte de Hircania y demás caterva de caballeros andantes, cuando le vino un rayo de luz, que lo hizo comprender su extravío y cambiar de tema, pero no volver al juicio, porque en despertando de su largo y misterioso sueño, como lo dejamos dicho, en vez de guardar el medio que la prudencia aconseja, se fue al extremo opuesto.

Antes batalló por resucitar lo muerto, y hacer figurar en el presente todo lo pasado y abolido. Ahora batalla por lo contrario, por soterrar más y más las cosas pasadas, sólo por el hecho de serlo, purgando el presente de toda ranciedad, para fundar por fas o por nefas, el reinado absoluto del progreso, sin orden ni concierto en los medios, ni la menor consideración sobre las circunstancias del tiempo, sobre el estado de los lugares, sobre el carácter de las gentes, ni sobre el resultado final de sus reformas.

CAPÍTULO VII
De cómo viene a ser peligroso el viajar de incógnito

Al día siguiente, D. Quijote se puso en viaje, acompañado de Sancho y el joven prisionero, con harto sentimiento del cabrero, que volvió a la soledad y tristeza de su vida pastoril, sumergido en un mar de pensamientos nuevos para él, y acariciando mil halagüeñas esperanzas para lo porvenir.

D. Quijote, al despedirse, le entregó como presente de gran valía, la memoria y plano ya hechos, en los cuales estaba vinculada la prosperidad de la cabrería manchega. Como recuerdo personal, le hizo también gracias y donación de la enmohecida espada, arma de que no necesitaba en su nueva profesión, por ser instrumento de fuerza y símbolo de barbarie, objeto impropio de un caballero de la nueva orden del progreso, obligado a defender a todo trance los fueros de la civilización, con sólo las armas brillantes del pensamiento, según lo decía, parodiando el viejo romance caballeresco: *Mis arreos son las letras, Mi divisa, progresar; Mi cama son los papeles, Mi dormir, siempre pensar.*

Imbuido en estas ideas, no quiso proveerse de coche ni cabalgadura para el viaje, lo que miraba como un obstáculo para dedicarse por el camino a la observación científica en los tres reinos, animal, vegetal y mineral, porque jamás había leído en las revistas y enciclopedias, que ningún sabio ni explorador viajase de aquella suerte, sino a pie, y provisto de los instrumentos y aparatos necesarios para sus experiencias, de los cuales se proveería él también, a su paso por Barcelona, de donde haría rumbo a las Indias.

No es para dicha la curiosidad de las gentes del tránsito, a vista de un torero tan desmesuradamente largo y enjuto. No faltó quien les averiguase en qué parte y lugar, y cuándo iba a ser la lidia de toros, porque Sancho, en realidad, tenía cierta traza de ganadero; pero el Dr. Quix caminaba tan absorto y ensimismado en sus altos y esclarecidos pensamientos, que no paraba mientes en los dichos picantes, ni en las risas de los transeúntes, al contrario de Sancho, que más de una vez se montó en cólera por semejantes desacatos a la persona de su amo, crecida siete palmos a sus ojos, con la mudanza de profesión, porque nunca le habían caído en gracia los hechos de armas de los caballeros andantes, a tiempo que la caballería del progreso, le parecía mil veces más andadera y menos expuesta a mojicones y palizas.

Les sorprendió la noche no muy lejos de una quinta, a la cual se allegaron a pedir posada, porque no había otro recurso. Al punto acudieron al patio de la casa, como a campana tañida, los chicos y las gentes del servicio, avisados de la extraña figura del torero y la no menos peregrina de Sancho, que hacían contraste con la gentileza y buena cara de Santiago.

El dueño de la quinta era un rico propietario, que no puso reparo en concederles hospedaje, llevándolos cortésmente a pieza donde pudieran descansar aquella noche, y allí los dejó solos por un rato, en tanto pasaba él a comentar con la familia la novedad del caso, y disponer lo necesario para el mejor acomodo de sus huéspedes.

Santiago, que no tenía un pelo de tonto, comprendió que mayores serían la curiosidad y la mofa de todos, cuando supiesen que aquel no era torero, sino un sabio doctor y viajero universal, por lo que creyó lo más acertado hablar sobre esto con su amigo.

—Creo, Dr. Quix, que por ningún respecto conviene que usted revele aquí quién es, ni para dónde va.

—¿Y por qué, amigo Santiago?

—Porque la curiosidad todo lo invade, y al dar explicaciones sobre el vestido que lleva, lo raro de la especie avivaría los deseos de saber hasta lo más mínimo de su historia, en la cual, me ha dicho el señor d'Argamasille, hay pasajes vedados para, el conocimiento del vulgo.

—Admiro tu discreción, y me allano a pasar por torero mientras cambie de vestido.

—No será el primer sabio que viaje de incógnito, y aun creo que mayores atractivos debe ofrecer este artificio a los personajes célebres, que el viajar a cara limpia, conocidos y respetados de todos.

—Hablas como un libro, querido Santiago; y así, puedes decir a todos los de esta casa, que soy un torero contratado para una lidia en la ciudad o villa que mejor te cuadre; que Sancho es el contratista, y tú, lo que quieras ser, secretario o revistero de la cuadrilla.

—Y dígame su merced ¿qué llaman contratista? — averiguó Sancho.

—Contratista, Sancho, es en los tiempos modernos un cargo por extremo honroso y elevado, porque es el que rige y sustenta las obras de progreso, concertando con los gobiernos o con los particulares el modo, tiempo, y mutua ventaja de llevarlas a cabo, siendo de tanta importancia su oficio, que sin él vendría a detenerse y quedar en suspenso la máquina prodigiosa de la civilización, así como se detiene y queda en suspenso un reloj, cuando falla o se rompe el resorte principal de la cuerda.

A todas estas, la casa andaba revuelta, y con razón, porque el propietario tenía mucha familia. Era uno de esos cuasi patriarcas, raros en las ciudades populosas y muy comunes en las aldeas y los campos, a quienes Dios concede numerosa prole en breve tiempo de casados, de suerte que sus buenas esposas llegan en ocasiones a mecer dos cunas simultáneamente: la del propio hijo y la de algún nieto. Había, pues, en la quinta viejos, mozos y niños a porrillo, alborotados con la inusitada visita del torero y su comitiva. Los chicos, porque era el primer torero que veían en su vida, y los grandes, porque de la traza y continente de aquel no lo habían visto jamás, ni de bulto ni pintado.

Con el garbo y arrogancia ingénitos en D. Quijote, atravesó, seguido de Sancho y del pobre Santiago, los corredores de la casa que estaban repletos de gente, para ir al comedor a la hora de la cena, que fue rica y abundante, más para los dos primeros, por los varios días en que estuvieron sometidos a la rigurosísima lactancia higiénica.

En la mesa estuvo el Dr. Quix a punto de romper el incógnito, porque empezó a explanar sus ideas reformadoras, con tanta fuerza y valentía de conceptos, que atemorizado Santiago, le recordó disimuladamente el convenio hecho entre los tres, porque no eran aquellos discursos propios en la boca de un torero.

Si el porte de este había sorprendido al dueño de la finca, no quedó menos sorprendido al oírlo hablar como un letrado, pero Santiago, dotado de un talento natural admirable, se encargó de explicar esto, diciéndole que antes de meterse a torero, nuestro insigne personaje había hecho estudios completos de filosofía y letras en la Universidad de Salamanca, y que eran su pobreza y carácter inquieto y aventurero, las causas que lo habían obligado a cambiar de carrera, siendo como torero uno de los más diestros y afamados que había producido la Mancha.

D. Quijote, que en punto a cortesano continuaba siendo la flor y nata de la galantería caballeresca, entró de sobremesa en discreta conversación con las hijas del propietario, ponderando sus gracias y donaires, con palabras tan finas y comedidas, como ellas jamás las habían oído.

—¿Y va muy de prisa en su viaje? —le preguntó una de las más jóvenes con vivo interés.

—Me urge ciertamente llegar a Barcelona, para equiparme allí y tomar pasaje para América, pero por ahora mi mayor prisa está en cumplir vuestras órdenes y serviros en cuanto gustéis.

—Contando con su bondad, quisiéramos exigirle un gran favor.

La madre de la niña, que adivinó la intención de esta, dijo al punto, volviéndose al torero.

—No hagáis caso, señor, de las palabras de estas niñas, que como no conocen el mundo, ni han recibido instrucción, pueden causaros inocentemente alguna molestia.

—Al contrario, señora mía, huélgome en extremo de que me favorezcan con su amable y graciosa conversación; y lo que modestamente tomáis por un defecto, viene a ser para mí la mayor perfección de su hermosura, cual es el candoroso recato y la ingenua sencillez de la inocencia. Decid, pues, sin rebozo ni encogimiento lo que de mí queráis.

—Es que nosotras no hemos visto nunca el juego de toros!...

—¡Niña! —exclamó la madre— ¿te imaginas que este señor pueda darte gusto? ¡Oh, es una impertinencia muy propia de tu edad!

—En habiendo un toro listo, y en permitiéndolo nuestro generoso amigo el dueño de la quinta, juro por el toro de la constelación celeste, que no seguiré camino sin complacer antes el natural deseo de estas hermosas doncellas.

Y D. Quijote, creciendo más de dos palmos sobre la silla en que estaba sentado, interrogó con la mirada al propietario. Hubo un momento de silencio y anhelosa expectativa. En las puertas y ventanas del comedor había espectadores, como si se tratase de un congreso democrático a punto de declarar la paz o la guerra.

La verdad es, que aquel era un plan combinado por las niñas y los niños en los pasillos de la cocina, con el apoyo de la servidumbre y el tácito consentimiento de los dueños de la casa. Santiago estaba confuso, en vista de aquel inesperado conflicto provocado por el incógnito, a tiempo que Sancho temblaba en su silla, porque nadie mejor que él sabía de cuánto era capaz su amo en lances arriesgados y temerarias proezas.

—De mil amores consiento en ello —dijo el propietario— pero no veo la manera de suplir los toros y el circo.

—Por eso no, papá, porque aquí está el tío Pedro, que ofrece su toro, y los peones de la quinta, que han ofrecido limpiar el corral.

—Pero, niña, si ese es un buey manso de servicio, que no embestirá nunca.

—Cuánto mejor —dijo Sancho— que sea manso, porque así no necesitaremos de barrera para asistir a la lidia.

—¡Manso no lo quiero yo —exclamó D. Quijote— sino más furioso que el mismo toro de Creta, domado por Hércules! De lo contrario, no desplegaré la capa.

—Mire su merced, que cualquier toro es una fiera, y aunque domesticado parezca, tiene la furia guardada por dentro, en espera de alguna ocasión, como la que ahora se presenta al toro del tío Pedro; y por eso dice el dicho, que el buey manso mató a su amo, y donde menos se piensa salta la liebre.

—Razón tiene este señor en decir lo que dice, porque ese toro tiene la ira reconcentrada, y lo probó no hace muchos días, pues rompió el cabes tro y se salió del establo hecho una furia, embistiendo hasta las piedras, dijo la buena señora.

—Es cierto —agregó el propietario— pero después se supo la causa de tal fiereza, que no fue otra sino un abejón que se le había metido en una oreja.

—Pues oye, Sancho —dijo D. Quijote— mañana tú te encargarás de buscar el abejón y metérselo en la oreja, cuando llegue la hora de torearlo, para dar gusto completo a estas discretas doncellas y demás personas de la hospitalaria casa en que nos hallamos.

Todos los presentes, excepto los dos compañeros de D. Quijote, celebraron la condescendencia de este, y comunicaron la fausta nueva no sólo a los estantes y habitantes de la quinta, sino a los vecinos más retirados una legua a la redonda, para que no se privasen de la improvisada fiesta, con mayor razón por ser domingo el día siguiente, lo que era una dicha, porque no habría menoscabo alguno en las labores y obligaciones de cada cual.

Desde aquella misma noche empezaron los preparativos, con tanto entusiasmo, que raras veces se había visto la quinta tan concurrida; pero el propietario les fue a la mano en los intentos que tenían de trasnochar en estas faenas, disponiendo que todos se recogiesen a dormir, porque tiempo habría de prevenir y combinar las cosas necesarias a plena luz del día, sin que nada faltase.

Santiago llamó a solas a Sancho y le dijo:

—¿Qué cree el señor contratista del aprieto en que estamos?

—Qué voy a creer, sino que son cosas muy propias del Dr. Quix, a quien no conoces tú, como yo lo tengo conocido.

—¿Pero ha toreado él alguna vez en su vida?

—¡Válgame Dios! y no toros, sino leones.

—¡Ha luchado con leones!...

—Como tú lo oyes. Es un hombre endemoniado,

que todo lo sabe y todo lo acomete, sin pizca de miedo. De allí que tenga más porrazos y cicatrices en el cuerpo que pelos en las barbas.

—A pesar de su grande arrojo y valentía, que no pongo en duda, lo más prudente sería, amigo Sancho, que usted no ejecute mañana lo que él le ha ordenado para enfurecer el toro.

—No me conoces a mí tampoco, si te imaginas que he de darle gusto en tamaño disparate, cuyas resultas podrían dañarnos el pellejo tanto como a él. En fin, Santiago, por ahora lo que más me apena, es sentirme tan pesado, después de haber comido a tres raciones, una para satisfacer en parte lo atrasado, otra para lo presente, y la última, por lo que pueda acontecemos en lo venidero, siguiendo la regla de que la luz de adelante es la que alumbra. Pero a medida que comía, me apretaban los pantalones como cinchón de carga, y uno tras otro han ido reventando los botones como tiros de escopeta.

Santiago estuvo a punto de soltar la risa en las barbas de su hinchado compañero, que a dos manos se tenía los pantalones para que no se le cayesen.

En esta actitud caminó Sancho hasta el aposento que les habían destinado, y allí se las tuvo con D. Quijote, el cual estaba contentísimo de la aventura en que se había metido.

—Yo creí de todo corazón que ya su merced estaba curado de estas locuras, y que por la orden del progreso que ahora profesa, le estaba vedado entrar en lisas y combates, mayormente con fieras, que son el sumo de la barbarie.

—Pues te equivocas, Sancho, y tu equivocación procede de que tienes sobre los ojos la venda de la ignorancia, y no conoces de la misa la media, ni te raya por la mente la nueva doctrina, a que debemos ajustar nuestras obras y pensamientos, en esta época de mayor esparcimiento para el espíritu y mayor actividad de los sentidos.

—Siempre ha de encaramarse su merced por encima de las nubes, cuando me da alguna conseja, y por eso no me aprovecha, ni le tomo sustancia.

Así, le ruego, si quiere hacerme partícipe de sus letras, que no principie por lo último, sino por el principio. Haga como los maestros de escuela, que van enseñando a leer principiando por la cartilla, y no por la doctrina, como su merced lo hace, adelantándose a más de lo que el aprendiz puede entender, según sus cortos alcances.

—Tiempo vendrá, Sancho, en que te enseñe y pruebe que en eso mismo que dices, cometes error, porque hoy no se enseñan las artes y letras por grados, ni por materias sucesivas, según antes lo quería la lógica, sino conjunta y simultáneamente todas ellas, para que en breve tiempo gane el espíritu una ilustración universal, sin rémoras ni cortapisas de ningún linaje, haciendo de modo que de niño se pase a sabio, tal así como pasa hoy el algodón de su primitivo estado de mota, al de finísima tela, en un abrir y cerrar de ojos, por virtud de las máquinas, que todo lo abrevian y perfeccionan.

—Oiga, mi amo, tripa llena ni bien huye ni bien pelea. Más quiero ahora dormir que altercar con su merced, porque oveja harta, del rabo hace manta. Ya veremos cómo se compone mañana con el toro del tío Pedro, y si tiene máquina para torearlo.

—Lo veréis, Sancho, mas es bueno que temprano te duermas, para que temprano te pongas en pie, salgas al campo a buscar el abejón o los abejones, porque he pensado que será mejor meterle dos, uno en cada oreja.

—Eso corre por mi sola cuenta; y así, debe prevenir su merced que nadie se entrometa en esta operación, si quiere habérselas con un toro más bravo que los de la plaza de Sevilla.

Santiago, que se había quedado platicando con la familia de la casa, se despidió de esta, y se entró al aposento donde estaban sus compañeros de viaje, con la inquietud de ánimo que debe imaginarse, por el no esperado y peligroso compromiso en que, sin quererlo, había metido al Dr. Quix, cuyas ideas y carácter la parecían cada vez más excepcionales y dignos de atención.

Horas después, reinaba en la quinta el más profundo silencio.

CAPÍTULO VIII

De la extraordinaria aventura del buey, y el embarque de D. Quijote en Barcelona con rumbo a las Indias

Todo el mundo madrugó en la quinta. No era poca cosa una corrida de toros a domicilio, ni se recordaba que hubiera ocurrido el caso en cien leguas a la redonda, de lo cual estaban complacidos y orgullosos los jefes de la casa, y bailaban en un pie grandes y chicos.

Sobraron ingenieros que determinaran el sitio y extensión del circo, y diesen la traza para hacerlo, formándolo de cañas en la parte más llana y limpia del corral. Con tablas prestadas a las trojes del granero, se hizo un palco de honor para la familia, adornado con mantillas, colchas y pañuelos de vivos colores, amén de las flores y ramas olorosas que se buscaron para engalanar los estantillos de la cerca y hacer vistosas guirnaldas.

Desde la mañana hasta las tres de la tarde, hora fijada para la corrida, fue un llover de gente a la quinta: labriegos vestidos de gala, que iban con sus familias a formar el corro de un espectáculo tan deseado e interesante para ellos, como el juego de toros, histórico torneo, que en todo tiempo se ha llevado de calles las tachas y censuras de ciertos filántropos modernos, críticos de sentido acomodaticio, que so color de moralizar y suavizar las costumbres, acusan de bárbaro al pueblo español, porque lo tolera y lo defiende; y por otro lado no dicen jota del más bárbaro e inhumano pugilato inglés, ni del incalificable linchamiento yanqui, en que no son animales bravíos los que amenazan la vida del hombre, sino el hombre mismo, el ser racional y civilizado, que toma de aquellos su ceguedad y fiereza, para atacar a sus semejantes, en plena luz del siglo, y a ciencia y paciencia de los pueblos que se precian de ser portaestandartes de la civilización y del progreso.

El encierro del toro se hizo con la pompa y ceremonias del caso. La casa del tío Pedro no distaba mucho, y a ella fueron todos, al son de flautas, guitarras y tamboriles, a traer el buey, que muy sosegadamente dormía en el establo. El personaje más guapo y gentil era naturalmente D. Quijote, con su elegante vestido de torero y su majestuoso andar. A su lado iba Sancho, y seguían en la marcha las zagalas hermosas, los robustos mozos de campo y la chusma de muchachos.

—Lo más conveniente será, Sancho, que tú hagas el oficio de conductor.

—¿Qué quiere decir su merced?

—Que seas tú quien lleve el toro por el cabestro, y ya dentro del circo, le metes los abejones.

—Acá para entre nos —replicó Sancho, bajando la voz— bueno es que sepa que he cambiado de sistema, porque no he podido conseguir los abejones, y en vez de ellos, me he hecho a una espina, para aguijonear al toro por la punta del rabo, cuando su merced me dé la señal del toreo.

—¿Y estás cierto de enfurecerlo por ese medio?

—Tan cierto, que me remuerde la conciencia el verme obligado a hacer semejante cosa, porque me imagino las grandes cornadas que su merced va a recibir, si no se pone a buen recaudo en cada suerte.

—No temas por mí, Sancho, sino por tu propio pellejo, porque si no me enfureces el toro, a fuerza de caballero, juro que me vengaré de ti, si por compasión o por miedo dejas de hacer lo que debes, y me privas de la gloria de esta hazaña.

Atemorizose Sancho, y prometió cumplir de su parte lo ofrecido, aunque el toro se llevase en los cachos a su amo y a todos los circunstantes.

Tomó en seguida por el cabestro al cachazudo buey,

que era grande como una casa, y el paseo tornó a la quinta en el mismo orden y con la solemnidad ya indicada.

Entre gritos y aplausos fue encerrado el toro en el circo, y todos buscaron su acomodo para asistir al espectáculo, codeándose unos con otros y disputándose los mejores puestos, como en estos casos suele acontecer. La banda de música ocupó un tablado hecho *ad hoc*, y el propietario con su esposa, sus hijos y demás familia subieron al palco de honor, y dieron la voz de que podía empezar la fiesta.

Los rústicos músicos tocaron una pieza del país, que se vieron en el caso de interrumpir para atender a D. Quijote, el cual se les acercó y les dijo con gran comedimiento: —Ruego al señor maestro de la orquesta, que cambie la pieza, y en vez de esos aires de tocatas nacionales, ejecute algún trozo selecto de música clásica, como los Meistersanger de Núremberg, obra de Wagner, o algún pasaje de Hadyn, Beethoven o Mozart, que son las melodías únicamente aceptables en los centros civilizados.

—Usted nos perdonará, señor, que no le demos gusto en eso, porque no entendemos nada de nota, sino que tocamos al oído, por mera fantasía.

—¡Qué vamos a hacer! —exclamó contrariado D. Quijote—. Esto nos prueba el grado de atraso en que vive nuestra pobre España. Tocad, pues, lo que sepáis, que vuestra no es la culpa, sino del gobierno, que debiera prohibir tales ranciedades y provincialismos, y fundar en cada aldea o partido un conservatorio de música, donde se enseñe al pueblo la ciencia filarmónica extranjera.

Admirados quedaron los músicos de semejante salida del torero, y por darle gusto y respetar su parecer hasta donde les era posible, escogieron en su repertorio la pieza que juzgaron más encopetada, tocándole en seguida la Jota Aragonesa, con tanta gracia y entusiasmo, que por toda la redondez del circo resonaron los aplausos, y hasta el bueno del toro volvió la cara hacia los músicos en señal de aprobación.

D. Quijote se adelantó entonces, en dirección del palco de honor, e hizo con gran despejo y dignidad el saludo de ordenanza y la dedicatoria de la primera banderilla. Dirigió luego una mirada arrogante a, todos lados, y encarándosele al buey, dio la señal convenida.

—¡A la espina, Sancho!

Allegose este al buey por detrás, y tomándole la punta del rabo, con gran precaución, le dio una palmada en el anca, lo que animó al bicho a dar algunos pasos, movimiento que tomó D. Quijote por el primer ímpetu de furia.

—¡Ahora, Sancho! —gritó de nuevo a su fiel escudero, que aún tenía al toro asido por el rabo.

Y sin esperar otra cosa, banderilla en ristre, se fue D. Quijote sobre el buey, como una flecha, lleno de coraje. El animal, que ve venir sobre sí aquel espantajo, a tiempo que se siente aguijoneado por la cola, en vez de acometer de frente, se espanta de súbito, dando un terrible mugido y llevándose a Sancho en la reculada, con tanta fuerza, que lo derribó patas arriba, y pasando por encima de él, perseguido por D. Quijote, rompió por la parte más flaca del circo, y huyó por el campo, en medio de la confusión y gritos de los espectadores, y las grandes voces que el frenético torero le daba, blandiendo en el aire la banderilla, con la rabia propia de un luchador burlado.

—¡Non fuyáis, cobarde animal! que necesito toda vuestra fuerza y pujanza, para acreditar mi valor, domándoos en singular combate!...

Unos corrieron tras el toro, otros a socorrer a Sancho, que sin dar señales de vida yacía sobre la arena del circo, y los más se estuvieron absortos y atemorizados ante la trágica actitud y fiero ademán de D. Quijote, el intrépido y temerario Caballero de los Leones, que con medio cuerpo fuera de la barda del corral, echaba rayos y centellas contra el toro, el cual a trote largo se volvió para el establo a continuar su interrumpida siesta.

Santiago corrió a la casa y trajo agua fría, con la cual roció la cara del mal aventurado Sancho, quien vuelto en sí, después de un prolongadísimo quejido, miró a todos lados a ver si descubría a D. Quijote, y como no lo hallase, exclamó con voz doliente:

—¡Quiero que me digan si está vivo o muerto!...

—Vivo está, amigo Sancho —le respondió Santiago— pues el toro no ha tirado, sino que ha huido, dejándonos chasqueados, y a usted malferido, por lo que es bueno que haga empeño de levantarse, para llevarlo a la cama, donde estas señoras le harán algún remedio, aunque según parece, no es cosa mayor, sino el aporreo de la caída.

Ayudado por los presentes, levantose Sancho del suelo, y casi en peso lo condujeron a su aposento, a tiempo que el propietario con buenas razones, procuraba calmar a D. Quijote, quien al cabo entregó la banderilla y pasó a ver a Sancho, el cual tenía a la sazón cubierto el rostro con un paño de vinagre, primera cura que le habían hecho, porque el irrespetuoso buey le había puesto la propia trasera en tan nobilísima parte.

—Sancho amigo, cuánto mejor habría sido valerte de los abejones y no de la espina.

—Lo mismo creo yo, porque entonces hubiera el toro desahogado la furia por los cachos, y no por las ancas.

—Pues apúntalo en la memoria para otra ocasión.

—No tenga cuidado, que bien apuntado lo tengo en

74

todo el cuerpo, que me duele más de lo que su merced se imagina, para que pueda olvidarlo en toda la vida; pero quiero decirle una cosa para su gobierno, y es que si en la carrera del progreso nos topásemos con otro toro, aunque sea más cristiano y humilde que el del pesebre de Belén, yo renuncio desde ahora el cargo de enfurecerlo ni con abejones, ni con espinas, ni aun siquiera de palabra, porque el que hace un cesto, hará ciento, y no quiero que me salga otro tiro por la culata.

—Por aquí verás, Sancho, la verdad de lo que tanto te he dicho, que los tiempos son ya otros, y otras las costumbres, y que todas las cosas resultan invertidas y trasmudadas, si no se encarrilan por el camino del progreso, que es el único que debemos trajinar con paso firme y constante. Observa que la sabia naturaleza ha dado a cada animal los medios de defensa y de ataque: a unos, los dientes y garras; a otros, el aguijón ponzoñoso o el agudo pico; y a los toros y otros cuadrúpedos, los durísimos cuernos, pero el buey del tío Pedro, criado en este oscuro retiro, en este apartamento de los centros civilizados, se ha hecho partícipe en sus instintos del atraso e ignorancia que lo rodea, y por eso contra todo orden natural, lo hemos visto obrar en un sentido retrógrado, es decir, embistiendo con las ancas y no con los cachos.

—¡Ah! —dijo Sancho lanzando un doloroso suspiro— si me hubiera hecho esa advertencia a tiempo, buen cuidado habría tenido en hurgar el buey, no por el rabo, sino por la nariz, para que su merced le hubiera sacado el lance por detrás.

—En fin, Sancho, estos son casos muy frecuentes en la carrera que profesamos, y debe consolarte saber que cayendo, has subido en la estima ción del pueblo, porque has padecido esta caída por halagarlo y servirlo, y no estará lejos el día en que recibas de sus manos el galardón que mereces.

—En verdad, mi amo, que no he tenido tal intención en lo que hice, sino que obré por servirme a mí mismo, para librarme de las iras y venganza de su merced, pero estoy pronto a mudar de intención, si en ello me va la ganancia que dice. Conque bien pueda decir a este amado pueblo que me vio caer, que por él solo lo hice, y por él sufro en paciencia y hasta con gusto el culatazo del toro.

—Pláceme, Sancho, ver que ya vas comprendiendo y poniendo en práctica los principios de la filosofía moderna, que así como quieren dos conciencias en el hombre, quieren también dos voluntades, una real y verdadera por dentro, y otra ficticia y convencional por fuera. Si no aquí, donde el pueblo gime todavía bajo el yugo monárquico, allá donde es libre y soberano, en la virgen América, verás premiados tus sacrificios, cuando en ella estemos.

—Nunca desecharé tales premios, pero todo eso está todavía por ver y por venir, y ahora lo que más me consolaría es un quita dolores, porque estoy más necesitado de medicinas que de discursos, y vale más un toma que dos te daré, y obras son amores y no buenas razones.

—¡Oh! Cuánto siento no poder aplicarte ahora mismo la Fierabrasina, con la cual quedarías curado instantáneamente; pero esta medicina no podrá conocerse sino a mi paso por Barcelona, donde la haré preparar en forma de píldoras, en cantidad suficiente para abastecer toda la América.

—Pero dígame siquiera cuáles son las virtudes de esas píldoras, y cuáles sus componentes, por si hubiere aquí con qué hacerlas.

—Sus virtudes y componentes, tú debes recordarlos, porque son los mismos del prodigioso bálsamo de

Fierabrás, mudado el nombre en Fierabrasina, como lo prescriben las leyes del progreso.

—¡Conque esas tenemos! Pues guárdese su bálsamo para quien no lo conozca, que gato escaldado, del agua fría huye, y no será Sancho quien vuelva a meterse entre pecho y espalda semejante torbellino, del cual nada bueno guardará tampoco su merced en la memoria; y por más que lo haga píldoras y le diferencie el nombre, Fierabrava será mientras exista.

—Estás en un error, Sancho, porque juzgas de las cosas de ahora, como de las de antaño. No, los procedimientos del progreso son más suaves, llevaderos y gustosos.

En este punto llevaban la plática, cuando vinieron a llamarlos para que volviesen al circo, donde se iba a efectuar la segunda parte de la fiesta, que consistía en una suculenta merienda, que el dueño de la quinta había hecho preparar en obsequio de la cuadrilla y los espectadores. A la voz de comida, Sancho olvidó sus males y se sentó en la cama, pero D. Quijote, adivinándole la intención de levantarse e irse al convite, se lo impidió diciéndole: —No conviene que te muevas, ni que comas sino cosas muy ligeras, porque tienes la cara muy hinchada, y detrás de la hinchazón vendrá la fiebre, detrás de la fiebre, el trastorno digestivo, y detrás de todo esto, si no guardas rigurosa dieta, vendrá la diarrea; y no siendo mozo, como no lo eres, podría cumplirse doblemente en tu persona el proverbio de las tres cees, que están como la espada de Damocles sobre la cabeza de los viejos, a saber; catarro, caída y... lo otro, ya dicho con otro nombre, que no hay para qué meneallo.

Gran congoja sobrevino a Sancho con esto, y a espaldas del doctor, pidió casi con lágrimas en los ojos, que no olvidasen de llevarle su parte de merienda, sin hacer caso de la severidad médica de su amo, en atención a que se sentía con fuerzas para digerir cuanto le presentasen, inclusive el mismo buey de su mala ventura.

Santiago había hecho grandes amigas con el propietario de la quinta, quien a su vez se había prendado del joven criollo, llegando a tratarse mutuamente con la mayor cordialidad y franqueza, en términos que sin tomar el parecer de su amigo el Dr. Quix, Santiago creyó conveniente hablar al propietario de la apremiante necesidad en que estaban de conseguir un vestido de viaje para el torero, el cual llevaba puesto aquel por carecer absolutamente de otro, según le dijo.

—Pues el remedio está a la mano —le contestó generosamente— porque puedo ofrecerle un gabán, un par de botas y un sombrero de fieltro, que apenas he usado una vez de viaje. Respecto a pantalones, me sobra la voluntad de ofrecerle algunos, pero son tales las piernas de vuestro compañero, que dudo mucho le alcancen a cubrir siquiera hasta las rodillas.

—Eso no será un obstáculo, porque las botas le cubrirán la falla de los pantalones, mientras algún sastre pueda hacérselos a la medida. Lo que ahora me apena es haberle ocasionado tamaña molestia.

—Es lo contrario, mi amigo, porque dado el carácter de este singular torero, no me hubiera atrevido ciertamente a pedirle la cuenta por el toreo a domicilio, ni su arrogancia y caballerosidad acaso hubieran consentido la aceptación de un obsequio en dinero. Así es que me viene a colmo lo que dices de su vestido, y esta misma noche le haré llevar a su aposento las piezas dichas.

Santiago recibió más gusto con este regalo que el mismo Dr. Quix, porque los redimía de los peligros del incógnito y de la curiosidad de las gentes, que irían en aumento a medida que caminasen por lugares más traficados.

Por su parte el Dr. Quix, caballeroso en todo, aceptó el presente con sumo agrado, y dio palabra al propietario de conservar aquellas prendas de ropa como un fino recuerdo de los días pasados en su hermosa quinta, morada deliciosa, donde reinaban las gracias de la inocencia y las virtudes de la honradez y del trabajo.

En resumen, todos quedaron satisfechos: los habitantes de la casa y sus contornos, porque tuvieron toros, música y merienda, cuando menos lo esperaban; el Dr. Quix, porque acreditó su valor y cambió de vestido; Santiago, porque se vio libre del azoramiento y vergüenza de viajar en compañía de un disfrazado, expuesto a la burla y rechifla de grandes y chicos; y Sancho, excepto lo del culatazo, porque merendó a tres raciones, según su costumbre, y porque tuvo la no poca fortuna de que no se le saltasen los botones de la portañuela en esta vez, debido a que Santiago, a fuerza de sastre, le sustituyó la botonadura con cordones, a semejanza de una cotilla o corsé de mujer, de modo que podía apretarse o aflojarse los pantalones, según el estado de la panza.

Con extremadas muestras de cortesanía, de parte a parte, se despidieron los viajeros de los dueños de la quinta y su numerosa familia. D. Quijote era otro hombre, por el vestido se entiende: de botas, gabán y sombrero de anchas alas, su figura había variado por completo, acercándose en algo a la del turista que él se tenía clavada entre ceja y ceja. En el bolsillo del pecho llevaba la abultadísima cartera de viaje y en los otros bolsillos repartió la carga de los demás menesteres, sin olvidar el compás, cuyas puntas de hierro le salían afuera como clavos de enmaderar.

Sancho, a más de la maleta de viaje y del cañón de lata en que se guardaba el mapa de América, iba cargado con la descomunal escuadra y la vara métrica, instrumentos sin los cuales, decía el caballero doctor, no podía darse un solo paso en la carrera de la ingeniería mecánica, que profesaba junto con sus otras carreras, como sabio enciclopédico y fervoroso apóstol del progreso.

Sin contratiempo digno de mención, llegaron a Barcelona, donde el Dr. Quix tenía negocios de suma importancia en qué ocuparse personalmente.

Entre las cosas que debían formar su equipaje, era lo primero la gran medicina de su invención, destinada exclusivamente a surtir sus efectos en Hispano América. Varios días invirtió en su preparación, asociado a un fabricante de drogas, hasta producir una cantidad enorme de píldoras, distribuidas en muchas gruesas de cajitas de cartón, primorosamente hechas, con dorados y el correspondiente rótulo: Fierabrasina. Píldoras del Dr. Quix.

Cada cajita estaba provista de la receta e instrucciones del caso, en que se decían los prodigios y universal aplicación de dicha medicina, que curaba todas las enfermedades, sin excepción alguna, al menos así debían de creerlo los semi-salvajes en quienes iba a obrar, desde la calvicie hasta los callos de los pies, y desde el dolor de muela hasta el cólera morbo! Otra de las cosas que compró el Dr. Quix, fue un aparatico fotográfico, que estrenó en Sancho, con pasmo de este, que vino a quedar convencido de que su amo era brujo, y muy cierto cuanto le había dicho de las ciencias ocultas y los misterios de su vida. Se previno también de una maquinilla eléctrica y un par de bicicletas, una mediana para Sancho, y otra de altísimas ruedas para él, de las cuales haría uso al saltar en la tierra tropical, sobre el suelo virgen de América, objeto de todos sus pensamientos, tierra de verdadera promisión para la humanidad, refugio de pobres, criadero de ricos, suelo privilegiado, donde toda simiente nace y todo fruto se cosecha, mercado que todos codician, fragua de civiles revueltas, y lugar escogido por el Dios de las naciones para asiento de la futura grandeza del mundo.

Hecho el equipaje con las cosas dichas, y otras muchas que a su tiempo se dirán, tomaron pasaje para Sur América, embargados por muy diver sos pensamientos. D. Quijote creía oír ya, en el ruido de las olas, el lastimero clamor de estos pueblos sedientos de luz y de progreso; Sancho, echado como un plomo en su camarote, veía en su imaginación brillar los montes de oro y romperse el cielo en cataratas de perlas; y Santiago, callado y melancólico, pensaba en su patria. Más de una vez las lágrimas corrieron silenciosas por sus mejillas. ¿Qué sería de su casa y de los seres más queridos de su alma? ¿Qué mudanzas hallaría después de tan larga ausencia? Ya se verá en los capítulos siguientes la causa de su tristeza y de sus lágrimas.

CAPÍTULO IX
Donde se empieza a contar la historia de Santiago

La provincia de Sanisidro, llamada así por el nombre de su ciudad capital, está situada no muy lejos de la línea del Ecuador, en una de las nuevas repúblicas suramericanas. Es abundantísima de frutos, de variados climas y montañosa en su mayor parte. Por esta causa, y por falta de puertos sobre el mar, se ha mantenido en cierto aislamiento con respecto a las provincias vecinas, no obstante su trato y comercio con ellas.

A pesar del adelantamiento de las vías públicas en todo el país, sus caminos, con pocas variantes, son los mismos que tenían los indios al tiempo de la conquista. De uno a otro de sus cantones, el tráfico se hace a caballo, ascendiendo o bajando por empinados cerros, cruzando páramos solitarios, o caminando por las márgenes de ríos torrentosos.

A diez leguas de la ciudad de Sanisidro, está situada la villa de Mapiche, cabecera de uno de los cantones más retirados de la provincia, edificada sobre una montaña altísima, que ofrece en sus faldas ancho campo para la industria agrícola y pecuaria. Vegas llenas de cultivos, prados extensos, siempre húmedos y empastados, clarísimos arroyos, selvas hermosas, colinas cubiertas de verdura unas, y desnudas otras, riscos inaccesibles a lo lejos, confundidos con las nubes, que semejan torres y muros de castillos fantásticos.

La villa de Mapiche tiene de ochocientas a mil almas, y tres pueblos sufragáneos. Peña Negra, las Cocuisas y el Granadillo, situado este último a dos leguas de la villa, pintoresca aldea, de clima más templado y ricas haciendas de café, cacao y cañas de azúcar. El Granadillo se halla más bajo, casi en el fondo de un anchísimo valle, formado por el río de las Ánimas, que es el principal y más caudaloso del cantón.

Inalterable armonía reinaba entre las familias de Mapiche, las cuales vivían sin lujo ni vanas apariencias, en un estado de comodidad y riqueza no apreciables para ellas mismas, sino para los extraños que tenían ocasión de admirar aquella vida apacible y de inocentes goces, reducida a trabajar honradamente en su oficio cada persona, toda la semana, para descansar el domingo, después de haber cumplido con el precepto de oír misa entera, como lo manda la Iglesia, yendo los que vivían en el pueblo a pasear al campo, y al contrario, viniéndose para la villa los que de continuo lo pasaban en el campo, ocupados en las faenas agrícolas.

Un nuevo y castizo poeta extremeño, don José Gabriel y Galán, nos pinta magistralmente ese estado envidiable, en versos que no desdeñaría el mismo Lope de Vega.

La vida era solemne,
puro y sereno el pensamiento era,
sosegado el sentir, como las brisas,
mudo y fuerte el amor, mansas las penas,
austeros los placeres,
raigadas las creencias,
sabroso el pan, reparador el sueño,
fácil el bien y pura la conciencia.

Todos medían sus posibles por los rendimientos de su hacienda o su trabajo industrial, sin que entrase jamás en los cálculos de ningún propietario, artesano ni aprendiz, llegar a rico por el camino de la política. Al contrario, se consideraba una carga muy pesada el servicio público, por ser entonces de grave responsabilidad y poco provecho.

Tan insignificantes eran los sueldos, que el secretario del Ayuntamiento, único empleado del cuerpo a quien se pagaba su servicio, ganaba por mes cuatro pesos! El jefe del cantón, aunque era la primera autoridad política del lugar, no ganaba sueldo ni derechos: era cargo de servicio obligatorio y gratuito; y por ello no sorprenderá el hecho histórico de cierto ciudadano de Mapiche, que no habiendo comprobado legalmente su excusa, llegó a verse compelido por sentencia judicial a servir el empleo de jefe político, para el cual había sido nombrado.

Desgraciadamente para la fecha a que se refiere esta historia, Mapiche era ya otro: esa generación de hombres, que incurrieron en la *tontería* de servir leal y gratuitamente a su patria, había sido reemplazada por otra, más ilustrada y progresista, que hacía consistir su mayor viveza, en vivir a costa del tesoro público. Desde que se aumentaron los empleos y se dotaron con buenos sueldos, la política tomó otra faz: vino a ser negocio apetecible.

Despertaron las ambiciones lugareñas, vinieron las divisiones, las intrigas ante los gobernantes y caudillos que se sucedían en el escenario de la vida pública, la constante inquietud de los vecinos, las rencillas por celos de poder o de influjo, todo con mengua de la contracción al trabajo y del adelantamiento de la riqueza pública y privada.

La aldea del Granadillo, sufragánea y dócil hasta allí, pedía su autonomía, invocando los principios federales. No quería ser menos que Mapiche, y aspiraba a ser cabecera del cantón o vivir independiente.

Nunca se había conocido en Mapiche guardia permanente. Los criminales eran aprehendidos por los ciudadanos, de orden de la autoridad, custodiados en la cárcel algunas horas, y remitidos a Sanisidro, a disposición de los jueces superiores. Pero cuando el pueblo vio tantas idas y venidas, tantas vueltas y revueltas en los que ejercían el gobierno, acabó por perder el respeto debido al principio de autoridad, y no vio ya en el magistrado ni en el juez, al hombre de la ley, sino al partidario complaciente, o al enemigo triunfante: y entonces fue menester cambiar el bastón de mando y las varas de la justicia, por sables y fusiles, siempre prontos a hacer respetar por la fuerza los fueros de la autoridad, y contener las rebeliones armadas.

Cierta vez rezaban el trisagio en la casa del vicario de Mapiche, a causa de una fuerte tempestad que se había desatado sobre la villa, entre nueve y diez de la noche. La luz de los relámpagos hacía palidecer el vivo resplandor de las velas de cera encendidas en el altar. De pronto se oyeron recios y repetidos golpes en la puerta de la casa. El rezo fue interrumpido en estos momentos por una fuerte descarga eléctrica, que hizo dar un grito de pavor al vicario y su servidumbre, a tiempo que continuaban resonando los toques en la puerta con doble fuerza.

El vicario mandó abrir en seguida, y una pobre anciana, empapada de pies a cabeza, entró a poco en la misma sala donde rezaban.

—¡Romualda! ¿Qué novedad hay? —le preguntó el vicario.

—Que lo manda llamar la niña Dolores con mucho apuro —contestó temblando de frío y de angustia la infeliz anciana.

—¿Con este tiempo?

—Es que se ha puesto muy mala de un momento a otro, y no quiere perder el sentido sin que su merced vaya a verla y auxiliarla.

—¡Santa Bárbara bendita! —exclamaron todos a una voz, llevándose las manos a la cabeza: otro gran trueno había reventado como un cañonazo, en seguida de un relámpago que los ofuscó a todos.

—Ya ves, Romualda, que es imposible salir con este tiempo. Esperemos a que calme la tempestad.

La anciana, rendida de cansancio y doblemente angustiada, se acurrucó en un rincón de la sala, diciendo con lágrimas en los ojos.

—¡Qué calamidad, Dios mío! ¡Está tan mala, señor vicario, que quizá no vamos a encontrarla viva! Se reanudó el rezo con más fervor, a la luz de una vela de la Candelaria, encendida en puesto notable.

Los truenos y la lluvia torrencial iban calmándose poco a poco, cuando resonaron de nuevo en la puerta varios toques, acompañados de lastimeros gritos.

En esta vez, todos se quedaron en suspenso algunos instantes, y salió el vicario en persona a ver quién era. Un pobre niño lloraba, prendido del aldabón de la puerta.

—¡Santiago! —gritó Romualda, que había salido detrás del vicario, y se precipitó sobre la tierna criatura.

—¡Mi mamá se está muriendo! ¡Corra, corra, mamita!...

—¡Mis zapatones y el paraguas, pronto, pronto! —gritó el vicario, volviendo al interior de la casa, con una rapidez y energía extrañas en su edad.

Un momento después, guiados por un farol que llevaba Romualda, y dando traspiés por las anegadas calles, llegaban el vicario y el niño a la casita de la moribunda, que estaba en tinieblas. La única vela encendida que había en el aposento, lanzaba a intervalos sus postreros resplandores, reducida a paveza en un candelero de barro.

La enferma estaba casi exánime sobre el lecho, en medio de una pobreza que oprimía el corazón. Tenía desfigurado el rostro por el terrible mal que desde hacía algún tiempo la mantenía postrada en la cama: era un cáncer. Reanimada un tanto por la mano activa y solícita de Romualda, abrió los ojos con suma lentitud, y al reconocer al vicario, hizo empeño por hablar, pero no pudo.

—Es que quiere darle la carta —dijo el niño.

—¿Qué carta? —preguntó el vicario.

—Una que ella tiene aquí, debajo de la almohada.

Y, en efecto, el niño sacó de allí un pliego, que puso en manos del vicario, a tiempo que en el pálido semblante de la enferma se pintaba una triste expresión de inteligencia y alegría: aquel papel contenía su última voluntad.

Dolores era viuda. Recién casada, tuvo la desdicha de perder a su esposo, muerto trágicamente en un tiroteo habido entre bandos eleccionarios.

Desde entonces vivió, digámoslo así, uncida fatalmente al carro incendiario de las discordias civiles. El género de muerte que le había arrebatado a su esposo, encendió en su alma, con doble fuerza, la pasión absorbente de la política banderiza, y puso su existencia a merced de los caprichos y bruscas alternativas de ese juego de odios y lisonjas, en que la ganancia es incierta, y muy segura la pérdida del decoro personal, la paz de las familias y la tranquilidad pública.

Y no faltaba razón a Dolores, porque el predominio del bando de sus simpatías, no sólo significaba para ella la honra y enaltecimiento de la memoria de su finado esposo, a quien se tributaban los exagerados elogios del estilo enflautado de la prensa política, como paladín heroico, mártir ilustre, brillante apóstol de la causa, etc., sino que le proporcionaba también eficaz alivio en su pobreza extrema, por la pensión que le decretaban, y las consideraciones de que era objeto por parte del gobierno y los particulares.

En cambio ¡qué angustiada y triste se ponía, cuando

le llevaban malas noticias! El triunfo del bando contrario era su ruina moral y material. La política juega hasta con la memoria de los muertos. El heroísmo, la abnegación y los sacrificios de su esposo, venían a convertirse en delitos y causas de persecuciones; la pensión quedaba *ipso facto* borrada del presupuesto, y se alejaban de su casa, como por encanto, la mayor parte de los amigos que la colmaban de atenciones y agasajos. Sus propios partidarios llegaron a olvidarla, cuando ya dejó de ser incentivo de las pasiones la muerte trágica de su esposo; y poco a poco fue quedando la pobre Dolores en la amarga soledad de la miseria.

En estas circunstancias le sobrevino la enfermedad que debía llevarla al sepulcro. Miró en torno suyo con profundo pesar, porque no tenía parientes allegados, y solamente vio la noble figura del vicario, padrino de bautizo de su único e idolatrado hijo. Escribiole una carta-testamento, en que lo nombraba tutor de Santiago, y en que recomendaba a este que jamás se apartase de los consejos del vicario, ni de la compañía de Romualda, excelente mujer que había criado a Dolores desde niña, y criado también a Santiago con doble cariño.

El vicario leyó la carta sin poder ocultar la turbación de su espíritu, ante un cuadro semejante de desolación y amargura. Ofreciole de todo corazón cumplir con tan delicado encargo, y le dio los auxilios de la Religión, con gran piedad, y acompañados de palabras de consuelo y suprema esperanza.

Luego se despidió, dejando a la enferma en estado de aparente mejoría.

Las calles seguían anegadas, y las aceras tan resbaladizas, que el buen sacerdote creyó lo más seguro no servirse de ellas, y echar por los empedrados.

Iba en lo oscuro, porque la luz de su farol era la única que quedaba alumbrando la casa de la enferma, pero el cielo estaba ya despejado, y una vaga claridad de luna naciente hacía perceptibles ciertos puntos blancos en el suelo, que eran pozos de agua, pero que el santo vicario tomaba por piedras, y pisaba en ellos, mojándose mucho más de la cuenta.

Al volver una esquina, se vio detenido de súbito.

—¡Alto! ¿Quién vive?

—La patria, la patria —contestó el vicario.

—¿Qué gente? Aquí fue el mayor apuro del manso levita. ¡Había tantos y tan repentinos cambios en el gobierno de Mapiche!

—Es el vicario, mis amigos.

—¡Haga alto el señor vicario! ¡Cabo de guardia, a reconocer! —gritó desgañitándose el centinela del retén.

Muy afortunado anduvo el vicario, primero porque no lo echaron a la espalda, y luego, porque el cabo era un oficial de albañilería, que en esos días le había hecho ciertos reparos en la casa.

—¡El señor vicario por aquí! —le dijo con mucho respeto.

—Una confesión, Nicasio.

—Pues mire que las cosas están muy feas. Procure llegar prontico a su casa.

—No tengas cuidado, pero de paso debo decirte, que con la lluvia torrencial de esta noche, se abrió de nuevo la gotera de la sala, que tú cogiste, para que vuelvas por allá cuando puedas, a cogerla otra vez.

—Está muy bien, señor vicario, y écheme la bendición.

—Dios te bendiga, Nicasio.

No era la primera que le pasaba al padre Juan, que este era el nombre del vicario, pero él tenía lo que puede llamarse la filosofía del terruño, o sea el don de sobrellevar prudentemente los usos y abusos de la tierra, que no estaba en su mano corregir ni evitar.

Al día siguiente, murió la viuda. Arreglada la mortuoria, el padre Juan creyó lo más conveniente llevarse para su casa a Santiago, que tendría diez años, y a Romualda, la fiel criada que amaba al niño con toda su alma. Aunque el vicario tenía una hermana, vivía solo, porque esta asistía con su marido en un campo no lejos de la villa, por lo que fue para él ganancia inapreciable conseguir para ama de llaves una mujer de la honradez y cualidades de Romualda, una de esas criadas que sirven en las casas de familia, no por interés del salario, sino por vínculos de afecto muy estrechos.

Santiago fue puesto en la escuela, y al mismo tiempo aprendía a sastre y servía de monaguillo en la iglesia, que para todo hay tiempo cuando se comparte con método. La buena índole y condiciones del niño, cautivaron por completo al padre Juan, hasta el punto de despertar celos en su hermana, llamada doña Paula, que llegó a quejarse de él, porque manifestaba más cariño e interés por Santiago que por sus propios sobrinos. Esto no pasaba de ser una broma de la buena señora, por ver en aprietos al vicario, porque también ella reconocía y admiraba las buenas prendas del huérfano.

Cualquier otro muchacho, de genio menos dulce, se habría criado engreído y voluntarioso, porque no eran para menos las contemplaciones y mimos de que era objeto, por parte del vicario, y más aun de Romualda, que lo llamaba por antonomasia el niño, siendo para ambos alegría de la casa y consuelo en la vejez. Por su parte, el muchachito amaba a aquellos dos seres con toda la ternura de su corazón. No conocía más familia en el mundo.

Así corrieron los años: Santiago llegó a la edad de la adolescencia. El padre Juan, por egoísmo de cariño, no había querido mandarlo a Sanisidro, a cursar los estudios de filosofía en el colegio. Quiso más bien servirle de maestro en lo que pudiera enseñarle, fuera de la instrucción primaria que había recibido en la escuela. Al efecto, puso en sus manos la gramática latina, pero luchó en vano: por una parte, el chico no tenía afición a las letras, y por otra, sucedía al padre Juan lo que a los padres de familia que quieren ser preceptores de sus hijos: que sea por esto o por aquello, es lo cierto que nunca hay formalidad en la enseñanza, y en definitiva pierden los niños en la casa el tiempo que podrían aprovechar en la escuela.

CAPÍTULO X

Del importante secreto que Santiago reveló a la buena Romualda

Un día, las campanas del templo de Mapiche, dieron los toques acostumbrados para avisar a los fieles la salida del Viático. Muchas personas acudieron inmediatamente, porque ya se sabía en la villa que los auxilios espirituales eran para una de las niñas más mimadas del lugar, hija única de un rico propietario, la cual se hallaba en peligro de muerte, víctima de una fiebre violenta.

El padre Juan estaba impaciente, porque a la hora precisa faltaba el monaguillo. Varias veces salió a la puerta de la iglesia, y preguntó por el chico que hacía aquel servicio. Santiago, que estaba en el atrio, con aire muy compungido, se acercó al vicario, y le dijo a media voz:

—Yo creo que Pedrito está enfermo, pero si usted quiere, yo puedo acompañarle.

—Eso no se pregunta, Santiago. Cuánto mejor que vuelvas a recordar los buenos tiempos en que me servías de monaguillo. Entra, pues, y échate el vestido como puedas, porque creo ha de quedarte corto. ¡Has crecido tanto! Santiago no se hizo esperar: aquello era un secreto convenio con Pedrito, a quien ofreció buena recompensa con tal de que no portase por la iglesia a la hora del Viático. Con gran presteza entró a la sacristía, se puso la hopa[1] y el roquete[2], y previno las cosas necesarias. Bien se comprendía que el oficio no le era desconocido.

Prontamente salió el viático: la piedad de las familias se puso de manifiesto en los cortinajes y flores con

---

[1] Especie de vestidura, al modo de túnica o sotana cerrada.
[2] Especie de sobrepelliz cerrada y con mangas.

que estaban adornadas las casas que había en el tránsito, y en el religioso respeto de la numerosa comitiva, precedida por el esquilón, cuyo acompasado sonido causa honda impresión en el ánimo, porque nos recuerda el fin último, la suprema despedida, en medio de lágrimas y sollozos.

La enfermita estaba envuelta en blanquísimas sábanas, rodeada de deudos y personas amigas. Detrás de las cortinas del lecho, se oían unos fuertes sollozos, que casi hacían saltar las lágrimas a los concurrentes: era el padre de la niña, hombre como de cincuenta años, de aspecto respetable.

Frente al lecho había un altar preparado *ad hoc*, en que ardían cuatro cirios, en medio de varios ramos hermosísimos de azucenas, tan cándidas como la inocencia pintada en el rostro angelical de la enferma, cuyas mejillas, encendidas por la fiebre, alejaban la idea de que pudiera estar a las puertas del sepulcro.

Hubo un rato de silencio: el vicario recitó las preces de costumbre y dio la sagrada comunión a la niña, que apenas entreabrió los ojos. Pronto quedó terminada la triste y conmovedora ceremonia, sin que nadie parase mientes en el profundo pesar de que era víctima el improvisado monaguillo.

Temblaba en sus manos la vela, cuando hubo de acompañar al sacerdote hasta el lecho de la enferma. Al fijar sus miradas en aquellos lindos ojos entreabiertos, casi apagados por el sufrimiento, el rostro de Santiago se alteró de un modo notable, y dejó caer la cabeza sobre el pecho, para no levantarla sino en la calle, cuando se vio al aire libre, de regreso para la iglesia.

Terminada la bendición, entró a la sacristía, se despojó rápidamente de los hábitos de monaguillo, y huyó de carrera por el fondo o solar de la iglesia, que tenía comunicación con la casa del vicario, a la cual entró sin llamar a nadie, ni proferir una sola palabra, y se encerró en su cuarto. Era este una pieza muy aseada, sencillamente amueblada, con una mesita, donde tenía sus libros y recado de escribir, una percha, varias sillas de suela, un baúl y la mullida cama, diariamente compuesta por Romualda. Cuando se vio solo, se tendió sobre el lecho, con la cara oculta entre las almohadas, prorrumpiendo en amarguísimo llanto.

El reloj del vicario, uno de esos antiguos relojes de pesas, cuya caja de madera, larga y estrecha, se levanta hasta el techo como una columna, dio pausadamente las once de la mañana, hora en que empezaba a sentirse en el comedor el ruido de los platos y cubiertos. El almuerzo estuvo muy pronto sobre la mesa, y el vicario se vio interrumpido en su sala de estudio por la voz del ama de llaves.

—Venga su merced, que ya está servido.

—¿Y Santiago? —preguntó el padre Juan— ¿no ha venido? Llámalo, porque debemos felicitarlo. Hoy se ha portado como un hombre formal. Al pobre muchacho me lo tenían trastornado las malas compañías, haciéndole ver que ya estaba muy grande para servir de monaguillo, pero hoy me ha sacado de apuros, sin que yo le dijese nada, acompañándome en el Viático, cosa espontánea de él. ¿Qué te parece, Romualda?

—Yo me contento mucho de eso, mi amo, porque así le cogerá gusto a la iglesia, hasta que llegue a vestir los hábitos, pero no ha venido todavía, y no sería malo que su merced, muy por las buenas, le aconsejase que venga siempre a las horas de comer, porque eso de estar calentando y recalentando la comida, no conviene. Mejor es quitarle a tiempo ese resabio.

—Tienes razón, Romualda, pero hoy por hoy, hay

que perdonarle esa, y darle más bien los plácemes por su conducta.

El vicario acabó de almorzar sin que Santiago llegase. Romualda fue al cuarto del chico, y halló la puerta trancada, contra la costumbre, novedad de que no quiso noticiar al padre Juan, hasta no cerciorarse de lo que fuese, previendo que algo serio envolvía aquel hecho inusitado.

Lo que frecuentemente sucede entre el padre y la madre de un hijo mimado y consentido, eso pasaba entre el padre Juan y Romualda: ambos reconocían las faltas y defectos de Santiago, pero ninguno quería por su parte darle el disgusto de un regaño; y por eso se daban recíproca comisión para llamarlo al orden, y recíprocamente le encubrían cualquier travesura, haciéndose la vista gorda, cegados por el cariño, cada vez que el muchacho daba motivo de represión, motivos que siempre da un niño, aunque sea de pasta angelical.

Encendió un tabaco el señor vicario, dio algunas instrucciones a Romualda, entre ellas que no descuidase vigilar la caballeriza, para que no faltase pasto a la mula; y empuñando el quitasol, salió a la calle en diligencias de su ministerio.

Romualda, al verse sola, fue a llamar con mayor insistencia a la puerta del cuarto del niño, que se abrió al fin, y simultáneamente los brazos de Santiago cayeron sobre los hombros de la afectuosa anciana.

—¡Mamita, por Dios! ¿Qué hago yo?...

—¿Qué es, hijo, qué te pasa? —le preguntó sin salir de su sorpresa.

—¡Lolita!... ¡Lolita, que está muy mala! Y el pobre niño se echó a llorar a gritos, abrazado a Romualda, por cuyas rugosas mejillas corrieron también dos hilos de lágrimas. Su instinto de madre le había hecho presentir que algo grave sucedía, y aquella revelación del muchacho la confirmaba en sus temores.

—No te aflijas, hijo, que Dios es muy grande, y ya verás cómo se pone buena la muchachita. ¡Yo no sabía que la querías tanto!...

—No se lo había dicho a nadie, a nadie, pero hoy la he visto postrada en la cama, y no sé lo que me ha pasado. ¡Está muy mala, no me ha mirado siquiera! Lolita se muere, y me va a dejar solo!...

La desesperación se pintó en el semblante del muchacho. A Romualda se le agotaron las fuerzas, y se puso a llorar también. Al cabo, tomó un partido para consolarlo: limpiose los ojos con las puntas del gran pañuelo de Madrás, que usaba cruzado sobre el pecho, y con mucha suavidad acarició la cabeza del niño, componiéndole los revueltos cabellos que le cubrían la frente.

—No te desesperes, hijo. Espérame aquí tranquilo, mientras voy yo misma a casa de D. Manuel, a ver cómo sigue la niña.

Tan de carrera salió la anciana, que dejó abiertas las puertas del interior de la casa, inclusive la del corral, y las gallinas, una tras otra, encabezadas por el gallo, emprendieron una excursión por la cocina y demás habitaciones que hallaron francas. El almuerzo de Santiago, que había quedado a medio tapar sobre la mesa, fue devorado en un santiamén por la alada falange.

Poco mal le hicieron, porque en aquellos momentos no estaba él para pensar en almuerzo.

Pronto regresó la anciana, dando traspiés y llena de fatiga, achaques muy propios de su edad, que no era para andar de prisa.

—¡Buena noticia! El médico la ha encontrado mejorcita: ha hablado, ha pedido agua y se le ha rebajado la calentura. Ya ves, pues, que no hay por qué desesperarse tanto.

La esperanza es sin duda un rayo del cielo, un fuego vivificador. Brillaron de pronto los ojos de Santiago, y limpiándose las lágrimas, se acercó a Romualda, abrumándola a preguntas.

—¿Usted la vio? ¿Tenía los ojos alegres? ¿Quiénes estaban con ella?

—Lo que te digo es la verdad: está mejorcita y hay mucha esperanza. Sacude, pues, tu tristeza, y vamos a almorzar.

—Pero mire, mamita, que no sepa nada mi padrino.

—No, hijo, mi amo está muy lejos de sospechar nada de esto; más bien te esperaba muy contento, para darte la enhorabuena por haber vuelto a servir en la iglesia.

Diciendo esto, Romualda se fue a calentar el almuerzo, y aquí fueron las bravatas y palos: se armó una de San Quitin entre la anciana y las gallinas, que todas azoradas volvieron a su encierro.

—Pues ustedes la hicieron, ustedes la pagan.

Y fuese tras ellas, a registrar los nidos, en pos de huevos frescos por reparar el daño. Una tortilla, unas fritas de plátano maduro, y una taza de oloroso café, con arepa de maíz y buen queso, vinieron a ser el almuerzo de Santiago.

¡El pobre niño! Cuán distante se hallaba días antes de verse envuelto en las llamas, para él desconocidas, de una pasión como aquella, que sin darse cuenta de cómo ni cuándo, se había apoderado de su alma inocente, y que inesperadamente lo sometía a las torturas de una angustia, indefinible, de un pesar profundo, o bien lo trasportaba a una alegría inefable, llena de ilusiones y de esperanzas para lo porvenir.

Desde muy niño había estado en frecuente trato con dos niñas de su misma edad, poco más o menos: María, que era sobrina del padre Juan, a la cual quería como una hermanita, por ser de la casa y familia de su padrino, a donde iba a pasar los domingos con su buena madre doña Paula, y Lolita, hija única de D. Manuel Alquiza, y huérfana de madre, compañera y amiga íntima de María.

Las dos niñas eran inseparables, y ambas miraban en Santiago a su más fiel y allegado servidor en sus juegos y caprichos infantiles. Santiago, por su parte, las servía y obsequiaba como un verdadero hermano: por ellas se trepaba a lo alto de los árboles, en busca de una fruta o de un nido de 2 pájaros; por ellas andaba y desandaba la villa y sus contornos, en pos de alguna golosina, de una flor o de un juguete.

Criado en los primeros años de su infancia sin otros niños con quienes jugar, la compañía de la sobrina del vicario y de Lolita fue para él una dicha inesperada, un motivo de nuevas y muy vivas impresiones.

No es fácil saber, en el desenvolvimiento moral, el tiempo preciso en que niños y niñas llegan a darse cuenta de la naturaleza y variedad de los afectos que alimentan en su corazón. De aquí que Santiago se dejase llevar, dulcemente y sin saberlo, por el cariño entrañable que profesaba a aquellas dos niñas. Aún no se le había ocurrido comparar en su corazón qué clase de afecto sentía por cada una de ellas.

Si fuese María la enferma de muerte ¿sentiría con igual intensidad aquella gran pesadumbre, aquella horrible desesperación?...

Santiago se hizo esta pregunta, y dolorosamente sorprendido, al punto comprendió que no; que si María le faltaba, su pesar sería inmenso, pero quedaría Lolita para alegrar su vida y llorar juntos la pérdida de su idolatrada amiga; mas, al pensar en que Lolita muriese, ah, ni María, con todo el podar de sus gracias y espirituales encantos, podría consolarlo: la desaparición de Lolita, era la muerte de su corazón, el hundimiento repentino de las alegrías, las ilusiones y las esperanzas más íntimas y queridas de su alma.

En este día leyó claro en su propio corazón, donde el destino de tiempo atrás tenía divididos y calificados aquellos tiernos afectos: ¡María era su amiga, y Lolita su primer amor! La reposición de esta fue sumamente lenta: llegó a temerse que le sobreviniera alguna tisis, tal era el estado de aniquilamiento en que la dejó la fiebre. Tan luego pudo levantarse, por consulta del médico, D. Manuel se trasladó con la familia a la aldea del Granadillo, en solicitud de mejores aires para la interesante enfermita.

Si Santiago había dado gusto al vicario, volviendo inesperadamente a servir en la iglesia, ahora le iba a dar otro gusto, ofreciéndosele para salir a caballo por los extensos campos de su jurisdicción, a recibir las primicias y desempeñarlo en las demás diligencias que tuviese que hacer, fuera de aquellas propiamente ministeriales, por cuanto ya el padre Juan estaba pesado y achacoso para entender en tales asuntos lejos del poblado.

La vida de Santiago cambió mucho desde entonces: por cualquier motivo ensillaba la mula del vicario y se alejaba de la villa.

—Está en la edad precisa de la pasión por andar a caballo —decía bondadosamente el padre Juan, hablando con Romualda.

—Pero a mí no me gusta que se vaya solo por esos campos.

—Déjalo, que así se formará en la fatiga y el trabajo. Ya está muy grande para que queramos tenerlo aquí metido en la casa, como niña bonita.

Además, yo sé que va casi siempre al Granadillo, en diligencias de su oficio de sastre, y allá están mi compadre Manuel y mi buena sobrina María, que velarán por él en cualquiera necesidad.

Demás estará decir, que las excursiones de a caballo no tenían otro móvil principal que ir a ver a Lolita y a María, con ventaja para los vecinos de la aldea, a quienes Santiago ofrecía coserles a precios muy módicos: hasta gratis les hubiera hecho él una pieza de ropa, en cambio de hallar un motivo para trasladarse al pintoresco Granadillo.

A excepción de Romualda, nadie hasta allí había sorprendido su secreto. Estaba habituado a no hacer diferencia alguna entre las dos niñas, en sus tímidas e inocentes manifestaciones de cariño. Jamás llegaba con las manos vacías, pero las frutas y las flores que por el camino solicitaba, eran para ambas, y por ambas mostraba en todo el mismo interés, sin distinción alguna.

¡Ah! pero hay una comunicación no ostensible e inevitable, que no puede ser equívoca, comunicación misteriosa, que descubre hasta lo más íntimo del alma, aunque los labios callen: es el fuego mismo del amor, que se escapa por los ojos, como se escapan por la boca de un hornillo las encendidas llamas.

El tiempo corría velozmente, pero no así la mejoría de Lolita. Muy poco había ganado en año y medio de permanencia en el Granadillo: las gracias de los quince años, la edad de los hermosos atractivos de la mujer, veíanse nubladas en su dulcísimo rostro por una palidez enfermiza. Sus ojos negros brillaban como dos luceros, pero sus miradas eran lánguidas y melancólicas.

María, por el contrario, rebosaba de salud: sus mejillas, sonrosadas siempre, hacían más notable la palidez de su íntima amiga. La sobrina del padre Juan era también de bellísimo rostro y gentiles formas: había sido criada en las constantes faenas del hogar, ora ayudando a su buena madre en la crianza de sus hermanitos menores, ora desempeñando los múltiples oficios domésticos, desde la costura hasta el barrido de la casa, trabajos que son el más honesto y provechoso gimnasio en la educación física y moral de la mujer.

En sus ojos expresivos había un rayo de inteligencia y de ternura que cautivaba dulcemente: María era en realidad lo que se llama un tipo simpático.

Un suceso inesperado y raro en cualquier otro país, pero lógico y frecuente, por desdicha, en la provincia de Sanisidro, vino a interrumpir la tranquilidad de que gozaban D. Manuel y su familia en el Granadillo: estalló una revolución local, y el gobierno, con la premura del caso, dio orden a las autoridades de los cantones para reclutar gente y declararse en estado de guerra.

D. Manuel no era partidario del Gobierno, lo que para el criterio de los gobiernistas, era tanto como ser revolucionario; de suerte que el jefe del Granadillo, como medida de alta política, inició sus operaciones militares con la prisión de D. Manuel, quien fue sacado de noche de su hogar, y conducido a la cárcel de Mapiche, junto con los primeros reclutas.

Cuando Santiago supo esto, ensilló la mula del vicario, de acuerdo con este, y rápidamente se trasladó al Granadillo, a ofrecer sus servicios a doña Ángela, hermana de D. Manuel, con quien estaban Lolita y María, a las cuales suponía en gran tribulación.

Apenas frisaba Santiago en los diez y seis años, y tenía casi la estatura de un hombre bien formado Su carácter, dócil en la intimidad de la familia, era sin embargo quisquilloso en punto a ideas de honor y decoro personal, no obstante los consejos del padre Juan, que lo había educado desde niño en las máximas de la tolerancia y la prudencia, haciéndole ver, cada vez que tenía noticia de que andaba enredado en pleitos y disgustillos de calle, que lo mejor era perdonar las ofensas y sufrir con paciencia las flaquezas del prójimo.

¿Qué consejos más saludables podía darle sino los del Evangelio? Pero debemos tomar en consideración, que la edad de Santiago no era la de la tolerancia y la prudencia, sino la del pundonor, y el celo exagerado por conservarlo limpio de toda mancha.

Cuando llegó a la aldea, le salieron al encuentro María y Lola, en extremo afligidas por la prisión de D. Manuel.

—Mi padrino es de parecer que inmediatamente se vaya la familia para Mapiche, y como ahora no se consiguen bestias para el viaje, manda su mula para Lolita, porque los demás podemos ir a pie sin gran fatiga.

—Lo mismo hemos pensado nosotras —le contestó María— y te esperábamos por momentos para ponernos en marcha, porque doña Ángela es muy miedosa, y no teníamos un hombre que nos acompañara.

—Que vaya mi tía en la mula —dijo Lolita, mirando a Santiago con sus lánguidos y hermosísimos ojos.

—Yo iré a pie con ustedes.

—¿Y si te hace daño, Lola? Mira que el médico ha dicho que no te convienen los ejercicios muy fuertes; y una tirada de dos leguas a pie, es cosa muy seria.

—Pues iremos remudando ¿No es verdad, Santiago? —Yo hago lo que ustedes dispongan. Hay, sin embargo, otro medio, pero quizá no les agrade.

—¿Cuál? —preguntó María.

—Buscar aquí burros para que vayan todas a caballo.

—No, no —dijeron las niñas, cubriéndose la cara con las manos.

—¡En burros, y de para arriba!... No llegaríamos nunca.

—Sin embargo —dijo María— debemos someternos a lo que resuelva doña Ángela.

—Pero mira, Santiago —agregó Lola— hazle ver

tú que los burros son muy pesados, y que más ligero iremos a pie.

Doña Ángela, que estaba atribuladísima con la prisión de su hermano, salió a combinar el viaje con Santiago, y no consintió en que Lolita fuese a pie, por más que la niña así lo deseaba. Envió a la casa de un vecino, a pedir en préstamo un burro, que fue facilitado en el acto.

Como el tiempo urgía, enjaezaron la mula y el pollino con aparejos para mujer, y seguidamente emprendieron camino, con las personas del servicio, y otros burros cargados con el equipaje.

La caravana tenía algo de bohémica: doña Ángela iba en la mula, Lolita en el pollino, y María y Santiago a pie. A no ser por el estado de sobresalto y angustia en que iban, pensando en D. Manuel, habrían hecho un viaje divertido. Como estaba previsto, en la primera cuesta, el burro empezó a pararse. Merced a los paraguazos que por un lado le daba María, y a las fuertes palmadas que por el otro le daba Santiago, seguía camino paso a paso, con su interesante carga.

Así y todo, los jóvenes habrían deseado que la peregrinación durase mayor tiempo; pero no pensaba lo mismo doña Ángela, que suspiraba por llegar cuanto antes a la villa, la cual hallaron no menos revuelta que el Granadillo: guerrillas que iban y venían por las calles, allanamiento de casas, prisiones, tribulación en la familia y todo el funesto cortejo de males que traen el trastorno del orden público y la exaltación de las pasiones políticas.

CAPÍTULO XI

De cómo la defensa de la mula del vicario hizo de Santiago un personaje político

El padre Juan, junto con salir Santiago para el Granadillo, envió recado a su hermana doña Paula, madre de María, que como hemos dicho, vivía en el campo con su esposo y sus otros hijos pequeños, para que viniese al punto a prevenir la casa de D. Manuel, donde apenas asistía una casera, y preparar el recibimiento de la familia, diligencias de que el mismo D. Manuel estaba en cuenta, porque a muchos ruegos e influencias, logró el vicario que le permitiesen hablar con él en su prisión, donde lo tenían incomunicado.

Así fue que, a la llegada de doña Ángela y los jóvenes, ya doña Paula estaba hecha cargo de la casa, y fue grande la alegría de María al abrazar a su madre, de la que estaba separada hacía algún tiempo, porque Lolita había manifestado que sin su amiga de infancia, no podría sobrellevar ni una semana siquiera su temporada de salud.

Quitó Santiago el sillón y aperos a la mula, y se la dio a un indiecito del servicio de la casa, para que la llevase de diestro a donde el vicario.

Momentos después, salió él mismo, y se tropezó en la calle con el indiecito, que regresaba a toda carrera sin la mula.

—¿Qué ha sido? ¿Y la mula? —le preguntó sorprendido.

—Me la quitó un hombre de machete —contestó el chico, echándose a llorar por el temor del castigo.

—¿Y no le dijiste que era la mula del vicario?

—Sí, pero no valió nada, sino que me la quitó por la fuerza; yo entonces me vine corriendo.

Santiago, ciego de cólera, apuró el paso en la dirección que le indicaba, y pronto alcanzó al hombre que llevaba la mula, el cual efectivamente estaba armado de machete.

—¡Alto, amigo! —gritole Santiago, corriendo hacia él

—Devuélvame esa mula que es la de mi padrino el señor vicario.

—Hoy no valen padrinos ni vicarios —le replicó de muy mal modo el soldado, dando de planazos a la mula.

A Santiago se le subió la sangre a la cabeza, y de un salto se allegó al hombre, con ánimo de arrebatarle el cabestro de la mula. Viendo el otro la actitud resuelta y el rostro fiero del joven, se echó hacia atrás y lo amenazó con el machete; pero Santiago tiró con presteza de su revólver, oculta arma que jamás había usado, y apuntó de firme a su contendor, el cual, a la vista del arma de fuego, soltó el cabestro y huyó rápidamente hacia la plaza, profiriendo en amenazas.

El incidente fue rápido. Santiago guardó el revólver y se fue prontamente con la mula para su casa, donde contó en breves palabras lo sucedido, que produjo gran sorpresa en el ánimo del vicario.

—Pues, hijo, has obrado con imprudencia, y te aseguro que no tardará en llegar alguna partida de hombres armados para llevarte a la cárcel.

En este momento se oyó un tropel en la calle.

—¡Pronto, Santiago, escápate por el fondo de la casa! ¡Ya vienen por ti!...

Efectivamente, un grupo de hombres armados hasta los dientes entró a la casa del padre Juan, en busca de Santiago, para prenderlo de orden del Comandante de la plaza por haber hecho armas contra un oficial del cuerpo, y saberse que estaba envuelto en los planes revolucionarios. El padre Juan se quedó con la boca abierta, y llevándose las manos a la cabeza, exclamó con tristeza.

—¡Por Dios, señores, que no hay tal cosa! El muchacho sólo ha querido salvarme la mula, quitándosela a quien la tomó por la fuerza, sin entenderse conmigo. Así es que llévense la bestia, si la necesitan, y no persigan a Santiago, que ni es revolucionario, ni ha pensado siquiera en oponerse a las órdenes de la autoridad.

—Usted no sabe, señor vicario, qué clase de mozo es el tal Santiago.

Aquí está el oficial a quien atacó con un revólver y dice que si no se escapa pronto, lo mata como un perro. El Comandante nos ha ordenado llevarlo a la cárcel vivo o muerto.

Y diciendo esto, allanaron la casa y se llevaron la mula, poniendo en seguida cerco a la manzana, para que no se les escapase el mozo. Entretanto Santiago, víctima de gran angustia, y compadecido de los sufrimientos de su anciano padrino, había ido a parar al camarín de la Virgen, en el altar mayor de la iglesia, sitio que consideró inviolable.

Este hecho, divulgado al punto, avivó más las llamas de las exaltadas pasiones en que ardía la villa. Para los revolucionarios, era una hazaña, un acto de valentía, que se captaba todas las simpatías y ponía en alto la gallarda figura del joven. Para los gobiernistas, al contrario, era un atrevimiento insólito, que ponía de manifiesto las malas inclinaciones de Santiago, en camino ya de ser una amenaza para Mapiche.

Sobrevino la noche cargada de angustias, temores y sobresaltos. Los centinelas que tenían apostados en las esquinas de la manzana donde vivía el vicario, se mantenían firmes en sus puestos. El padre Juan había recibido una notificación perentoria del Comandante, que era un militar venido de Sanisidro, para que entregase a

Santiago dentro de veinte y cuatro horas, so pena de allanar la misma iglesia y todo el barrio si era necesario.

En este conflicto no quedó más camino que pensar en la fuga aprovechando la noche y contando con la viveza y varonil disposición de Santiago quien de caer en manos de sus perseguidores, sería víctima de innoble venganza, y metido en el cepo con toda seguridad.

Al toque del avemaría, el padre Juan cerró la puerta de su casa y llamó a consejo la familia: aquella noche estaban con él su hermana doña Paula y María, que de la casa de Lolita habían venido a acompañarle con motivo de lo ocurrido. En ninguno de los presentes se pintaban la angustia y dolor con más viveza que en el bello semblante de María: la dulce niña estaba pálida, y a cada instante la ahogaban los sollozos y las lágrimas.

Santiago, salido de su escondite al amparo de la oscuridad, se presentó al consejo de familia cuando menos lo esperaban.

—¡No seas loco! ¡No alces la voz, porque pueden oírte! —le dijo María, corriendo a su encuentro.

—Tranquilízate, María, que no me pasará nada. Vengo a consultar con mi padrino el plan que he formado, y a despedirme de todos, si me lo aceptan, porque no hay que perder tiempo.

En seguida, les manifestó su pensamiento, que era el mismo de la fuga, para lo cual importaba en extremo notificar a un vecino de fidelidad insospechable, llamado Macario, cuya casa estaba como a veinte pasos de la del vicario, por la acera opuesta, a fin de que tuviese aquella noche sin tranca y solamente ajustada la puerta de la calle.

Dicha casa se comunicaba por su fondo con un trapiche, y este con el campo libre de una hacienda de donde partían varios senderos vecinales, que utilizaría Santiago para salir con grandes rodeos, y ponerse en el camino de Sanisidro.

La puerta de la casa del vicario se abrió de nuevo, y Romualda en persona fue a instruir a Macario, cuya ayuda era tan necesaria para la ejecución del plan en tanto que por las ventanas se organizaba un espionaje en toda forma sobre el centinela de la próxima esquina, que se divisaba perfectamente.

El padre Juan se ocupó en escribir a uno de sus mejores amigos de Sanisidro, relatándole lo sucedido y recomendándole a Santiago, como persona de su familia; y mientras doña Paula sostenía el espionaje, el joven, ayudado por María, arreglaba su maleta.

Pronto regresó Romualda, dejando en cabal inteligencia al vecino, y a su vez se ocupó en preparar el fiambre para el niño, anegada en lágrimas de hondo sentimiento por tan brusca separación.

—¡Dios mío, si le irá a suceder algo a mi pobre Santiago!...

Las provisiones de boca que hacía, iban en aumento: no era un lío, sino varios los que apresuradamente sacaba a la sala. De todo cuanto había en la despensa quería ponerle un poco: pan, queso, chocolate, café molido, azúcar, dulces secos y otras cosillas que a la mano encontraba, sin hacer cuenta de los remedios que quería incluirle en el equipaje, para el caso de enfermedad, como aguardiente de romero, unto de azahar, mostaza, manzanilla, y un frasquito con enjundia de gallina, por si le dolían las muelas. Todo lo acomodó en su cesto, y lo entregó a Santiago.

—¡Por Dios, mamita!, cómo se imagina que pueda llevar toda esa carga. Vea el envoltorio de la ropa, y saque cuenta si podré llevar todo ese avío.

—Y entonces ¿qué comes por el camino, vidita

mía?

En este momento avisó doña Paula, con gran sigilo, que habían llegado a la esquina dos hombres armados, y que conversaban con el centinela.

Santiago corrió al postigo de la ventana para ver y oír mejor.

—Todo está cerrado, mis amigos, con que hay que aguantar la ronda a palo seco —decía uno.

—Esa sí que no, compañero. Lo que soy yo, bebo por encima de todo.

—Pues si me dan permiso —dijo el centinela— yo les indico por aquí mismo dónde se puede beber.

—¿Será muy lejos?

—Aquí cerca, a la media cuadra, hasta hace poco había una pulpería abierta.

—Pues vamos allá sobre la marcha, antes de que asome por allí el jefe de día.

Y los tres hombres doblaron por la calle traviesa, dejando por aquella parte solitaria la principal.

—No hay que perder tiempo! —exclamó Santiago— Mientras ellos beben, yo me escapo. ¡Adiós padrino! ¡Adiós mamita! —y sucesivamente echó los brazos a los dos ancianos y a doña Paula, que también estaba presente.

María se había retirado hacia un rincón de la sala, deshecha en lágrimas.

Temblaba de pies a cabeza, cuando Santiago se acercó a ella, le estrechó la mano y le dijo con voz balbuciente:

—¡Adiós María! ¡Despídeme de Lolita!...

Hubo un rato de silencio, sólo interrumpido por los sollozos de la atribulada familia, mientras Santiago se cruzaba sobre el pecho la frazada, se colgaba de un hombro la maleta de viaje, y se metía en los bolsillos lo que pudo caberle de las provisiones hechas por la buena

Romualda.

Todos le acompañaron hasta la puerta de la casa, caminando en puntillas, y desde allí lo vieron con indescriptible ansiedad atravesar la calle, caminar algunos pasos por la acera del frente, y empujar la puerta del vecino, que se abrió sin ruido, y se cerró después que hubo entrado.

La calle continuaba solitaria: el centinela de la otra esquina, ni con ojos de lince, habría podido descubrir el bulto de un hombre a la distancia en que se hallaba.

El vicario encabezó el rosario, con un fervor que no era musitado en aquella cristiana casa pero sí acrecido por la pesadumbre y la angustia que mortificaban cruelmente a sus sencillos moradores. Concluido el rezo, los dos hermanos y Romualda se dieron a comentar todas las calamidades en que se hallaban, desde la malhadada hora en que había estallado la revolución.

María, encerrada en aquella sala donde las luces del altar, puestas en candelabros de iglesia, tenían algo de fúnebre, encendidas delante de retablos y lienzos ennegrecidos por los años, sintió necesidad de aire libre y mayor espacio para desahogar su dolor profundo, y sin decir palabra saliose al corredor de la casa, que era espacioso. Los rayos de la luna, que en aquellos momentos aparecía sobre el horizonte, apenas bañaban los tejados y las copas de los arbustos sembrados en el hermoso patio.

El reloj de la vicaría dio pausadamente las diez de la noche: hacia el exterior de la casa nada se oía; el silencio era imponente, sólo interrumpido por confuso rumor de la conversación que a media voz sostenían dentro de la sala los tres viejos.

Al verse sola María en aquel sitio, pálidamente alumbrado, sintió que le faltaban las fuerzas: arrimose a uno de los fríos pilares del claustro, para apoyar su débil cuerpo y cubriéndose el rostro con ambas manos, dio rienda suelta a sus lágrimas, a sus sollozos, a los gritos ahogados de angustia y de pesar que le llenaban el pecho.

Estaba en la edad en que el corazón de la mujer se entreabre, como un botón de rosa, para recibir en su seno los rayos purísimos del casto amor, con sus bellos cambiantes de ilusiones y esperanzas. Si la enfermedad de Lolita había sido para Santiago una revelación de la clase de afecto que por ella sentía, la ausencia de este produjo igual esclarecimiento en el alma cándida, inteligente y pura de María; Santiago no era ya para ella un amigo, casi un hermano, como lo creía, no: ¡Santiago era su primer amor!...

¡Cuán lejos estaba la infeliz doncella de pensar que en aquellos momentos, a la luz de aquel mismo astro melancólico, el joven y furtivo viajero cruzaba por la soledad de los campos, pensando en ella efectivamente, pero más todavía en su amiga Lola! Triste es reconocerlo: el amor es ciego, y por eso lo pintan como un niño vendado, que dispara al acaso la dulce cuanto acerada flecha, caiga donde cayere, arma misteriosa, que a unos mata y otros da la vida. El amor verdadero es irreflexivo, absorbente y hasta alevoso: nace y crece en el corazón, a veces sin advertirlo ni comprenderlo. Adversas circunstancias pueden obligar a que la educación u otros poderosos respetos lo mantengan siempre oculto en el fondo del alma, y allí viva, ora idealizado por virtud de su misma imposibilidad, ora en terrible lucha, si lo aviva algún rayo de esperanza.

Sólo la Religión lo sublima y santifica, ya sea en el colmo de su mayor felicidad, al pie de los altares, ya en el trance amargo del infortunio, porque los sentimientos de la piedad cristiana son como el rocío del cielo, que lo mismo refresca los prados y jardines que las tostadas arenas del desierto.

Al día siguiente, no bien se hubo abierto la casa del vicario, cuando llegó recado de la casa de doña Ángela, preguntando por la suerte de Santiago, y reclamando a María, porque Lolita había pasado malísima noche, y la esperaba con viva ansiedad. María, por su parte, anhelaba por volver al lado de su íntima amiga. ¡Tenía tanto qué decirle!...

Cuando las dos jóvenes se estrecharon en un abrazo, instintivamente, sin darse cuenta de ello, lanzaron de lo más hondo de su pecho una palabra, un nombre que resumía y explicaba toda la amargura de que rebosaban sus tiernos corazones: «¡Santiago!», exclamaron simultáneamente.

—¿Qué ha sido de él? Cuéntame, María, cuéntame todo. ¿Lo viste anoche? ¿Qué te dijo? ¿Te habló de mí?...

María lloraba en silencio, sin levantar la frente.

—Por Dios, María! ¿qué te pasa? Yo no he dormido en toda la noche, pensando en él y envidiando tu suerte, porque estabas allá más cerca, y podrías acaso hablarle y tomar parte en sus planes y zozobras. ¿Dónde pasó la noche? ¡Yo no sabía cuánto lo quiero hasta anoche!... ¡María, yo lo amo con toda mi alma...

Exaltada Lolita por el juego de la pasión, centellantes sus negros ojos, trémula, vacilante, y más pálida que de costumbre, se dejó caer en los brazos de su amiga, como flexible tallo que se dobla azotado por impetuoso viento.

María la estrechó contra su corazón largo rato, y con una calma heroica, haciendo un gran esfuerzo, movió sus labios con una sonrisa indefinible de ternura, de tristeza profunda, de cruel desengaño y abnegada resignación, para cumplir el encargo de Santiago.

—Consuélate, amiga mía, él se alejó anoche, se fue de la villa, quién sabe si por mucho tiempo, pero al separarse me dijo estas palabras, que tengo muy presentes: "Adiós, María, despídeme de Lolita".

Un rayo de viva alegría brilló en los ojos de Lola; el rubor cubrió su semblante, transfigurado hasta allí por la angustia y los exaltados sentimientos de que era víctima, e inclinando la cabeza, para excusar la mirada fija e inteligente de su amiga, le contestó con voz dulcísima:

—Ah, conque sí se acordó de esta pobre enferma. Gracias, María: en medio de mi soledad y tribulación de anoche tenía esa esperanza. Yo no sé por qué, mi corazón me decía que él no se iría sin enviarme una palabra de despedida.

Las palabras de María, dichas con tierna solicitud, habían sido un bálsamo de consuelo para Lolita; en cambio, para la amable y discreta sobrina del padre Juan, los íntimos desahogos de su amiga fueron amargos y crueles: repentinamente se había levantado una nube negra, y cubierto el cielo de sus esperanzas. Mientras Lola hablaba, ella sostenía en su pecho una lucha desgarradora, pero se revistió de valor, e invocando a Dios desde el fondo de su corazón, para que la sostuviese en tan terrible prueba, hizo el propósito de sepultar en lo más recóndito de su alma el amor inmenso que la abrasaba.

La crónica de lo que pasaba en la revuelta villa, desde la prisión de D. Manuel, fue el tema de sus coloquios por muchos días, aunque cualquiera que fuese el camino de la conversación, en definitiva iba a parar al punto donde tenían su corazón y sus pensamientos, es decir, acababan por hablar de Santiago, de su intempestivo viaje, y de la suerte que le tocase lejos de su tierra.

CAPÍTULO XII

De cómo Santiago pasó a Cuba, y de allí lo pasaron a España

Después de un viaje de inquietudes y sustos, el fugado doncel llegó a Sanisidro, a la casa de un amigo de confianza del padre Juan, a quien iba recomendado: D. Gaspar, que así se llamaba este amigo, se impuso con vivísimo interés de lo ocurrido, y arrugó el entrecejo, porque no podía ofrecerle mucha seguridad en la capital de la provincia, donde todo estaba tan revuelto como en Mapiche.

A cada momento rodaba una bola política, de esas que nacen como un grano de mostaza en un extremo de la ciudad, y llegan al otro extremo más voluminosas que una masa de trapiche. Cuando las pasiones están encendidas y predispuestos los ánimos, el criterio natural se oscurece, y aun los más sensatos titubean, dudan de lo racional y lógico, para dar crédito a lo extraordinario o inverosímil. Tras el desequilibrio público sigue el individual; las llamaradas de la guerra civil, no solamente queman y devastan los sitios por donde pasan, sino que sus funestos resplandores van muy lejos, haciendo dislocar la brújula de la razón aun en la conciencia de aquellos que viven apartados de ese torrente pavoroso de sangre y fuego.

D. Gaspar Umpierres era hombre de pequeña estatura, pero de mucho espíritu. Estaba en esa edad dudosa, en que no se es ni viejo ni mozo, en la década de los cuarenta a los cincuenta, edad en que ya se han recogido preciosos frutos, como son los de la experiencia, que hace ver el mundo de otro modo: no han desaparecido por completo las ilusiones y las utopías propias de la juventud, pero hay ya serenidad y reposo para juzgarlas, con mayor o menor acierto, según las circunstancias del carácter e ingenuas aficiones de cada cual.

D. Gaspar, no obstante un natural franco, alegre y chistoso, era un consumado filósofo, no metafísico, sino rigurosamente práctico. Había enviudado muy joven, y como no le quedó familia, hacía vida de solterón, entregado a sus libros de cuentas porque era fuerte en contabilidad mercantil.

Estuvo en Europa y los Estados Unidos del Norte, en viaje que fue más de estudio que de recreo, porque mayor era el tiempo que dedicaba a visitar fábricas, talleres y establecimientos de útiles enseñanzas, que el que empleaba en vagar por los paseos públicos, los bulevares y los cafés cantantes, que tanto cautivan a los viajeros noveles.

Cuando regresó a su nativa tierra, ¡cosa rara! venía más enamorado de ella que antes de ausentarse: su espíritu de observación le había hecho comprender cuán digna de ser amada era su patria, atrasada ciertamente en comparación con los países de Europa y la América sajona, pero llena de vida propia y en condiciones físicas y morales más ventajosas para llegar a disfrutar de una civilización no prestada ni postiza, sino original y autóctona, con espíritu, genialidades, costumbres y riquezas sustancialmente americanas.

En una palabra, D. Gaspar no regresó europizado ni yanquizado, sino más criollo de lo que se fue; y aun en medio de las turbulencias de la política, los desastres de las guerras y el malestar consiguiente en todos los ramos, como verdadero patriota, jamás renegaba de su patria, sino que tanto más la amaba cuanto más desgraciada le parecía.

El consejo más prudente que D. Gaspar podía dar a Santiago fue realmente el que en seguida le dio: que continuase su viaje hasta el puerto que le quedaba más cerca, perteneciente a otra jurisdicción, antes de que se supiese en la ciudad lo sucedido en Mapiche, noticia que llevarían sus mismos perseguidores, los cuales estarían a punto de llegar con el contingente de tropa y ganados de aquel cantón. No había, pues, que perder tiempo.

Hasta allí el ánimo de Santiago no había flaqueado, pero al verse en la necesidad de continuar viaje por lugares más distantes y desconocidos, donde carecía de amigos y de personas que por él se interesasen, sintió por primera vez una tristeza profunda y un vivo arrepentimiento de haber obrado con tanta ligereza; sin embargo, su puntillo de muchacho lo hizo aparen tar lo contrario, y aceptar gustoso el consejo sin mostrar temor ni apocamiento de ánimo.

Recibió algún dinero de manos de D. Gaspar, por orden del vicario, fuera del que este le dio en Mapiche, y se puso en camino para el puerto de las Palmas, que distaba tres jornadas de Sanisidro. A D. Gaspar le vino de perilla el viaje de Santiago porque su mula de silla estaba corriendo el riesgo de ser declarada elemento de guerra, y era buena la ocasión para sacarla de la ciudad y la provincia antes de que arreciase el chubasco.

En el tránsito se unió Santiago a unos estudiantes, que pasaban vacaciones en Sanisidro, y habían precipitado su retorno a la capital de la República, donde hacían sus estudios, temiendo que fuese ocupada por guerrillas la vía del puerto, temor con que también iba Santiago. La compañía de estos jóvenes lo distrajo de sus tristes pensamientos, y a vuelta de poco, ya había trabado con ellos estrecha amistad, y les contó sus sinsabores y la incertidumbre del viaje que hacía.

El carácter de los estudiantes, con pocas excepciones, es el mismo en todos los lugares, carácter aventurero y el menos templado por la reflexión y la prudencia. Fácilmente convencieron a Santiago de que se le presentaba la ocasión de salir a darle un vistazo al mundo; que de estarse indefinidamente en el puerto, lo haría mejor embarcándose con ellos para la capital, donde acaso podría ligarle la suerte en algún lucrativo empleo, para lo cual llevaba la recomendación en sus propias manos, pues tenía una hermosa letra, cursada en los libros parroquiales y en la correspondencia del vicario.

Este consejo llovió sobre mojado, como dicen, porque ya Santiago, a fuerza de oírlos hablar alegremente de la vida de la capital, y de mirar de lejos sus cosas con ojos de muchacho, que son siempre vidrios de aumento, iba forjándose ilusiones en tal sentido, y con la recta intención de no detenerse en el puerto sino lo que sus compañeros se estuviesen. Sacado ya de quicio, no pensó en otra cosa: ligó su suerte a la de sus compañeros, más duchos en los negocios de la vida y trato de las gentes, con ideas e intentos de un orden desconocido para el sencillo e iliterato mancebo de Mapiche.

Predominaban entonces en la expectación pública los heroicos esfuerzos de los cubanos por su independencia. En casi todos los países de Suramérica existían asociaciones particulares, con el fin de ayudar moral y materialmente a los hijos de la hermosa Antilla; los periódicos, unos por convicción sincera y otros por ser el plato del día, salían llenos de crónicas y artículos sobre la guerra; y los escritores y poetas fatigaban a la Musa épica, haciendo elogios y cantos patrióticos en honor de los bravos revolucionarios, con todo lo cual se mantenía la juventud tan adicta y apasionada, que no pocos llevaron su entusiasmo hasta imitar a lord Byron, en su cruzada por la libertad helénica, pues dejaron su patria para ir a combatir en la manigua contra los legendarios hijos del Cid.

Santiago fue uno de ellos. En la capital de la República se incorporó en un club patriótico, y en el primer enganche de voluntarios que este organizó, quiso figurar él, por una ventolera muy propia de su edad y las circunstancias en que se hallaba, lejos de su suelo nativo, siendo mucha parte a precipitarlo en esta resolución las ideas exageradas de gloria y de renombre que había tomado de sus nuevos amigos, no menos que la limpieza extrema de bolsillo, que es una causa decisiva para tomar aventuradas resoluciones.

En una nave inglesa se dieron a la vela: la nave debía hacer escala en un puerto cubano donde ellos tomarían tierra, so color de obreros inmigrados, que iban con destino a un ingenio de azúcar, para cuyo propietario llevaban cartas de recomendación. Ya en dicho punto, pensaban valerse de los medios que las circunstancias les presentasen para correr a alistarse bajo la simpática bandera de la estrella solitaria.

En toda humana empresa las dificultades se allanan fácilmente a la distancia, y los planes se combinan con una precisión y certidumbre infalibles: pero ya de cerca es otra cosa: a la hora de la ejecución se presentan obstáculos no previstos; lo llano se encumbra, lo abierto se cierra, lo blando se endurece, y en una palabra, los cálculos fallan, y lo que era un plan admirable resulta un total desconcierto.

Tal aconteció a este grupo de ardorosos cruzados de la libertad cubana.

Se hicieron sospechosos por una palabra imprudente del menos discreto, fueron seguidos y observados de cerca por la policía, registradas sus maletas, sorprendida su correspondencia revolucionaria, y reducidos a prisión.

Todo esto pasó en el mismo puerto de su desembarque, donde a la sazón se hacía a la vela para España un buque de trasporte, al servicio del gobierno, y en él fueron reembarcados, bajo partida de registro y en calidad de deportados.

Pero como la soga revienta siempre por lo más

delgado, para ninguno de los jóvenes aventureros fue tan dura y larga la proscripción como para Santiago.

En la necesidad de buscar cada cual la subsistencia, mediante el trabajo de sus manos, tuvieron forzosamente que separarse, para facilitarse mutuamente el logro de alguna ocupación. Santiago se dirigió a una sastrería, donde halló trabajo, a escasísimo precio, pero que le aseguraba el pan diario.

Un oficio, por pobre y humilde que sea, es el mejor patrimonio que los padres pueden dar a sus hijos. ¿Qué habría sido de Santiago sin sus puntas de sastre y su hermosa letra? No hizo fortuna, pero no padeció hambre ni careció de lo más indispensable para la vida, en tanto llegaba la hora del retorno a su patria, lo que le parecía ya un imposible.

Sus compañeros, más peritos en los negocios del gran mundo, de mayor ilustración y pertenecientes a familias pudientes y conocidas de la capital de la República, aunaron sus esfuerzos a los de estas, y tantos resortes tocaron, tantas cartas escribieron, y tal número de diligencias hicieron con ministros y cónsules, que al cabo pudieron regresar a su tierra; pero el oscuro muchacho de Mapiche no tenía sino un solo protector, un sacerdote humilde y valetudinario sepultado allá en un rincón del país, cuyas relaciones no pasaban de los límites de la provincia, y cuya hacienda apenas alcanzaba para cubrir las necesidades de su santa casa.

Mientras Santiago recorría los pueblos de España, atenido a su aguja de sastre y a los trabajos de copista que solía hacer, el padre Juan, el afectuoso levita, no dejaba pasar ninguna ocasión sin escribir a sus amigos de Sanisidro, interesándolos en que le ayudasen a averiguar el paradero de su ahijado.

Pero la incomunicación de los pueblos por la guerra, que se había extendido en toda la República, retardaba indefinidamente toda diligencia en este sentido. ¡Cuántas veces el pobre vicario envió a su costa un expreso a Sanisidro, para saber qué noticias habría traído este o aquel viajero recién llegado! El joven era desconocido para todos: nadie daba razón de haberlo oído nombrar siquiera.

Pasado más de un año, se supo que unos estudiantes que habían regresado a Sanisidro contaban parte de la historia de Santiago, hasta su desgraciada expedición a Cuba; y meses después vino una carta del mismo Santiago, de fecha atrasadísima, que había sufrido todo género de retardos: retardo por oscuridad en la dirección; retardo por cuarentena, con motivo de la viruela; y retardo por falta de correos en el interior del país, que habían sido suspendidos a causa de la guerra.

El recibo de esta carta fue un verdadero acontecimiento en la villa.

¡Una carta de España! De mano en mano anduvo el pliego por todo el lugar.

Durante muchos días se estuvo oyendo en la puerta de la casa del vicario este recado, en boca de mujeres y chicos de servicio.

—Doña fulana lo manda saludar; que se alegra mucho que haya sabido del niño Santiago, y que le haga el favor de prestarle la carta para verla.

¿Qué decía la carta? Lo que ya sabemos: los pormenores de su viaje, los sufrimientos de su proscripción, y sus anhelos por volverse a su casa, curado de locuras e ideas ambiciosas de gloria y de renombre.

Viose entonces en la casa del vicario una escena por extremo conmovedora, de esas escenas que solamente ocurren en el seno de hogares apacibles, donde reinan afectos muy entrañables, costumbres sencillas y virtudes excelsas.

El padre Juan, bañado en lágrimas, llamó a consejo

la familia para resolver qué se haría. Del campo vinieron inmediatamente doña Paula y María. Al saber Romualda que el niño estaba vivo, su gozo fue inmenso, y cayó de rodillas para dar gracias a Dios por aquella gran noticia.

—Un viaje de España hasta aquí importa mucho dinero —díjoles el padre Juan con gran desconsuelo—. En dos cosas hay que pensar: en reunir la suma necesaria, que no puede ser menos de trescientos pesos, y en hacerla llegar a sus manos.

—¡Trescientos pesos, mi amo!... —exclamó Romualda, dejando caer la cabeza sobre el pecho—. ¡Cuándo se consiguen!...

—Con la ayuda de Dios, todo se facilita, Romualda: no será hoy mismo, pero con paciencia podemos reunir esa suma. Pienso vender mi mula, y ya tendremos por lo menos cien pesos, que por ella me han ofrecido. Con esto y otras prendas que logre vender, tengo esperanza de reunir la cantidad.

Doña Paula y María lloraban, viendo la viva conmoción del anciano, y los sacrificios que estaba pronto a hacer para repatriar a su ahijado. Romualda, sin decir palabra, se había ausentado de la sala.

—Pero tío —le dijo María— lo que más debe apurarnos por el momento es la fecha de esa carta: ¡Tiene diez meses de escrita! ¡Qué habrá sido de él desde entonces!...

—Tienes razón, hija, y por eso lo más dificultoso no será reunir el dinero, sino saber a dónde y cómo se le remite. ¿Y si ya no está en España?...

Una nube de tristeza oscurecía todos los semblantes, en los momentos en que entraba de nuevo Romualda, con un lío de trapos, que empezó a desatar, nudo tras nudo. Todos la miraban en silencio, sin atinar en qué sería aquello. Al fin, la anciana alzó a los ojos del vicario un hermoso rosario de labor antigua, con cruz y paternóster de oro fino.

—Mire su merced: este rosario es la única prendecita de valor que yo tengo. Hace algunos años fue avaluada en una onza: hágase cargo de ella, lo mismo que de estas monedas, para salir de tan grande necesidad.

El padre Juan lanzó una exclamación de sorpresa, y tomó en sus manos la prenda, que ciertamente representaba aquel valor: luego contó las monedas, que eran pesos fuertes, y halló diez y seis, fruto de varios años de ahorro, de cuartillo en cuartillo, de medio en medio, de real en real.

—¡Bueno, bueno, Romualda! Con la mula, tu rosario y estos reales, monta ya a la mitad. ¡El pobre muchacho! ¡Cuántas necesidades estará pasando!...

El consejo de familia se disolvió sin resolverse por ningún partido, humanamente hablando, pero pusieron sus corazones y sus pensamientos en Dios, para que les iluminase los medios de socorrer a Santiago y facilitarle su regreso a Mapiche.

CAPÍTULO XIII

De la brillante conferencia que el Dr. Quix dio a bordo, describiendo el Heliógrafo, aparato de su invención

No nos perdonarás, lector paciente, que por tan largo espacio de tiempo te hayamos privado de saber las cosas tocantes al primero y más ilustre personaje de esta historia, intercalando capítulos que parecen no venir a cuento, pero de todo ha de verse en el plan y redacción de los modernos libros de la caballería del progreso, que deben de ser, por la naturaleza del asunto y circunstancias de lugar y tiempo, muy otros de los que se escribieron en la pasada edad sobre la caballería del honor y de las armas.

Dejamos al Dr. Quix viento en popa, a toda vela, con rumbo a las Indias, y a su compañero Sancho, hecho un plomo dentro del camarote. En el buque venían hombres de todas las profesiones, desde el agricultor acaudalado hasta el poeta soñador. Entre ellos figuraban dos electricistas mecánicos, que pasaban a instalar en cierta ciudad del Nuevo Continente una maquinaria de alumbrado eléctrico.

Llegó a oídos del Dr. Quix parte de una conversación sobre dicha empresa, que sostenían varios pasajeros, encomiando naturalmente las ventajas de la luz eléctrica sobre todo otro alumbrado. Avanzó hasta ellos el doctor, con su aire caballeresco y su traje de turista, adquirido en Barcelona, con todos los aparejos del caso, desde el sombrero de corcho, color de ceniza, en forma de casco prusiano, con velillo blanco en contorno, hasta la caja del anteojo, pendiente de una correa terciada sobre el pecho, todo lo cual daba a nuestro doctor y viajero de la Mancha el cabal aspecto de un explorador técnico inglés, yanqui o tudesco.

Con sus largos mostachos y puntiaguda barba, su tez tostada y amarillenta, sus ojos cavernosos, y su complexión acartonada, parecía en realidad, un tipo de raza exótica entre latinos, un hombre cosmopolita, que tanto podía venir del polo norte, como del interior del África. Por su descomunal estatura, no faltó quien creyese que era un profesor ruso, que re corría el mundo por cuenta de alguna Universidad moscovítica.

—Disculpad, caballeros, si me presento inopinadamente en medio de vosotros, atraído sin quererlo, por la interesante materia que tratáis, la cual cae toda ella bajo la jurisdicción de la carrera que profeso.

—Sea usted bien venido, doctor —le contestó un pasajero, a quien antes había sido presentado— y hónrenos con la luz de su saber y su experiencia en esta amigable tertulia, que todos los presentes tendrán grandísimo gusto en ello, mayormente cuando sepan que es usted un eminente sabio y viajero universal.

En seguida, quien de tal suerte habló, hizo a los demás la presentación formal del Dr. Quix, quien no cabía en sí de satisfacción, viéndose tratado y agasajado como hombre de ciencia, por personas tan conspicuas en todos los ramos del progreso, como él se imaginaba que eran todos aquellos caballeros, a juzgar por la conversación que sostenían.

—Ya que de mí tenéis formado tan alto e inmerecido concepto, quiero probaros mi gratitud, haciéndoos partícipes del conocimiento de una gran invención, que dejará muy atrás cuanto aquí habéis ponderado sobre la excelencia del alumbrado eléctrico.

Todos abrieron los ojos con sorpresa, y se acercaron más al Dr. Quix, quien con reposado continente y grave entonación continuó diciéndoles:

—Lo que voy a deciros es cosa sorprendente, que llega por primera vez a conocimiento del público, porque el autor de esa nueva invención soy yo; pero os suplico que aplacemos esta conferencia para esta noche, a fin de hacerla con más despacio y mayor número de oyentes, para lo cual podéis invitar a vuestros amigos y compañeros de navegación, asegurándoos que quedaréis admirados del nuevo progreso, y convencidos de que hay otro alumbrado que supera en esplendor y baratura a todos los conocidos hasta el presente.

No es para descrito el efecto que produjo en los pasajeros el anuncio de esta conferencia extraordinaria. Aquel hombre tenía todas las apariencias de un gran sabio, uno de esos magos del siglo, que juegan a maravilla con las composiciones químicas y las secretas propiedades de los cuerpos.

En fin, cualquier hecho inusitado, por insignificante que sea, despierta la curiosidad en todas partes, pero a bordo, toma siempre mayores proporciones, se presenta con los caracteres de suceso extraordinario, porque el público es un prisionero ocioso, ávido de novedades y distracciones.

Todos los pasajeros, inclusive los enfermos, concurrieron a la cita con una puntualidad que decía a las claras el interés y anhelo por oír las revelaciones científicas del ya célebre doctor, quien esperaba tranquilo la hora convenida, en grato e íntimo coloquio con su compañero Sancho, a quien muchos tomaron por un esquimal, contratado por el doctor para su servicio en alguna de sus expediciones a la región boreal.

A Sancho, aunque poco escrupuloso de paladar, le habían parecido detestables las comidas del buque, que era alemán o inglés (no está bien averiguado), y echaba pestes contra ellas, lo mismo que Santiago, que era de idéntico parecer.

—Tampoco a mí me saben bien esos platos —dijo D. Quijote— que tanto difieren de la sazón y condimento de la cocina española, a la cual tenemos ajustados nuestros gustos; pero escucha. Sancho, no es propio ni conveniente decir mal de esas viandas, si es que nos preciamos de ser hombres cosmopolitas y defensores del progreso. Por el contrario, debemos ponderar su excelencia, en gracia de ser extranjeras; y de esta suerte no nos tomarán por unos palurdos y atrasados en el arte de cocina. Guárdate, pues, de cometer tamaña imprudencia.

—Con perdón de su merced, yo creo que en materia de comida, cada cual se paga de su gusto, y si estos platos no nos saben bien, sino muy mal, sea por esto o por aquello, dígame ¿por qué ha de guardarle uno las espaldas al cocinero, diciendo que son néctares y ambrosía? Por la verdad murió Cristo, y a buen bocado, buen grito; tanto más, que no estamos comiendo de balde.

—No es al cocinero, Sancho, sino al progreso, a quien debemos guardarle las espaldas, porque yo tengo para mí que el no gustarnos esos platos, no está en ellos, que deben de ser deliciosos, pues se sirven en países de alta civilización, sino que el mal está en nuestros paladares, configurados a la española, es decir, según moldes atrasados; y por ello, lo mejor será no dar nuestro brazo a torcer, y decir, llegado el caso, que son inmejorables, aunque nos provoquen náuseas, porque de lo contrario nos creerán unos bárbaros.

Con el tiempo. Sancho, quizá afinaremos nuestro gusto hasta el grado de perfección y delicadeza que esas viandas exigen.

—Pues haga su merced esos empeños, que yo con mis gustos nací, con mis gustos me crie, y con mis gustos pienso morir. Cada cual en su casa, y Dios en la de todos: a ellos, que les gusta, que con su pan se lo coman; y viva la gallina con su pepita; que el que no está hecho a bragas, las costuras le hacen llagas; y quien bien come y bien bebe, hace lo que debe; y el que no quiere pan de trigo, que lo coma de cebada.

—¡Por Dios, Sancho!, que eres incorregible, y siempre has de resollar por lo más rancio y viejo, ensartando esa cáfila de refranes. Debes saber que hoy en castellano, se sustituyen esos proverbios antiguos con frasecillas tomadas del francés, inglés o alemán. La verdad es que aún no he tenido tiempo ni lugar de enseñarte muchas cosas nuevas, entre ellas las que atañen al lenguaje; y ahora tampoco puedo hacerlo, por ser llegada la hora de la conferencia, digo mal, del *interview*, hablando en estilo moderno.

El auditorio estaba efectivamente reunido, y ansioso de oír al Dr. Quix, con doble motivo los electricistas, a quienes tocaba más de cerca la materia que iba a tratar. Cuando el sabio doctor ocupó su puesto, lleno de dignidad caballeresca, crecieron las ansias, y una ruidosa aclamación resonó por todos los ámbitos del buque. El Dr. Quix correspondió a tal muestra de popularidad con una gran reverencia, quitándose el sombrero de corcho y toquillas, y luego empezó su discurso en estos términos:

—Señores: no podría fijarse la altura de un empinado monte, si no se tomase en lo bajo un punto de partida, que en la geografía es el nivel del mar.

Así mismo acontece para medir en el campo de la historia la altura de un progreso, pues se hace necesario tomar en lo bajo, es decir, en los primitivos tiempos, el punto de partida, como lo haré yo en esta ocasión, recordando de qué modo se alumbraron las gentes en los siglos de mayor atraso.

"Una hoguera de leños, un hacecillo de pajas o de hojas resinosas, o un mero tizón encendido, he aquí todo el socorro del hombre para proveerse de luz en la primera época, que podemos llamar período *lignario*.

"Vinieron después las hachas y las antorchas, las lámparas de varias formas, en que tanto sobresalieron los egipcios, que llegaron a hacerlas inextinguibles; los cirios y las bujías orientales; las velas de cebo, a partir del siglo XIII; y las esteáricas, inventadas el año de 1831. Este es un período largo e importante, que puede llamarse *oleoso*.

"Desde fines del siglo XVIII, con el invento de Mundock, se efectúa una revolución en el alumbrado: el advenimiento del gas, que produjo en seguida la lámpara de aire inflamable de Gay-Lussac, la lámpara ignífera de Logue, la de seguridad del inglés David, y tantos otros sistemas de gas hidrógeno, puestos en práctica en este período que llamaremos *gaseoso*.

"El último y actual período es sin disputa el más brillante, el período eléctrico, iniciado en 1841, sobre descubrimientos anteriores en el mismo ramo, el cual ha llegado a la perfección y esplendidez que todos sabemos.

"Pero hay algo más nuevo que el alumbrado eléctrico: se trata de una invención maravillosa, tanto como natural y sencilla, que dejará muy atrás cuanto en la materia ha combinado el ingenio humano".

El Dr. Quix hizo una pausa: sus oyentes no pestañeaban siquiera. Habían llegado al punto más interesante de la conferencia, y esperaban silenciosos la gran revelación, en una actitud de humildad expectante. El mágico doctor reanudó su discurso.

—Dios ha encendido en el cielo la primera lámpara del mundo: allí está el sol, que es el padre de la luz planetaria. En lo sucesivo, será él quien nos alumbre de noche. Me preguntaréis ¿cómo puede el sol enviarnos sus rayos durante la noche? De la manera más natural y sencilla: así como en un día de verano y de sequía, bebemos del agua guardada en el aljibe, recogida allí en las últimas lluvias, así también podremos recoger y guardar en el día los rayos del sol, para alumbrarnos con ellos durante la noche.

"¿Será por ventura más difícil recoger la luz que el sonido? Nadie se lo había imaginado, y por imposible se tenía, que una cosa tan efímera e impalpable como la voz humana, pudiera ser recogida y guardada en una caja, para oiría y servirnos de ella en cualquier tiempo, con la mayor identidad y exactitud. Y sin embargo, el *fonógrafo*, que tal maravilla realiza, es ya un aparato vulgar.

"Pues igual cosa habrá de suceder con el aparato de mi invención llamado el heliógrafo, por medio del cual se recogerán y guardarán los rayos solares, para difundirlos de noche en el interior de nuestras casas, en los teatros, calles, plazas y paseos públicos. ¡No más productores de gas, ni focos eléctricos! No más artificiosos dispendios para producir en la tierra una luz que el sol nos brinda a torrentes, y que hasta hoy hemos dejado perder, sin aprovecharla para alumbrarnos de noche.

"Mi viaje a la América del Sur completará el invento. La naturaleza guarda aún secretos asombrosos: existe una sustancia vegetal, que tiene la propiedad de retener en sí la luz solar, como retiene la telaraña los insectos que en ella caen. Esta sustancia o helióforo, según la he bautizado, se halla en un árbol, descubierto por un misionero jesuita en los bosques tropicales, aunque sin atinar en la verdadera causa del fenómeno. Dice en sus memorias que se conservan inéditas, que echo leña el tronco de uno de estos árboles, se observó que las astillas, expuestas al sol para que se secasen, despedían cierta claridad o resplandor por la noche: y que esta propiedad cesaba cuando la leña era guardada bajo techo, en punto donde no recibía ningún rayo de sol.

"Esto es lo que los físicos han llamado fosforescencia por insolación.

¿Qué más queréis? El alumbrado solar será nuestro alumbrado. Si Franklin ha arrebatado el rayo eléctrico a los cielos, y Edison ha perpetuado el sonido, contad con que el Dr. Quix prolongará el día, haciendo brillar la luz del sol en plena oscuridad de la noche".

Una aclamación unánime se oyó por todas partes: el doctor había tomado a los ojos del selecto auditorio un aspecto fantástico. Creían tener delante a uno de esos brujos científicos, de que se habla en las *Mil y una noches* de las ciencias y las artes, en las obras sorprendentes de Julio Verne.

A partir de este día, no se habló de otra cosa en el buque: los dibujantes sacaron sus lápices y carteras para hacerle el retrato: los corresponsales y cronistas de periódicos desenvolvieron sus cartapacios para escribir las noticias del suceso y los apuntes biográficos del inventor, quién le pedía un autógrafo para su álbum; quién, un *interview* privado; en fin, el Dr. Quix pasó a ser el héroe de la travesía trasatlántica, y dentro de la aureola de celebridad que lo circundaba, aparecían también sus compañeros de viaje: Sancho, que estaba lelo de asombro, y Santiago, en quien día por día aumentaban la admiración y cariño por aquel personaje tan sabio, tan peregrino, tan generoso y tan valiente.

Por ser ya avanzada la hora, D. Quijote llamó a Sancho y se encerró con él en el camarote, donde le dijo, bajando la voz:

—Recuerda, Sancho, mis instrucciones: desdichado de tí, si levantas una punta siquiera del velo que debe cubrir nuestro origen e historia, porque sería malograr la obra de progreso que he puesto sobre mis hombros.

—Y si me preguntan lo que yo sepa de la vida y milagros de su merced, dónde es nacido, si es cristiano o infiel, soltero, casado o viudo, en fin, cuáles son sus habitudes y querencias, ¿qué les contesto?

—Pues responde a esos particulares que no sabes de dónde vengo ni para dónde voy; que mi patria es el mundo entero, porque soy cosmopolita, y si te aprietan mucho, di que soy de Manchéster, como ya te he prevenido; que no me conoces familia, ni nexo alguno de amor ni de sangre que pueda detenerme aquí ni más allá en la carrera que profeso; y en punto a Religión, aunque soy católico, apostólico, romano, y en esta fe y creencia espero vivir y morir, por ningún respecto lo digas a nadie, sino al contrario, di que no creo ni profeso más verdades que las de la ciencia moderna y el progreso indefinido.

—Pero dígame su merced una cosa en que yo no caigo, por ser tan nuevo en esta clase de aventuras, ¿por qué se guarda tanto de decir que es manchego y cristiano rancio? —le preguntó Sancho, haciendo un gran esfuerzo, porque ya el sueño se le venía encima como un nublado.

—Me pones en un aprieto para contestarte, porque en verdad es cosa triste tener que dar la espalda a la patria y menospreciar sus cosas, pero así como en la carrera de las armas, el soldado debe ir adelante siempre, sin que lo detengan vínculos de sangre, ni afectos de ningún linaje, por entrañables que sean, asimismo, por las leyes y disciplina de la estrecha orden del progreso, me veo obligado a no confesar mi patria, la grande, magnífica y espiritual España, por la sencilla razón de que ella no tiene voz ni voto en el gran congreso de la civilización modernísima. Sus artes, sus letras y sus ciencias, por preclaras que sean, carecen de importancia, y no merecen atención, si no salen a la escena del mundo bañadas en la pila del extranjerismo, o disfrazadas con trajes de corte y hechura extraños al nativo genio. ¿Crees tú que mi invento habría merecido la más mínima atención, si estos señores hubieran sabido que soy Alonso Quijano, natural de la Mancha? La ignorancia de mi cuna y el apellido Quix me han salvado. ¡Oh, Sancho! por ello debemos poner todo cuidado en imitar, punto por punto, los usos, costumbres e ideas de nuestros vecinos los franceses, y todavía lo haremos mejor, si saliendo de la raza latina, tomamos por modelos a los alemanes, los ingleses, y sobre todo a los yanquis, que son los taumaturgos del progreso.

Un sordo y prolongado ronquido dio a entender a D. Quijote que había perdido todo su discurso: Sancho estaba profundamente dormido.

—¡Ah, hijo de... tu madre! —le dijo montado en cólera, dándole un formidable puntapié con sus botas claveteadas de turista— ¡Conque así recibes los mejores y más eficaces consejos que puedo darte, alma de cántaro!

—No se encolerice su merced —le contestó Sancho, dando un salto y poniéndose a buen recaudo—. ¿No ve que soy sonámbulo, y que tengo más finas las orejas dormido que despierto?

—¿Qué dices Sancho? —le preguntó D. Quijote con vivo interés, aplacándose al instante.

—Que se lo he oído todo, de pe a pa, sin perder jota, y así, no debe su merced tomar a mal que me duerma en la mitad de una conversación, porque sigo oyéndolo entre sueños, tan claro como una campana.

—Ese fenómeno pertenece al hipnotismo espontáneo, y huélgome haber descubierto que seas hipnotizable, porque ya tendré a la mano sujeto en quien hacer ciertas experiencias, para ilustrar una memoria sobre hipnografía comparada, que pienso mandar en el otoño próximo a la Real Sociedad Hipnólocua de Londres.

Con este pensamiento científico se durmió tranquilamente D. Quijote, en tanto que el socarrón de Sancho volvía a entrar en el gran pozo del hipnotismo espontáneo, admirado y satisfecho de la credulidad del sabio doctor.

CAPÍTULO XIV
Del desembarco de D. Quijote en Tierra Firme, y primer negocio que en ella hizo Sancho

De dos modos se vive hoy en la generalidad de los pueblos hispanoamericanos: a lo criollo y a lo extranjero.

La vida criolla, que es la natural y verdadera, porque criollos somos hasta la médula de los huesos, se vive entre bastidores, a escondidas, como si viviéndola, cometiésemos pecado mortal. No así la otra vida, la postiza y artificial, la que nos viene por las líneas de vapores de Europa y la Yanquilandia, como debiera llamarse la tierra de los yanquis, vida que representamos ostentosamente, con bombo y platillos, a la faz del mundo entero, a sabiendas de que representamos una comedia, pero muy orondos y ufanos de la buena ejecución de nuestro papel, porque sabemos imitar a maravilla hasta el más mínimo gesto o capricho de nuestros modelos extranjeros.

La causa principal de esta xenomanía y sistemático menosprecio por lo criollo, está en un ciego y fanático respeto a la gran palabra del día, a la palabra mágica del progreso. En nombre del progreso se invierte el orden natural de las cosas, y se atropella hasta lo más sagrado; porque entendemos por progreso la revolución permanente, el continuo vaivén de las cosas, la diaria importación de novedades y hasta de vejeces, a condición de que procedan de allende los mares, que vengan de París, Londres, Berlín o Nueva York, confórmense o no con nuestra naturaleza y medios de vida. No importa: de allá vienen, y esto basta. Todas las voluntades se rinden ante este argumento de autoridad, toda oposición o mera indiferencia es delito de leso-progreso, que ha venido a ser mayor crimen que el de lesa-patria, porque se considera más preciado el título de progresista que el de patriota.

De esta suerte lo criollo, lo puramente patrio, lo que por tradición y naturaleza sirve de base a nuestro carácter nacional, así en ideas como en costumbres, va cediendo el puesto a lo exótico y advenedizo, de donde resulta en lo público y privado, una vida superficial de ostentación y fingimiento, que enfáticamente llamamos civilización y progreso, cuando su verdadero nombre es otro, porque todo ello no pasa de ser un juego carnavalesco, un vistoso disfraz de extranjerismo, con que pretendemos encubrir nuestra fisonomía indígena, que no tiene por qué avergonzarse de salir al mundo tal cual es, con sus distintivos originales de raza, genio, ideas y costumbres.

Parece que nos hemos olvidado de que la originalidad es una de las bases primarias de lo grande y de lo bello; que la civilización, considerada respecto a cada pueblo, debe levantarse como un árbol, que crece, se desarrolla y fructifica sobre su propio tronco y con su propia savia. En este sentido, toda fuerza auxiliar, por poderosa que sea, tiene que someterse y adaptarse a las fuerzas vitales primarias y autóctonas.

El desenvolvimiento psicológico de un pueblo, y su progreso útil y trascendental, no son cosas que se improvisan: vienen lógica y gradualmente.

La obra del verdadero progreso empieza por la conservación de todo lo bueno, aunque lo bueno sea más viejo que Matusalén, y sigue con el mejoramiento de las cosas existentes y la implantación oportuna de lo nuevo, cuando lo nuevo es ventajoso, procediendo no *per saltum*, como lo quieren los falsos apóstoles del progreso, que insensatamente pretenden empezar por donde acaban los pueblos que toman por modelos, sino paso a paso, y con riguroso orden: primero deben levantarse con firmeza los cimientos del edificio, para montar luego, cuerpo a cuerpo, todas sus partes, hasta llegar a la cúpula; y venir, por último, a los trabajos accesorios de pulimento y ornamentación.

Esto ha sido, es y será siempre lo racional y lógico.

Pero acá en los trópicos, nos hemos formado una idea tan descomunal del poder absoluto del progreso, que lo suponemos exento de toda sujeción a los preceptos de la razón y la lógica, sin duda porque estos preceptos son muy anticuados y comunes, y por ello, en nombre del poder omnímodo del progreso, saltamos por encima de lo racional y lógico, para obrar en orden inverso.

Entre una obra de primera necesidad o de utilidad efectiva, pero de paciente y tardía ejecución, y otra de divertimiento o mero ornato, prontamente realizable, no se titubea: el progreso no quiere demoras. Hacemos primero el jardín, el paseo, el teatro, el hipódromo, etc., erigimos costosos monumentos y palacios de apariencia para hermosear las ciudades, dejando a compañías extranjeras el trabajo de las grandes obras, como el camino a través de las montañas, la canalización de los ríos, y la varia explotación de nuestras inmensas riquezas naturales.

No importa para el criterio progresista, que esto nos entregue maniatados, con ligaduras de millones, a las naciones extranjeras: los positivistas se han encargado de difundir en los países hispano-americanos los principios de una filosofía que les conviene, la filosofía mercantil de Cartago, que estima como meros escrúpulos los más altos sentimientos de patriotismo, y aconseja apartarlos a un lado, para dejar libre el paso al voluminoso carro de la industria y del comercio, portador de una gloria efectiva, consistente en billetes de banco.

Cuando el Dr. Quix pisó las playas de Tierra Firme, no fue poca su sorpresa al hallarse con un puerto lleno de naves, y una ciudad relativamente populosa y adelantada, pues él creía que el Nuevo Mundo estaba poco más o menos lo mismo que en tiempo de Colón, y que a cada paso tendría que habérselas con tribus salvajes. En esta creencia, muy general por cierto en toda la Europa, había tomado la precaución de traer vestidos acolchonados, que los defendiesen de las flechas ponzoñosas de los indios, como lo hacían los primeros conquistadores, según lo había leído en los cronistas de Indias, precaución que comunicó a Sancho, el cual no esperó la hora del peligro para cubrirse con su cota o armadura estopeña sino que se la puso a toda prisa, tan luego se dio en el buque el anuncio de tierra.

Al verlo de esta suerte vestido, todos se confirmaron en la idea de que era un esquimal, que ni bajo los rigores del calor de los trópicos prescindía de sus pieles y gruesas vestiduras polares. Nuestros viajeros se alojaron en una posada, que recientemente había cambiado su nombre por el de hotel, siguiendo la ola del progreso onomástico, posada donde esperarían la hora de embarcarse nuevamente para el puerto de las Palmas, navegación que harían en un bergantín costanero, porque no tocaban en aquel punto los vapores trasatlánticos.

Al dispersarse los pasajeros por la ciudad, se divulgó como por encanto la llegada del sabio inventor del alumbrado heliográfico: el diario del puerto lo saludó con grandes loas, y llovieron sobre él las visitas de los curiosos y las tarjetas de bienvenida. Sancho se le acercó en el primer momento en que lo vio solo, y le preguntó acezante:

—Si no me engaña la memoria, su merced me ha hablado de una tierra que hay en estas Indias, llamada del Fuego.

—Cierto, Sancho, y por allí mismo queda el cabo de Hornos.

—Pues sin que su merced me diga más, yo le digo

que ya llegamos; y bien puesto tiene el nombre, porque uno se asa aquí como dentro de un horno encendido.

Reparó D. Quijote en la voluminosa envoltura de su criado y colega, en los fuertes resoplidos que daba, hecho un camaleón y sudando a chorros.

—¡Imbécil! ¿Cómo no quieres asarte más de la cuenta, si te has puesto esas ropas de cuatro dedos de espesor?

—¿Y si vienen los indios, mi amo?

—Tiempo habrá de prevenirnos, si ellos nos acometen. Por ahora, quítate todo eso, y quédate en paños menores, si quieres salir con vida del cabo de Hornos.

A los pocos días, continuaron su viaje, y pronto arribaron al puerto de las Palmas, de donde emprenderían camino hacia Sanisidro y Mapiche, término de su excursión.

Un cambio muy sensible se había efectuado en Santiago a la vista de su tierra nativa: parecía que al tocar el suelo del puerto, un fuego extraño se había apoderado de su corazón. Era una alegría impaciente, una inquietud casi infantil, un deseo vehemente de ver a los seres que más amaba. No obstante la admiración profunda y gran cariño que sentía por el Dr. Quix, no se resignó a esperarlo para seguir juntos el viaje.

El Dr. Quix, firme en sus ideas y planes científicos, quería viajar poco a poco, acortando las jornadas, para tener tiempo de observar la flora, la fauna, y las demás riquezas naturales del suelo tropical. Pero Santiago, con la desazón que se ha dicho, en todo pensaba, menos en dedicarse a observaciones científicas. Con los pocos dineros que le quedaban, resto de la munificencia de su ilustre amigo y protector, alquiló una mula de silla, e hizo los preparativos indispensables para salir del puerto al otro día por la mañana.

Cuando clareó el alba y todo estuvo listo, le echó

los brazos al doctor, y le dijo con verdadera efusión:

—Perdóneme el que no lo espere, pero usted comprenderá que después de cuatro años de ausencia, estoy ansioso por llegar a mi pueblo, del cual me separan todavía cuatro días de camino. ¡Mi gratitud, doctor, será eterna! Cuente usted con un amigo de corazón, que le ofrece sus servicios en Mapiche.

—Gracias, amigo Santiago. Razón tienes en adelantarte, como lo haces, y aunque siento en el alma tu separación, de buen grado consiento en ella, con la esperanza de que nos reuniremos dentro de poco tiempo.

—¿Y cuándo piensa llegar a Mapiche?

—A la verdad, eso no depende de mí, sino de los estudios y exploraciones que tenga que hacer por esta tierra virgen, cuajada de maravillas. Tú sabes que viajeros como yo, no pueden fijar itinerario, porque están sujetos a lo imprevisto, según sean los descubrimientos que a cada paso hacen en el campo de la geología, la historia y las ciencias naturales; pero cuenta con que tarde o temprano llegaré a Mapiche, lugar que tengo escogido para mi residencia en América.

—¡Oh, doctor, eso es una gloria para Mapiche! Desde ahora le aseguro que esta nueva va a poner en movimiento a mis paisanos, y despertar la envidia en los otros pueblos de la comarca. ¡Que un sabio como usted se resigne a vivir en Mapiche! Nunca me imaginé que pudiéramos merecer tanto favor.

Santiago hablaba con el corazón en los labios: la ciencia del Dr. Quix, y la fama que ganaría su nombre al divulgarse el invento del Heliógrafo, eran cosas muy grandes y espléndidas, para que pudieran caber en una villa tan apartada y oscura como Mapiche.

—Pues si en ello hay gloria, las gracias por haberla alcanzado tu pueblo, a tí deben ser dadas, pues me encamino a él, siguiendo tus pasos, y llevado del deseo de conocer ese paraíso recóndito, a donde llegarás en breve, como un heraldo, como un precursor de mis ideas y propósitos. Anuncia, predica, propaga, pues, la buena nueva; conviértete en un Pedro el Ermitaño, que detrás iré yo, como un Godofredo de Bullón, a enarbolar sobre las almenas de tu pueblo la bandera triunfante del progreso.

Despidiose también Santiago de su gran amigo Sancho, el cual lo quería como a las niñas de sus ojos, según sus propias palabras.

Era Santiago, en realidad, muy acreedor a ese aprecio, porque tenía lo que se llama sangre dulce, y con todos lo pasaba bien. Aunque falto de letras, poseía cierto lustre intelectual, adquirido en e trato de las gentes y la lectura de periódicos, lustre que unido al talento, suele confundirse con la verdadera ilustración, y hasta sobreponerse a ella. Tenía, además, no sabemos si la cualidad o el defecto de ser en extremo dócil para adherirse a la opinión de quien le hablase, ora fuese por evitar discusiones, ora porque sinceramente adoptase como propios los ajenos pareceres.

Son estos los temperamentos psicológicos más adecuados para difundir de buena fe las ideas nuevas y seductoras; espíritus ingenuos, pero superficiales y llenos del candor de la ignorancia, que no examinan a fondo las cosas, y que no pueden oponerse a los sofismas, por la sencilla razón de que no los distinguen de la verdad. Son los primeros que se rinden al influjo de alguna inteligencia extraviada, que cautiva y arrastra con el brillo de sus teorías.

Santiago se alejaba del Dr. Quix, satisfecho y orgulloso de tener un amigo de tales quilates, y de haberlo conducido hasta su patria. Se creía otro hombre, llamado a cosas que antes no soñaba siquiera, a figurar de los primeros en la brillante evolución que le esperaba a su suelo nativo, bajo la egida de aquella inteligencia superior. Todo esto se le representaba de una manera vaga e indecisa, pero risueña y llena de encantos desconocidos para su alma de joven, largo tiempo abatida en la noche del ostracismo. Creyose en posesión de un elevado y honorífico cargo, cual era el de heraldo y precursor del Dr. Quix, a quien consideraba como un pontífice máximo de la sabiduría y del progreso.

Cuando el joven proscrito se alejó, vueltos los cascos con tantas ideas nuevas, y ansioso de echarse en los brazos de sus padres adoptivos, no me nos que de volver al embeleso de sus amores, D. Quijote se volvió a Sancho y le dijo, dándole una palmadita insinuante en el hombro.

—Ea, Sancho, saca la bicicleta, para darte algunas lecciones más, ahora que nadie nos ve, porque mañana sin falta debemos continuar nuestro viaje.

—¡Qué bicicleta, ni qué pan caliente! Ya le he dicho, mi amo, que yo no pago monto en esa máquina.

—¿Por qué Sancho? Tú verás cómo aprendes, y te pones tan ducho como yo en su manejo. Todo cuesta al principio, porque nadie nace aprendido: conque no te acobardes por la primera caída. ¡Arriba, pues!

A otro perro con ese hueso. Le digo, mi amo, que no, y mil veces no. —Y mirando a todos lados para cerciorarse de que estaban completamente solos, se acercó más a D. Quijote, que estaba contrariado con tan rotunda negativa, y le dijo al oído—: No se enfade su merced, que desde anoche tengo pensado un negocio, si me da su licencia, con lo cual saldremos bien del paso.

—¿Qué negocio, Sancho?

—Respóndame antes a lo que voy a preguntarle. ¿Puedo yo disponer de la máquina como de cosa propia?

—Tuya es, porque para ti expresamente la compré en Barcelona, porque no sería propio que viajase yo en bicicleta, y tú a pie, en cabalgadura, o de otro modo.

—Pues con esta aclaración, haga cada cual de su capa un sayo, y disponga de lo suyo como le plazca; pero antes, quiero la venia de su merced para negociar con ventaja.

—Pero di lo que quieras, sin tantos rodeos ni preámbulos. ¿Cuál es el negocio?

—Tengo ya apalabrado al posadero, y el trato está a punto de cerrarse, si su merced lo consiente: he visto el animal en la cuadra, y me llena el ojo. Me lo dan con la albarda y sus aparejos, pelo a pelo.

—¡Hombre de Dios! ¿De qué negocio me hablas?

—Pues de cambiar la bicicleta por un asno, de todo punto enjalmado.

Si hubiera recibido D. Quijote una bofetada, acaso no habría manifestado mayor sorpresa ni mayor coraje. Con los puños cerrados, y centellan tes los ojos, se lanzó sobre el infortunado Sancho, soltándole con toda la fuerza de sus pulmones aquella enérgica interjección de Castilla, que suele decirse, pero que nunca se escribe.

—¡Sancho estúpido! ¡Sancho retrógrado! ¡Sancho oscurantista! ¿Cómo te atreves a proponerme semejante contumelia?... ¡Trocar una bicicleta por un asno!... ¿Dónde tienes los sesos, desdichado? ¿No ves que eso es una herejía, un oprobio, un descomunal atentado contra la ley santa del progreso? ¿Dónde has visto tú, hombre estulto e ignorante, que se cambie el enmohecido hierro por el oro fino y reluciente, ni que se desee más la pavorosa tiniebla que el claro día? ¡Oh, no, no!... apártate, Sancho, de mi presencia, dijo D. Quijote, cubriéndose los ojos con las manos, porque eres un cangrejo que camina siempre para atrás, un búho, que huye de la luz, y grazna en las tinieblas!...

Con la cabeza caída, esperó Sancho a que descargase el terrible nublado de la cólera de su amo. Estaba confuso y atemorizado, pero no arrepentido del negocio, aunque, en realidad, jamás llegó a imaginarse que su propuesta provocara tan deshecha tempestad. Viéndose despedido y ultrajado, se le vinieron las lágrimas a los ojos, y con gran tristeza le contestó a D. Quijote:

—Yo no esperaba que por tan poca cosa me despidiera su merced: mientras más se vive, más se ve. Perdón le pido por este gran disgusto, y me aparto a vivir como Dios me ayude, porque no estoy dispuesto a montar en la bicicleta, siendo de más socorro el asno que la tal máquina para viajar por estas tierras, que no estarán enlozadas ni pavimentadas como las calles y jardines. Conque écheme su bendición, y apartémonos en paz, ya que su merced así lo quiere.

D. Quijote fue siempre más dócil tirado por la cuerda del sentimiento que por la de las razones: a vista de Sancho lloroso y humilde, descendió de la altura olímpica de su cólera, y se hizo exorable a la propuesta de su criado, aunque mediante una condición expresa.

—Enjuga esas lágrimas, Sancho, y haz lo que me propones, pero no digas jamás a nadie que en esto has obrado con mi consejo, ni con mi apoyo, sino por el contrario, debes dar a entender, aunque no sea lo cierto, que has negociado a espaldas mías, contraviniendo las leyes del progreso.

Regocijose Sancho, prometió cargar con toda la culpa del gran pecado, e hizo el negocio, dándose el gusto de abrazar con extrema alegría a su nuevo pollino, el cual venía a llenar el vacío del paciente e inolvidable Rucio.

Buscó alforjas, las proveyó a su agrado, y esperó de buena voluntad la orden de partida. D. Quijote miraba al asno de reojo, aparentando la más completa ignorancia del negocio: su equipaje fue confiado a unos arrieros, que a la sazón salían con una partida de mulas para Sanisidro.

CAPÍTULO XV

De los estupendos descubrimientos científicos que el Dr. Quix hizo en los bosques tropicales

¡Qué lujosa vegetación! Árboles gigantescos cuyos troncos semejan vetustos torreones, cubiertos de musgos; valientes trepadoras, que construyen con sus bejucos obras admirables, remedando arcos de triunfo y puentes colgantes, adornados de flores; palmas soberbias, bellísimas parásitas, aves bulliciosas, que despliegan al sol sus pintados plumajes, y cantan en lo alto la magnificencia de la creación, mientras que abajo, sobre la capa húmeda y esponjosa, que forman los despojos vegetales putrefactos, se enroscan la temible coral y la cascabel sonora, lanzan sus gritos estridentes las chicharras suicidas, y cruzan por el aire, tímidas y vacilantes, mil pintadas mariposas.

—¡Oh, Sancho, esto es sublime! ¡Esto es magnífico! ¡esto es grandioso!...

Exclamaba el Dr. Quix, deteniéndose a cada paso, así para admirar alguna nueva maravilla, como para descansar un rato, porque el suelo, aunque llano, presentaba serios obstáculos a la bicicleta, a tiempo que Sancho caminaba montado en el pollino, arrellanado en la albarda, con la holganza de un sátrapa oriental. Pero cuando empezó el calor a sentarles de lleno, los mosquitos y zancudos, como alados escuadrones de lanceros, vinieron a darles continuas embestidas, principalmente a Sancho, que les ofrecía puntos de ataque más rollizos y sanguíneos.

—¡Oh, qué país tan asombroso! —continuaba diciendo el Dr. Quix— nadie me quita de la cabeza, aunque la historia no lo diga, que aquí debieron de nacer y

145

criarse Hércules, Sansón y Goliat, porque esta tierra es de gigantes.

—Y también de mosquitos, mi amo: vea cómo me tienen acribilladas la cara y las manos.

—Para librarnos de tal plaga, tendremos que hacer esta noche lo que los indios de Cumaná, según el relato de los historiadores Gomara y Castellanos, que era abrir un hoyo en la tierra, y meterse dentro.

—¡Se enterraban vivos!

—Ni más ni menos, porque luego se cubrían con la arena sacada del mismo hoyo.

—Pues perdono las perlas por no ensartarlas. Es mucho más bravo el remedio que la enfermedad. Trastee por allá su merced para ver si recuerda otra cosa que no sea tan miedosa como la sepultura.

—A la mano la tienes: abre una cajita, y tómate dos o tres píldoras de Fierabrasina, que son gran preservativo contra las picaduras de cualquier insecto.

—Eso se llama, mi amo, salir del trueno para caer en el relámpago. Más quisiera yo podrirme[3] en el hoyo, que volver a probar del bálsamo de Fierabrás.

—Para que veas que autorizo con el ejemplo lo que afirmo de palabra, dame acá media docena de píldoras, para que observes en mí los efectos maravillosos de esta medicina.

Y el doctor se engulló una tras otra, las seis píldoras, y continuó su camino. Si le produjeron algún efecto, ¿quién puede saberlo? Por el crédito de su medicina, habría sido capaz de meter la mano en el fuego, sin quejarse ni decir esta boca es mía, a semejanza del romano Mucio Scévola.

La verdad es que tú, lector, pudieras haber hecho lo

---

[3] Podrir y pudrir son una forma de decir lo mismo, aunque lo habitual es utilizar la segunda, al menos en España.

mismo, y aun tomar de un golpe el contenido de una gruesa de cajas, sin sentir más efecto que el de la llenura, porque el Dr. Quix era humanitario, y por ende inofensivo como médico: las píldoras eran un simple *mica panis*, una preparación de harina y azúcar, las cuales curaban por el método sugestivo, último progreso terapéutico, que viene a ser la aplicación médica de una verdad teológica: la fe en el médico debe salvar al enfermo, así como la fe en Cristo salva al cristiano. ¡Lástima grande que este cielo de salud, esté solamente abierto para los nerviosos y las histéricas! Iba muy atento Sancho, para ver si advertía en su amo algún movimiento de náuseas u otra revolución estomacal, causadas por el pildorado bálsamo, cuando notó que D. Quijote detuvo la bicicleta, y se puso a mirar para un lado del camino con grandísimo cuidado; y que no contento con la simple vista echó mano del anteojo con febril agitación, y continuó mirando, con tanta ansiedad, que Sancho entró en temores, creyendo que hubiese descubierto por aquella parte alguna fiera u otro animal dañino.

—¡Quieto, Sancho!... Allégate acá, sin meter ruido, para que veas un prodigio, un pasmoso descubrimiento.

—¡Qué, mi amo! ¿Acaso ha descubierto ya alguna mina de oro o piedras preciosas?

—Es un fenómeno antropológico, que vale más que el Potosí. ¡Un gran descubrimiento científico! Estirose Sancho sobre el pollino, y miró por encima de la maleza, pero no vio cosa que lo pasmase, sino un indio, peón de alguna hacienda o conuco vecino, que estaba ocupado en formar haces de leña, liados con bejuco.

—Obsérvalo bien, Sancho, y dime qué le descubres.

—Es un indio bien cuajado, pero lo que noto y me admira es que esté vestido, y que no tenga ni una pluma para remedio.

—Pero tiene otra cosa más sorprendente, Sancho.

147

Fíjate en el apéndice velludo que le cuelga por debajo de la camisa, en la prolongación del espinazo. ¿Lo ves?

—Ah!... mismamente parece un rabo.

—No es que parece, sino que es real y efectivamente un rabo. ¡Oh, Darwin!, quien creyera que estaba reservado a este oscuro soldado de la milicia científica, la gloria de evidenciar tu doctrina, descubriendo en los bosques de América este raro ejemplar del simiohumano, tan solicitado por los sabios en el interior del África. Aquí tienes, Sancho, la prueba más evidente y decisiva de nuestra descendencia del mono.

Sancho, que ya había oído hablar a su amo en otra ocasión de este abolengo, y que había tomado la especie como una broma, miraba el fenómeno con ojos de asombro. En fin, no es de admirar que Sancho creyese en lo del rabo, cuando en otros tiempos gentes engolilladas, creyeron en Europa algo peor: que el indio americano era animal irracional.

El peón tenía una camisa muy corta, con la falda fuera del pantalón, y llevaba al cinto un puñal dentro de una vaina hecha de piel de ardilla o de nutria, que son muy peludas. Pero es el caso que no tenía el arma de un lado, o sobre el cuadril, como se acostumbra, sino completamente atrás, en la mitad de la espalda, para llevarla más oculta, de manera que le sobresalía por la falda de la camisa la punta de la vaina, que ciertamente tenía la apariencia de un rabo de mono o de otro animal velludo.

—Acércate, Sancho, a él, y le ruegas muy por las buenas que se descubra todo el rabo, para sacar un retrato completo, ofreciéndole buena gratificación.

—¡Está loco, mi amo! ¿No ve que a nadie le gusta que le digan que tiene rabo? ¿Por qué no le hace su merced la propuesta cara a cara?

—No se la hago, porque temo que al verme, huya despavorido, creyendo que vaya a esclavizarlo o causarle algún otro mal, mientras que tú tienes un continente más pacífico, y puedes avenirte mejor con él, e infundirle plena confianza, no sólo para que nos muestre el rabo, sino también para que me permita medirle el ángulo facial.

—No lo crea, mi amo, porque mentarle el rabo, será como mentar la soga en casa del ahorcado: a seguro, llevan preso: conque lo más prudente será que se contente su merced con la punta del rabo, que por la hebra se saca el ovillo; y menos se meta a medirle la fachada, porque puede ser que antes nos mida él las costillas con una raja de leña, y en vez de ir por lana, salgamos trasquilados.

Reflexionó D. Quijote, y aunque no hablaban con él los miedos de Sancho, detúvolo, sí, ver malogrado el hallazgo, si el indio ponía pies en polvorosa.

Por lo cual, sin moverse del sitio en que estaban, sacó el aparatico fotográfico, lo previno, y se estuvo en espera de una buena posición del raro individuo para tirar el retrato.

—¡Ahora, mi amo! —le dijo Sancho, al ver que el peón les daba por completo la espalda, y algo peor que la espalda, doblado por la cintura, para levantar del suelo un haz de leña, dejándoles ver casi un palmo del pretendido rabo, posición en que fue retratado al instante.

—Creo, Sancho, que el rabo ha quedado bien visible, y esto es lo más importante, porque esta fotografía está llamada a dar la vuelta al mundo, para gloria mía y regocijo de los sabios darwinistas.

Habiendo proseguido su marcha, la satisfacción del Dr. Quix llegó a su colmo, pues oyeron una destemplada algarabía, producida por una tropa de monos legítimos y verdaderos, que saltaban sobre los árboles.

—¿Lo ves, Sancho? Aquí los monos son autóctonos, y la selección espontánea debe efectuarse con suma rapidez. Aunque me cueste un ojo de la cara, me llevaré al regreso un ejemplar del simio-humano, como el que hemos retratado, para presentarlo de bulto a la Sociedad Simio génita de Bostón.

Fueron tantas las paradas, y rodaba con tanta lentitud la bicicleta, que les cerró la noche antes de llegar a la posada donde pensaban quedarse.

Caminaban, pues, en lo oscuro, sin más claridad que la de las estrellas, mortificados por los silbantes zancudos, que, según se ha dicho, lanceaban más a Sancho que al doctor, porque este llevaba enguantadas las manos, y algo más defendida la cara por la toquilla del sombrero de turista.

—Dice el dicho, que quien no se aventuró, ni perdió ni ganó: así es que estoy por hacer la prueba, tomándome una sola píldora. ¿Qué le parece, mi doctor? Una pasa, cualquiera se la pasa.

—Debes tomarte tres, lo menos, y respondo del resultado. ¿No me tomé yo media docena para darte ejemplo?

—En nombre de Dios, pecho al agua, y venga lo que viniere, —dijo Sancho, tomándose en seguida, una tras otra, las tres píldoras.

—Ahora, Sancho, conviene que te cubras la cara con un pañuelo, sin dejar libre más que los ojos y que lleves las manos metidas en los bolsillos, para evitar el contacto del aire, y facilitar el inmediato efecto de la Fierabrasina.

Ya verás como los zancudos te respetan.

A poco andar, aliviado Sancho de las picaduras, por virtud del tratamiento sugestivo a que lo sometió el doctor, oyeron unos golpes acompasados dentro del bosque, y mirando en la dirección de donde partían, descubrieron un vago resplandor debajo de los árboles en paraje no muy apartado del camino.

Es costumbre del país, cuando las cosas políticas andan revueltas o hay temores de ello, lo que acontece de ordinario, sacar las bestias de silla de las cuadras o caballerizas, y llevarlas a dormir en algún arcabuco o escondrijo dentro del monte, con el objeto de que no estén a la mano de las comisiones armadas que recorren los campos, más de noche que de día en pos de reclutas, bagajes y ganados.

El campesino que tiene algún animal aprehendible como elemento de guerra, lo pone de este modo en seguro, principalmente de noche. Los golpes que oían D. Quijote y Sancho, eran del machete con que le picaban la cena de pasto a un caballo, y el vago resplandor, era producido por un enorme farol de vejiga, calculado para vela entera, que puesto en el suelo parecía un poste encendido, aunque por su completa opacidad, apenas difundía una luz muy débil y triste, la necesaria para picar el pasto, trabajo que hacía un indio mocetón, sentado en el suelo al lado del caballo.

—Vamos allá, Sancho, a ver qué es aquello.

—No tenga de esas, mi amo. ¿Qué nos va ni nos viene con averiguar esas cosas? —le contestó Sancho, disimulando su miedo.

—Ya me conoces: quiero ir allá e iré por encima de todo. Aquello más parece un fuego fatuo que resplandor de lumbre.

—Por eso mismo, lo más prudente es pasar de largo, sin apartarnos del camino: id por el medio, y no caeréis, dice el adagio. Además, recuerde su merced que estoy bajo la acción de las píldoras, y no puedo irme a salto de mata por esos zarzales.

—Pues quédate, que yo iré solo —díjole D. Quijote, abriéndose paso con los brazos y con todo el cuerpo por entre las ramas y zarzas, tomando por faro el misterioso resplandor, que tenía excitada su curiosidad y en supersticiosos temores a Sancho.

De pronto cesaron los golpes, pero simultáneamente resonaron por todo el bosque las grandes y estentóreas voces de D. Quijote:

—¡El helióforo! ¡el helióforo!... ¡El leño fosforescente, el árbol luminoso del jesuita!... ¡Corre, Sancho, que se me escapa!...

El indio, que no esperaba ser sorprendido en su nocturna ocupación, al ver salir de entre el monte la figura espantable de D. Quijote, dando tan extrañas voces, de un salto se puso en pie, agarró el farol y salió de estampida, volando más que corriendo.

Sancho vio con terror romperse la maleza, no lejos de él, y aparecer de súbito aquel cuerpo luminoso, llevado en volandas, como si lo cargasen por el aire las mismísimas brujas. Dio un grito de espanto, y se abrazó al pescuezo del pollino, el cual se asustó también, y trataba de correr.

Vanos fueron los gritos y carreras de D. Quijote: pronto dejó de verse el fugitivo resplandor, ocultado por el espeso monte, y todo quedó nuevamente en la más completa oscuridad. Orientado por las voces que le daba Sancho, D. Quijote volvió acezante.

—¿Lo viste, Sancho? ¡Qué feliz e inesperado hallazgo! Es un pedazo de tronco, como de tres palmos de largo y uno de ancho, cuya luz alumbraba un buen trecho; pero el salvaje que se servía de él, huyó con tal presteza, que ha sido imposible alcanzarlo.

—¡Qué tronco de mis pecados! si yo lo vi pasar por los aires, como una estopa encendida, y todavía tengo el resuello por dentro.

—Tronco es, Sancho, pero debe de ser muy seco y liviano como la yesca; y ahora deduzco que sin duda lo ahuecan los indios, para hacerlo más transportable, y servirse de él como de linterna para alumbrarse de noche. Ya ves cuánta claridad difunde así en bruto. ¡Oh, grande y portentoso hallazgo! Puedo asegurarte que el alumbrado solar o heliográfico es un hecho fuera de toda duda.

—¿Y cómo piensa su merced ponerse en ese palocandil?

—He aquí mi plan: bien sabes cuan egoístas son estos indios con sus secretos, que antes prefieren morir que revelarlos. Sin embargo, tan pronto conozca mejor el país, volveremos a buscar el helióforo, con toda seguridad. Por ahora, la prudencia aconseja tener oculto este gran descubrimiento, lo mismo que el del simio-humano, no sea que al divulgarlos, se aproveche de ellos otro sabio, más conocedor de las entradas y salidas de la tierra y de las tribus que la habitan.

—Dejando a un lado estas cosas, que yo no entiendo, por más que me devane los sesos, creo que la posada todavía está lejos, y el hambre cada vez más cerca. La luz de adelante es la que alumbra, y tripas llenas, refuerzan las piernas. Conque mejor será que comamos aquí algo, a la luz de las estrellas, que el camino de las manos a la boca no tiene pérdida.

D. Quijote, que llevaba el estómago en un hilo, no se hizo de rogar: comieron algo, y a poco andar, dieron con la posada, donde Sancho se tomó otra dosis de Fierabrasina, la cual, ayudada con el completo tapamiento de todo el cuerpo, fue remedio eficaz contra los zancudos, y prueba inequívoca de la excelencia del método curativo del Dr. Quix, semejante al que emplean, tratándose de la exportación, muchos médicos industriales y droguistas millonarios de Europa y Norte-América, con sus prodigiosas preparaciones, remedios siempre infalibles, elaborados expresamente para que surtan sus efectos *in anima vili*, o sea en los semi-salvajes de Sur América, mediante la bombástica y altisonante recomendación del anuncio, y el halago de las estampitas de colores.

CAPÍTULO XVI

Donde se describe la ciudad de Sanisidro, y lo que en ella pasó a uno de los personajes de esta historia

La ciudad de Sanisidro, capital de la provincia del mismo nombre, conserva todavía la apariencia colonial, un sello español muy manifiesto: calles rectas, no muy anchas, empedradas y con aceras de ladrillo; plazas cuadradas, sin árboles ni jardines, siempre listas para ser habilitadas como circos en el juego de toros, cercándolas al efecto con palos rústicos, que vienen a servir de barrera y de sustentáculo a los palcos.

A pesar de ciertos revestimientos y molduras de estilo moderno, predomina en las casas la arquitectura española. Paredes de tierra pisada, que es la clase de muro más usado; techos de teja acanalada, con su color natural de ladrillo, que traen a la imaginación las viviendas hispano-moriscas, a que se unen, para hacer más viva la semejanza, los patios enclaustrados, con sardineles en contorno, hermosos jardines y cristalinas fuentes y las tradicionales persianas, que cierran uno o varios intercolumnios en los corredores, detrás de los cuales se oye el ruido de los platos y cubiertos a las horas de comer, cuando el espacio que encierran se destina para comedor, o bien, suenan la máquina de coser y las tijeras manuables, acompañadas de ese cántico peculiar de la mujer, cuando se ocupa en las labores domésticas.

La costumbre de las celosías en las ventanas, tan cómoda para las familias y tan incómoda para los amantes, se halla todavía en pleno vigor.

Rara es la casa que no las tiene, unas de estilo antiguo, hechas de tabla, con calados arabescos o puros agujeros, otras de tejidos de alambre o de cañamazo, y hasta de simple lienzo; y modernamente se han introducido algunas más durables, consistentes en una lámina de hierro muy fuerte, con calados tan finos que apenas son visibles contra la luz, lo que viene a ser causa de chascos y sorpresas, de dentro para afuera, y de afuera para dentro, según la parte más iluminada.

Excepto los días de mercado y los de alguna solemnidad cívica o religiosa, la ciudad no ofrece mayor animación: sus calles están de continuo solitarias y silenciosas con mayor razón de noche, en que a la soledad y silencio se unen las tinieblas, pues el alumbrado público, reducido a las calles principales, consiste en faroles, por lo regular muy opacos, colocados a cada media cuadra.

Sin embargo, en tiempo de paz, no faltan para alegrar un poco las noches de Sanisidro, la música de los pianos de familia, y la de los bandolines y guitarras, que recorren las calles en manos de mozos del pueblo, que andan de jácara, o que improvisan peligrosas orquestas en los mostradores de las pulperías.

En las inmediaciones de la ciudad había una venta muy popular, que era la posada predilecta de los arrieros que venían del puerto de las Palmas, y donde solían desmontarse y dejar sus bestias los viajeros lugareños, y aquellos que no disponían de medios para resistir el gasto de una posada más cómoda en el centro de la ciudad.

Las ocho de la noche serían, cuando salió de dicha posada un caballero de airoso porte, que mostraba ser algún viajero, a juzgar por el guarniel o bursaca que llevaba colgante de un hombro, el sombrero de paja y el traje que vestía, salpicado todavía por el barro del camino. Dirigiose a la ciudad, y entró en ella con ese aire de vacilación e incertidumbre que caracteriza al forastero, pues en cada esquina se detenía un poco, temiendo sin duda perder su itinerario.

La luz no muy intensa del farol de una de las esquinas, en que se ha detenido por mayor tiempo, nos va a permitir observar con más atención su fisonomía.

Es trigueño, de ojos grandes y expresivos, y frisará apenas en los veinte años, como lo dice la frescura de sus facciones y el espeso bozo que viriliza su simpático rostro, precursor de unos negros y elegantes bigotes.

Manifiesta en su semblante una ansiedad particular: lo ha detenido la voz de una mujer que canta al piano la conocida canción *Sobre las Olas*. Es una voz débil, pero en extremo dulce, que conmueve hasta lo más recóndito del alma.

El canto cesa: una inquietud nerviosa domina al joven viajero. Parece vivamente contrariado con la suspensión del canto, y clava sus ojos, llenos de curiosa sorpresa, en la casa inmediata, por cuyas ventanas, abiertas de par en par, salía a torrentes la luz vivísima de una lámpara colgante en la sala.

¿Será nuestro viajero algún apasionado músico? ¿Por qué, entonces, se ha detenido allí, y ahora espera, convulso y anhelante, oír de nuevo aquella voz tierna y conmovedora, que ha paralizado sus sentidos? El piano preludia otra vez, y en seguida se oye la misma voz: ahora canta un bambuco, uno de esos cantares apasionados y melancólicos, compuestos por algún amante bajo las frondas de la exuberante vegetación tropical, cuyas notas remueven en el fondo del alma el mundo de los recuerdos, y sacan a los ojos alguna lágrima indiscreta, reveladora de algo íntimo e inefable, que es amor, sentimiento, desventura o esperanza.

Aquella voz y aquel bambuco debían de ser harto conocidos del joven viajero, porque sus ojos brillaron con un fulgor extraño y se inundaron de lágrimas. Llevose las manos a la cabeza, como si quisiera cerciorarse de que estaba despierto, y no era aquello un sueño, ni una vana ilusión.

Con paso firme abandonó la esquina, donde hacía

rato estaba clavado como un poste, y se dirigió resueltamente a la casa de donde partía el canto.

Al pasar por las ventanas, se detuvo un instante a mirar hacia adentro: apenas pudo ver por entre las cortinas el perfil de una joven, elegantemente sentada al piano, en uno de los ángulos de la sala, que era un recinto decorado con gran lujo.

Una viva exclamación y un nombre salieron casi simultáneamente de sus labios, pero la música del piano no permitió oír nada. Siguió por la misma acera hasta llegar a la puerta de la casa, donde inesperadamente se tropezó con un muchacho, que estaba sentado en el umbral, el cual se había puesto en pie con ligereza, y miraba al viajero cara a cara.

—¡Como que es el niño Santiago! —exclamó sorprendido el muchacho.

—¡Chucho! ¡Chucho! —exclamó a su vez el joven, estrechándolo en sus brazos—. ¿Conque vive aquí D. Manuel?... ¡Ah, no me había equivocado! Chucho era el indiecito del servicio de la casa de D. Manuel, que estaba ya zagaletón, el mismo a quien Santiago confió la mula del vicario el último e inolvidable día de su permanencia en Mapiche.

Lo que Santiago había creído una ilusión, era una realidad palmaria: la mujer que cantaba era Lola. Tanta fue su turbación, que no atinaba en contestar al muchacho, quien lo excitaba a entrar con gran cariño e interés.

Estaba ofuscado e irresoluto.

Aquel estrado brillante que acababa de entrever por las ventanas, lo mantenía en suspenso: su traje de camino no se avenía con tanto lujo. ¿Pero cómo dejar de ver a Lola? ¿Cómo retirarse, dando tregua a las ansias de su corazón, allí mismo, a los pocos pasos de ella, después de tan larga y triste ausencia? ¿Sería Lola la misma tierna y afectuosa niña que trató en Mapiche y el

Granadillo? Todos estos pensamientos angustiaban su corazón, pero al cabo, tomó la resolución de entrar, y entró, guiado por Chucho, que lo hizo atravesar el zaguán y detenerse en la primera pieza que se hallaba en el corredor, cuya puerta abrió, diciéndole: —Este es el escritorio de D. Manuel. Si no quiere pasar a la sala, espéreme aquí un instante, mientras aviso a la familia y traigo luz.

Como el cuarto estaba oscuro, Santiago esperó a Chucho, parado en la puerta, y desde allí dirigía sus ávidas miradas a la sala de recibo, cuya puerta daba libre paso a los resplandores de la lámpara, que iban a iluminar el suelo del patio, cubierto de plantas de jardín y dividido en cuarteles, por medio de callejuelas pavimentadas con ladrillo.

A la entrada de Chucho, cesó repentinamente el piano, y se oyeron voces y ruido de pasos precipitados hacia el interior, por lo que entendió Santiago que ya estaban advertidas doña Ángela y Lola de su inesperada visita.

Le palpitaba el corazón con suma violencia: ya creía tener delante la bella figura de Lola, oír su voz dulcísima, estrechar su delicada mano, y bañarse en la luz hermosa de sus negros ojos. Estaba trémulo, pálido, dominado por esa angustia indefinible de quien espera recibir una gran felicidad o un amargo desengaño.

Sólo una lámpara de reflector alumbraba los corredores del claustro, pero la puerta del cuarto donde estaba Santiago, se hallaba en la sombra. Así es que, metido en el hueco oscuro de la puerta, atento al menor ruido, y mirando a todos lados con inquietud y azoramiento, cualquiera lo habría tomado por un ratero, clandestinamente introducido en la casa, que estaba en acecho, esperando el momento oportuno para ejercitar su oficio.

En estos críticos momentos se oyeron pasos en el

zaguán: un caballero entraba con paso seguro. Santiago creyó al punto que fuese D. Manuel, que volvía de la calle, pero salió de su engaño al ver cruzar, con dirección a la sala de recibo, la figura de un joven elegante, que colgó su gabán y su sombrero en la percha de gala colocada fuera de la puerta, sacudió su calzado, y entró en la sala, con la naturalidad y desembarazo de una persona de confianza.

En este momento, Chucho, que se había tardado más de la cuenta, apareció en un ángulo del claustro, trayendo en alto una luz, colocada en una palmatoria de plata.

—Perdóneme la tardanza, niño Santiago —le dijo con cierto cortamiento—. Doña Ángela ya viene para acá.

Al derramarse la luz de la bujía en el interior del cuarto. Santiago observó que había también allí un lujo que no recordaba haber visto nunca en la casa de D. Manuel. Este era rico ciertamente, pero en Mapiche y el Granadillo, sus casas estaban, poco más o menos, a nivel de las demás. Entre sus muebles y los del padre Juan no había mayor diferencia: las mismas cómodas y mesas de obra sencilla, las mismas sillas de suela, la misma clase de loza y demás enseres; en fin, por primera vez sorprendía a Santiago la desigualdad de fortuna que existía entre él y Lola. El cuarto de D. Manuel tenía muebles muy finos, hermosa biblioteca, en estantes de madera tallada, con dorados y cristales, y un escritorio de banquero, que valía centenares de pesos.

Chucho era el primer paisano a quien veía, muchacho inteligente y de buena índole, que le manifestaba su afición de mil maneras. Santiago lo acosó a preguntas, empezando por lo que se refería a su casa, a sus queridos viejos el vicario y Romualda, a María y demás familia. Embargado en este rápido e interesante interrogatorio se hallaba, cuando casi sin ruido, apareció en la puerta la grave figura de doña Ángela.

Chucho se alejó al instante, y Santiago se adelantó a saludar a la señora, con el respeto y cariño que siempre le había profesado.

—Celebro que haya regresado usted sin novedad —le contestó ella con cumplimiento.

—Mil gracias, mi señora. Debo a la casualidad haberme impuesto de que vivían ustedes en esta casa y naturalmente, no he podido prescindir de entrar a saludarlos. Sírvase, pues, perdonarme que lo haga en este traje y a hora quizá incompetente.

—No tenga usted cuidado por eso.

—Ya he sabido que D. Manuel se halla fuera de la casa. ¿Y la niña Lola, se conserva bien? —se atrevió a preguntar Santiago con la voz trémula.

—Sí, señor, está buena: ella me ha encargado que la disculpe con usted, porque en estos momentos le ha llegado visita.

La sorpresa y cortamiento de Santiago eran completos, ante un recibimiento tan ceremonioso y culto, pero extremadamente frío, e inconsecuente con las relaciones que había tenido con aquella familia, hasta el día de su ausencia, empezando por el tratamiento de *usted* en labios de doña Ángela, que siempre lo había tuteado con la mayor confianza.

Santiago era de carácter humilde, pero de extrema delicadeza, fácil de resistirse y muy celoso de la fidelidad en sus relaciones amistosas. La idea del papel ridículo que allí estaría haciendo, por el amargo desengaño que acababa de sufrir, y la cruelísima sospecha que se había apoderado de su alma al saber que Lola excusaba recibirlo por atender a la visita de aquel joven caballero, que él no conocía, todo se unió instantáneamente para inflamar su sangre, ponerse en pie y dar otra vez la mano a la señora, en señal de despedida.

—Suplico a usted, doña Ángela, me perdone haberle causado esta molestia.

—¡Oh, no ha habido ninguna molestia! ¿Deseaba usted tratar algún asunto con mi hermano?

—No, señora: mi objeto era saludarlos, como la primera familia paisana y amiga a quien encuentro después de cuatro años de ausencia. Sírvase, pues, presentar mi atento saludo a D. Manuel y la señorita Lola, manifestándoles que como antes estaré a sus órdenes en la villa de Mapiche.

Diciendo esto, hizo una profunda reverencia, tomó su sombrero y se salió con arrogante despejo, dejando a doña Ángela sorprendida y preocupada: sorprendida, porque ella creyó encontrar en Santiago un pobre lugareño, desprovisto de toda cultura social, y se había hallado con un cumplido caballero; y preocupada, porque su propia conciencia la acusaba de no haber sido más cariñosa e insinuante con este joven, que casi se había criado en su casa, cuyas buenas prendas eran de todos conocidas, que regresaba de remotas tierras, acaso en desgracia, por las circunstancias que lo rodeaban, y al cual debían servicios y atenciones de alguna importancia.

Pero ya no había remedio: comprendió al punto que el joven había salido contrariado en vista de aquel recibimiento, en que no faltó de su parte la cortesía, pero sí la cordialidad y confianza a que él tenía derecho.

Santiago salió a la calle con el corazón oprimido, pero con la frente alta: aquella mudanza era para él inexplicable: su conciencia no lo culpaba de haber faltado en lo más mínimo al cariño, respeto y consideraciones que desde niño tenía por aquella familia. A pesar de su altivez, el sentimiento le formó un nudo en la garganta, ese nudo que no se desata, sino que revienta en lágrimas y sollozos.

Caminaba sin rumbo fijo: había dejado atrás el último farol, y entrado en la completa oscuridad de una calle desconocida. Volviose repentinamente con sobresalto: una persona lo seguía, tan de cerca, que ya oía su respiración fatigosa, como si hubiera corrido largo trecho.

—¿Quién es? —le preguntó, dándole el frente, con voz imperiosa y ademán resuelto.

—Soy yo, Chucho, que vengo a despedirme de usted, niño Santiago.

—¡Ah, Chucho, tú eres siempre el mismo, tú si me quieres!... —le dijo Santiago, estrechándolo en sus brazos y dando rienda suelta al raudal de lágrimas reprimidas hasta allí por el despecho y la excitación nerviosa que lo dominaba.

El indiecito suspicaz y malicioso, pero fiel amigo de Santiago, lo había comprendido todo. Se echó a llorar también, y en la necesidad de decir algo, exclamó con sinceridad:

—¡Mucho han cambiado los amos! ¿No es verdad? Toda la gente se queja de ellos, porque desde que vinieron del extranjero, se dan mucho tono, y tratan a los del lugar como poco más o menos.

Santiago ardía en deseos de conocer cuanto hubiese pasado en su ausencia, tocante a la familia de D. Manuel, pero guardó silencio y contuvo heroicamente la curiosidad. Su desengaño y su disgusto no eran causa bastante para hacerle olvidar los deberes del caballero, allanándose a entrar en aquellas delicadas apreciaciones con un sirviente de la casa.

—Olvidemos esto, Chucho, y hazme ahora un servicio.

—Estoy a sus órdenes.

—Mira, yo creo que me he extraviado: indícame la

casa de D. Gaspar Umpierres, porque no la recuerdo.

—D. Gaspar ya no vive en Sanisidro.

—¿Y para dónde se ha ido? —Vive ahora en Mapiche, encargado de la hacienda de D. Manuel.

—¡Ah! pues allá lo veré: entonces ya nada tengo que hacer aquí. ¡Adiós, Chucho!...

Separose Santiago de su antiguo amiguito, prometiéndole que volverían a verse con más calma, volviose a la posada, y al día siguiente, muy temprano, continuó su camino para Mapiche; y en viaje lo dejaremos por ahora, para volver atrás, y decir lo que había pasado en la casa de D. Manuel, y la causa del cambiamiento notado por Santiago, lo cual exige capítulo aparte.

CAPÍTULO XVII

Donde asoma el copete un nuevo personaje de esta nunca bien escrita historia

A partir de la dichosa edad de los juguetes, la crianza y educación de Lola habían sido exageradísimas en cuidados y mimos, hasta el extremo de causarle más bien daño que beneficio. La niña, cosa muy natural, aburría pronto los juguetes que le daban: entonces se le procuraban otros y otros, para no dar lugar a que se enfadase, acostumbrándola desde tan temprana edad a satisfacer sin dilación sus menores caprichos.

Doña Ángela vivía exclusivamente consagrada a la niña. Jamás la reprendía por ninguna travesura, antes más bien se las congraciaba, y lo mismo hacía D. Manuel, quien por ser de carácter un tanto apático, y vivir ocupado en sus negocios, no atendía muy directamente a encaminar la educación de su hija, confiado en la solicitud y acendrado cariño que por ella tenía doña Ángela, a quien se la entregó desde que quedó viudo, y con aquella tierna criatura, único fruto de su matrimonio.

Fuese, pues, levantando Lola en una vida de ociosidad, contemplación y engreimiento, no obstante el natural dulce y bondadoso de su genio, porque nunca faltaban motivos para alejarla de cualquier oficio. Apenas aprendió a leer y escribir con la preceptora del lugar, la cual recibió expresa recomendación de doña Ángela para que considerase a la niña como enferma, que no la reprendiese nunca, ni la obligase a estudiar, sino lo muy preciso, halagándola diariamente, para lograr que diese alguna lección con golosinas y premios de juguetes, que al afecto le enviaban de la casa de D. Manuel.

Con este motivo la confirmaron en la escuela con el nombre de "princesita", y excepto María, ninguna otra condiscípula mantenía relaciones íntimas con ella, no porque les fuese antipática, sino porque temían, con mucha razón, que de sus juegos infantiles resultase quejosa la niña. ¡Ah!, quién habría arrostrado entonces las averiguaciones y disgustos de la señora tía! En la casa, en el hogar doméstico, que es la escuela práctica y más provechosa de la mujer, Lola no movía una paja: doña Ángela encontraba siempre pretexto, como se ha dicho, para alejarla de los quehaceres más comunes y triviales. No la sentaba a coser, porque podía dolerle la espalda; no la dejaba aplanchar, porque se acaloraba demasiado, y podía recibir alguna corriente de aire: no iba a la cocina, a ayudar en la confección de un plato, o a hervir un simple bebedizo, porque se le curtían las manecitas; no podía trasnochar ni una hora siquiera, aunque hubiese necesidad de vela, porque se le irritaban mucho los ojos; en fin, los que estaban al cabo de esta clase de educación, propia para formar damas de salón, pero no amas de casa, decían en la villa que sólo faltaba que mandaran construir un nicho con vidrieras, para colocar la niña, y preservarla hasta del contacto del aire.

Mediante la entrega de una fuerte suma de dinero, en calidad de empréstito forzoso, logró D. Manuel salir de la cárcel; y exasperado de una vida tan llena de zozobras y contratiempos en Mapiche levantó su familia, que la componían doña Ángela y Lola, y fuese a Sanisidro, donde vivió casi un año; y de aquí hizo viaje a Nueva York, en pos de médicos que devolviesen la salud a su hija, cuyo estado enfermizo se había hecho más sensible desde los sucesos de Mapiche, como causa aparente, pues el verdadero motivo de su tristeza era la separación de Santiago. El amor que ligaba a los dos jóvenes era un secreto, que no habían descubierto D. Manuel ni la misma doña Ángela, quienes nunca vieron en aquellas relaciones sino amistad y compañerismo de la infancia.

Un nuevo horizonte se abrió a los ojos de Lola: salir de Sanisidro para entrar en Nueva York, era pasar repentinamente de las tinieblas a la luz; salir del agujero de una ratonera, para entrar bajo la cúpula de San Pedro; dejar la sociedad de las hormigas, para ir a codearse con los gigantes.

En Mapiche, sus gustos, sus deseos infantiles, y luego sus aspiraciones de mujer, tenían que ser muy limitados, porque en torno del campana rio de una aldea la vida es muy sencilla, puede decirse que el mundo está todo a la vista, dentro de un estrecho círculo. Por su edad, su belleza y su fortuna, se hallaba en el tiempo propísimo de empezar a figurar en el gran mundo, en el mundo de la moda, de la vanidad y del fingimiento, en contraposición al mundo chiquito, que es el mundo de la naturalidad, de la sencillez y de la modestia.

Lola se sintió mejor de salud en Nueva York: el aire del mar y el cambio completo de vida, habían quitado de su gracioso semblante la tristeza y melancolía, y dándole una expresión, si no del todo alegre, al menos de vivacidad.

En medio de aquella vida vertiginosa, harto hacía con pensar en el presente: en el teatro, los paseos públicos, los grandes monumentos, los salones artísticos, y en tanto que ver y admirar, de que ella no tenía noticia, y que iba conociendo sin darse cuenta de ello, ni procurarlo siquiera, sino empujada por la ola brillante del gran mundo, en que se veía metida como por obra de magia. Su educación insustancial no le permitía tampoco formar juicios acertados, ni resistir al influjo de las primeras impresiones.

D. Manuel, contentísimo de la mejoría de su hija, que era su ídolo y su único pensamiento de felicidad sobre la tierra, quiso darle lustre a su educación, procurándole profesores de francés, de inglés, de dibujo y de música, con el beneplácito de Lola, que no se opuso a ello, porque el roce y trato con sus nuevas amigas le había puesto de manifiesto cuán pobre era ella de instrucción, y cuánto importaba poseer aquellos conocimientos.

Embargada por tantas atenciones, rara vez tenían cabida en su alma los recuerdos de sus primeros años, pasados allá en el fondo de las montañas que la vieron nacer. Cuando recordaba ese tiempo, una nube de tristeza oscurecía su rostro: pensaba en Santiago, pero de una manera compasiva. ¡Qué diferencia entre aquel tímido lugareño, aprendiz de sastre, a quien veía llegar al Granadillo, con su humilde traje de dril, y alguna pieza de costura sobre el hombro, y los jóvenes elegantes del gran mundo que desfilaban ante ella, vestidos a la *dernier*, conversando alegremente sobre el *sport*, las escenas de *boulevard*, la agitación de la Bolsa, el equilibrio europeo, la excelencia del whisky, y la última forma de pantalones ideada por el príncipe de Gales! Estos recuerdos tristes y mortificantes fueron alejándose cada vez más, hasta quedar sepultados bajo las crecidas olas de aquel mar revuelto y luminoso, en que navegaba inconscientemente, recibiendo todos los días nuevas y seductoras impresiones. Consideró desdichados a los que allá vivían, en el apartamiento de sus montañas nativas, en la inocente quietud de la ignorancia y el olvido. Para su razón ofuscada, aquello era un mero rudimento de vida: la plenitud de la existencia estaba en los grandes centros.

Doña Ángela no contrariaba en nada a su sobrina: a todo asentía, siempre que con ello le diese gusto, y por este mismo patrón estaba cortado D. Manuel, quien contra todos sus deseos, no pudo prolongar más la permanencia en Nueva York, por razones económicas demasiado urgentes. En dos años de temporada allí había consumido gran parte de sus bienes, que eran suficientes para darse vida de rico en la villa de Mapiche, pero muy pocos para vivir con lujo en Nueva York. A la pobre niña se le fue el gozo al pozo con esta durísima e inesperada resolución.

En Nueva York había conocido Lola un paisano, un joven de la misma ciudad de Sanisidro, que estudiaba para ingeniero electricista, llamado Policarpo Zúñiga, el cual vino a ser su compañero de viaje al regreso, porque también a él se le habían acabado los dineros, a la mitad de los estudios.

¡Qué desolada y triste le pareció a Lola esta vez la ciudad de Sanisidro! Ni ella, ni doña Ángela, perdían ocasión de manifestarlo así a las personas que iban a visitarlas. ¡Oh, qué atraso, qué provincialismo, qué rusticidad y falta de buen gusto en todo! Ni teatros, ni paseos, ni bulevares, ni baños, ni tranvías, ni bicicletas, ni automóviles: nada, nada. ¡Aquello era un desierto! Policarpo, que había pasado en Nueva York dos o tres años, cojeaba del mismo pie: no podía avenirse con la vida de su terruño, vida salvaje, como la llamaba, lo cual vino a ser un motivo más para estrechar sus relaciones con la familia de D. Manuel, la única en Sanisidro que había soltado el pelo de la dehesa, y conocía los resortes y refinamientos del gran mundo.

Policarpo, por su parte, se creía el único varón civilizado existente en el lugar, porque aunque D. Manuel había vivido también en el exterior, conservaba muchos resabios de provincialismo, y no había hecho como él estudios técnicos en literatura y artes. Montado en esta creencia, como sobre un Pegaso, lanzaba a diestra y siniestra juicios enfáticos sobre todas las cosas habidas y por haber, acabando siempre con el decantado paralelo entre su patria y los pueblos anglo-americanos, y la sempiterna muletilla de nuestra ignorancia y nuestro atraso. ¡El chico se creía una especie de llama viva del progreso caída de lo alto de Nueva York sobre los oscuros habitantes de Sanisidro! La noche de la llegada de Santiago, Lola se entretenía tocando al piano y cantando las canciones ya dichas, en tanto llegaba Policarpo a su acostumbrada visita: Policarpo era su novio, le imponía su voluntad, y nada se resolvía en la casa sin su consulta, tal era el ascendiente que el joven tenía ya en la familia.

¿Lo amaba Lola? Se ha repetido muchas veces que el corazón de la mujer es un misterio. En la nostalgia que padecía, lejos del teatro del gran mundo, Policarpo vino a ser para ella un íntimo compañero: sus conversaciones versaban siempre sobre la vida neoyorquina, y los deseos de volver a ella. Superficiales ambos, debían simpatizar, y en efecto, simpatizaron hasta un grado próximo al amor, pero que, en realidad, no llegaba a la naturaleza sublime de este sentimiento puro y avasallador que llena toda el alma, con sus dichas y congojas, con sus celos casi siempre imaginarios, sus sueños color de rosa y sus mutuas y halagadoras promesas de un futuro lleno de encantos y delicias.

Ese lenguaje mudo de los amantes, ese interés creciente por cuanto se refiere al objeto amado, esa hermosa inteligencia en que ambos viven, enlazados por el rayo de miradas que, ora son una queja lastimera, una súplica ferviente, o un acto de gratitud profunda, ora relatan alguna historia íntima de inefable ternura; nada de eso se advertía en las relaciones de Policarpo y Lola.

Las costumbres y gustos de sus paisanos, les parecían ridículos, comparados con los de las gentes de Nueva York y países de Ultramar, que era el tema favorito de sus diarias conversaciones.

Cuando Policarpo empezó a cortejar a Lola, esta no titubeó para aceptarlo, no obstante un algo que sentía en el fondo de su corazón, un no sé qué, que ella misma no podía explicarse, y que se le presentaba como un estorbo en el camino de sus aspiraciones: ese algo era el recuerdo de Santiago, de quien no se había tenido más noticia, pero que vivía allí en su pecho, confundido con las primeras y ternísimas impresiones de su alma.

Sin embargo, no fue tan poderoso este recuerdo para que la detuviese en su resolución. ¿Qué podría ofrecerle Santiago, llegado el caso de que volviese? Sólo un humilde taller de sastrería en la villa de Mapiche. En cambio, Policarpo era el joven de moda en Sanisidro, y además, un ingeniero electricista, que hablaba de empresas millonarias, ferrocarriles, túneles y puentes colgantes, y le ofrecía viajes de recreo por toda la redondez del planeta; de donde resultó que así como el peje grande se come al chico, en el ánimo de la pobre niña, el gran mundo se tragó al chico, triunfando Policarpo sobre Santiago.

Cuando Chucho entró, casi sin resuello, con el aviso de que allí estaba Santiago, creyendo dar una fausta noticia, Lola se levantó del piano como tocada por un resorte, y se quedó por un instante lívida y sin palabra.

—¡Santiago!... ¡Santiago, el de Mapiche!... exclamó con las manos en la cabeza, e inmediatamente corrió desalada para el interior de la casa, en busca de su tía.

—¿Qué es, hija? ¿Qué novedad ocurre?

—¡Tía de mi alma!... ¿Qué hago yo ahora? Dice Chucho que Santiago está aquí en casa!...

—¿Cuál Santiago? ¿El ahijado del padre Juan?

—Sí, tía, el joven que tantas relaciones tenía con nosotras en la villa.

—¿Y por eso te atribulas? Natural es que venga a saludarnos después de tan larga ausencia.

—Es verdad, tía, pero yo no salgo a recibirlo: recíbalo usted sola, y dígale cualquiera excusa de mi parte.

—No me explico, Lola, tu inquietud, ni esta descortesía con ese pobre joven, tan bueno y antiguo amigo de la casa.

—¡Oh, yo no le tengo mala voluntad, pero estoy en un gran conflicto.

—¡Explícate, hija, por Dios!

—Usted recordará la confianza con que nos tratábamos allá en la villa: él me quería entonces de una manera... en fin, tía, usted debe comprenderme.

Acaso persista en continuar aquel trato, que en Mapiche era explicable, pero que hoy me pondría en una situación conflictiva. ¡Oh! allí oigo los pasos de Policarpo. ¡Si llegara a saberlo!... No, no, tía, tengo que evitar esa entrevista de todas maneras.

—¿Pero te hizo Santiago alguna declaración formal?

—Nunca me dijo una palabra, pero me lo manifestaba de otros modos, y yo estaba cierta de que me quería. ¡Era tan tímido!

—¿Y tú llegaste a corresponderle? —le preguntó doña Ángela con angustiada voz.

—Yo —dijo Lola, bajando los ojos— yo... tampoco le dije nada, pero...

Un raudal de lágrimas, que inundó sus ojos, ahogó también sus palabras.

—No te aflijas, hija: confiésame lo que haya en eso con entera franqueza, pues es necesario que yo lo sepa todo, para poder gobernar tan delicado asunto.

—Solamente he hablado de esto con María. ¿Recuerda la intimidad que teníamos? El día que él se fue de Mapiche, se lo conté todo. ¡Era yo tan niña!... Me pareció que el mundo se acababa para mí con la ausencia de Santiago.

Yo no lo he olvidado... no, no puedo olvidarlo, pero ahora las circunstancias han cambiado: mi compromiso formal con Policarpo me impide alimentar en él ninguna esperanza. ¡Qué angustia. Dios mío!...

Doña Ángela había dejado caer la cabeza sobre el pecho, grave y pensativa, mientras que Lola, presa de gran inquietud, iba y venía por el lujoso aposento.

—¡Si Policarpo supiera que de niña tuve amores con este joven lugareño! Acaso se haya tropezado con él en el zaguán o los corredores. ¿No ha vuelto Chucho? ¿Llevaría ya la luz para el cuarto de papá? Vaya, tía, no lo haga esperar, recíbalo con atención, y excúseme del mejor modo que pueda.

¡Pobre Santiago!...

Doña Ángela salió del aposento muy preocupada, y se dirigió al cuarto de D. Manuel, donde tuvo lugar la rápida entrevista que ya conocemos, mientras que Lola, haciendo un grandísimo esfuerzo sobre sí misma, se enjugaba las lágrimas, y se componía el tocado, para salir a la sala, donde Policarpo esperaba indolentemente sentado en una poltrona.

—¿Qué tal, Lola? Esto es horroroso, un suplicio atroz. ¡Qué noches estas! Vengo de la plaza, y aquello es un cementerio. ¿Recuerdas la calle de *Brodway* a estas horas? ¡Qué ruido, qué movimiento, qué iluminación, cuántos sitios de recreo, cuántas novedades por todas partes! Este pueblacho de Sanisidro es una prisión horrible: no hay ni con quien hablar, porque no lo entienden a uno. Ya se ve, nunca se han apartado de la sombra del campanario. Pero te noto triste. ¿Has llorado?

—Sí, pues me hastío también como tú, pero no me desespero tanto: las mujeres tenemos más paciencia, y con llorar nos consolamos.

—¡Oh, quién tuviera dinero!

—Si lo tuvieras, ¿te irías al instante?

—Es claro, partiría inmediatamente.

—¿Sin esperar a nadie? —preguntole Lola en tono

de reproche.

Policarpo soltó una carcajada.

—¡Ah, Lola! Ya sé por dónde vas a salir. Recuerda que los celos no son de buen tono.

—No se trata de celos.

—¿Y de qué entonces?

—De tu indiferencia, pues no piensas sino en aquella vida de tantos atractivos para tu corazón, y estoy cierta de que al engolfarte de nuevo en ella, no volverías nunca.

—Siempre estás tú con esos temores pueriles. Bien comprendes que este no es el teatro donde pueda realizar mis ideales, y que sólo la dura necesidad me tiene aquí, como águila cautiva, que espera remontar su vuelo. En fin, mejor es doblar la foja, y hablar de otra cosa, porque estos pensamientos me ponen más neurótico que de costumbre.

Esto sucedía con mucha frecuencia: Policarpo excusaba hablar formalmente de matrimonio, y menos aun de fijar la fecha para realizarlo.

Casarse en plena juventud, era para él un suicidio moral, era tanto como quedar en ridículo ante sus compañeros de la moderna cofradía del ideal, la Neurosis, el Absintio, etc., etc.

Y no se crea que Policarpo fuese un tenorio, ni un joven disipado, nada de eso: era un buen muchacho, hasta inocentón, si se quiere, pero de poca trastienda y falto de una instrucción sólida, no obstante sus estudios especialistas para ingeniero electricista hechos en Nueva York.

Era, pues, uno de tantos sectarios inconscientes de esas ideas científico-materialistas, seductoras y brillantes, que sirven de único faro, por hallarse más en boga, a escritores y poetas prematuros, principalmente a aquellos pichoncitos de sabios, que todavía implumes, dan una vueltecita por el extranjero, se aprenden de memoria los nombres de los filósofos y escritores más extravagantes del modernismo literario, y vienen luego, nostálgicos y escépticos, a enrostrarle a su patria el atraso en que vive, y burlarse de las santas creencias de nuestros mayores y de las tradicionales costumbres de la tierra a que pertenecen. ¡Y esto lo hacen, pobrecitos, en nombre de la civilización y del progreso! Al día siguiente, D. Manuel llegó a su casa por la noche, de regreso de su habitual salida después de comida: y tomando asiento en la sala, sacó del bolsillo un telegrama, y lo pasó a Policarpo, que estaba presente, para que lo leyese.

—¡Un telegrama del ministro!

—Ni más ni menos. Lee, para que veas el aprieto en que se halla el Gobernador.

Policarpo leyó en voz alta: Señor Gobernador de Sanisidro: Próximamente llegará a esa el Dr. Quix de Manchéster, célebre inventor y eminente sabio, del cual hace la prensa los mayores elogios. Hágale el mejor recibimiento posible, y ayúdelo eficazmente en sus trabajos. Lo acompañan Mr. d'Argamasille y el joven compatriota Santiago García. El ministro del Interior.

—¿Qué les parece? El Gobernador me ha comisionado para organizar lo conveniente, aunque no se sabe todavía cuándo lleguen.

Doña Ángela y Lola, que estaban en la sala, se miraron llenas de asombro al oír el nombre de Santiago García.

—¿Quién será este joven compatriota? —preguntó Policarpo—. No recuerdo haberlo oído nombrar nunca.

—Es un excelente muchacho —contestole D. Manuel— criado por el vicario de Mapiche, muy amigo de nosotros, de quien no se tenía noticia desde que se fue para la guerra de Cuba. ¡Qué contento para el padre Juan! Con casualidad, tengo en mi poder trescientos pesos, que debía remitirle al saber su paradero.

—¿Cómo no lo habías dicho, Manuel? —dijo doña Ángela vivamente cortada. Ese joven estuvo aquí anoche, de paso para Mapiche.

—¡Qué!, ¿ya vino Santiago? Cómo no me lo habían avisado ustedes? Él debe dar razón cierta del sabio viajero.

—Tenía muy presente decírtelo hoy, pero esta jaqueca me hace olvidarlo todo.

En efecto, a doña Ángela le vino la jaqueca desde que oyó el nombre de Santiago, y se le agravó el mal cuando vio la importancia de su venida. El mismo Policarpo se lamentaba de que no se lo hubieran presentado. Pondérese, pues, en qué tortura estaría la pobre señora. Lola sufría horriblemente: había pasado una noche de insomnio, luchando en vano por borrar de su alma el recuerdo de Santiago.

—Pero bien: ¿qué dijo de su larga ausencia y de sus compañeros de viaje? —preguntó D. Manuel con sumo interés.

—Nada, nada: apenas entró a saludarnos y no quiso demorarse. Tú estabas en la calle.

—Pues sepan ustedes que eso es bien extraño. Sería gran coincidencia que se tratase de otro Santiago García. En fin, el correo del puerto, que llega mañana, aclarará el misterio, porque debe traer noticia cierta de los viajeros.

Policarpo, entre tanto, leía y releía el telegrama: ¡un célebre inventor y eminente sabio extranjero en Sanisidro! El caso era raro y extraordinario.

—¿Y qué piensa hacer el señor Gobernador? —preguntó a D. Manuel.

—Hacerle el mejor recibimiento posible, aprovechando tan feliz suceso para hacer al propio tiempo una gran demostración de la popularidad del partido progresista, que rodea al Gobierno.

—Lo que más importa es aparecer a los ojos de estos viajeros como gente culta y de *esprit*, y no salir con nuestras rancias vulgaridades y estúpidos provincialismos.

—Por eso se ha pensado en tí, Policarpo, para que representes a la ciudad en el recibimiento, porque eres aquí el único que conoce las prácticas del gran mundo, y sabrás tratar mejor que nadie a estas celebridades.

—¡Oh! —dijo Policarpo, inflándose en la silla—. No tengo inconveniente, pero resta saber en qué idioma deba hablarle. A juzgar por el apellido, este sabio debe ser inglés.

—Todo eso lo sabremos mañana por el correo, y entonces se combinará el recibimiento de la manera más rumbosa posible. Va en ello el honor de la tierra, no solamente ante la República, sino ante el mundo entero.

Efectivamente, el correo trajo al otro día las anheladas noticias: había dejado a los viajeros una jornada atrás, y traía los diarios de la capital y otras ciudades en que aparecían crónicas verdaderamente sensacionales sobre el helliógrafo, con retratos y notas biográficas, tanto del célebre inventor, como de sus compañeros de excursión, con lo cual subió de punto la sorpresa y alborozo de los habitantes de Sanisidro, que desde luego se aprestaron para el recibimiento de huéspedes que tanto ruido metían el mundo.

Lola pidió los papeles, y se encerró en su alcoba: sus ojos recorrieron con una ansiedad indescriptible las columnas de los diarios:

—¡Sí, es él! ¡Santiago!... —exclamó al tropezarse con el retrato de su compañero de infancia, del simpático monaguillo de Mapiche, hecho ya un hombre, de guapo y varonil semblante.

¡Lágrimas ardientes cayeron sobre las páginas del

periódico, lágrimas de desesperación y arrepentimiento, lágrimas de amor e infinita ternura!...

CAPÍTULO XVIII

Donde se prosigue la relación del viaje del Dr. Quix por los bosques y sierras tropicales

Dejamos al Dr. Quix y al señor d'Argamasille pasando la noche en una casa de tránsito, aliviado el uno de las picaduras de los mosquitos, por virtud de la Fierabrasina, y encumbrado el otro en la gloria de sus descubrimientos científicos.

El segundo día, caminaron todavía por tierra llana, aunque por piso muy desigual, de suerte que el doctor, a pesar de su complexión acartonada, iba sudando a mares, tanto por el clima ardiente y los rayos de un sol abrasador, como por los grandísimos esfuerzos que hacía para mover la bicicleta, no hecha para tales caminos, como muy bien lo pensó Sancho.

Sin embargo, D. Quijote se daba de cuando en cuando sus apeadas de la máquina, so pretexto de examinar el suelo o recoger alguna planta, pues era también botánico, e iba cargado de ramas y flores.

—Caminamos, Sancho, sobre una estratificación cretácea, correspondiente a la edad secundaria del planeta, o sea el período mesozoico, abundante en especies de reptiles fósiles, como el labirintodonte y el mastodonosauro, en que se hallan los pedernales calcáreos, los lignitos piciformes y los carbones bituminosos.

Sancho a todo decía amén, con mucha sorna, porque aquello era hablarle en griego.

En un paraje limpio de montaña alta, ya en los primeros estribos de la serranía, que tenían que atravesar, el camino iba por la margen de un río más torrentoso que abundante, que no había necesidad de esguazar, ni que tampoco ofrecía vado para hacerlo. Del otro lado del río divisaron unas ruinas, que eran las de un trapiche abandonado, cuyo torreón, construido de adobes, y cubierto de musgos y parásitas, dominaba el paisaje con su aspecto vetusto y sombrío.

—¿Ves, Sancho, aquella columna antiquísima? —le dijo D. Quijote, acomodándose el anteojo de viaje.

—Si no me equivoco, es el cañón de una chimenea.

—¿Cómo se te ocurre semejante anacronismo? No dice la historia que los Incas tuviesen chimeneas de cañón. Observa bien: es un monolito, resto de algún templo dedicado al Sol por la primera dinastía de los peruanos. Lástima que el río se nos interponga, para poder admirar de cerca este monumento de la primitiva civilización incásica.

—Mire, mi amo, que ese anteojo tiene mácula, porque una cosa ve su merced por él, y otra veo yo con mis propios ojos. ¿No ve que aquellos paredones con agujadas, de donde sale ese Manuelito, son tapias mondas y lirondas, como las que se pisan en España?

—¡Pedazo de alcornoque! ¿Qué sabes tú de arqueología y anticuaría? Todo eso es de piedra tallada, y por eso ha resistido la inclemencia y peso de los siglos. Pásame acá la cajita fotográfica, que hallazgos de esta naturaleza son raros e importantes para la ciencia.

El ahumado monolito trapichero quedó al instante fotografiado, y el Dr. Quix, después de escribir algunas notas en su voluminosa cartera, continuó su nunca bien descrita excursión técnica, que debía llegar al máximum de interés en las jornadas siguientes, como lo verá el que pacientemente siga leyendo.

Cada hora se agravaba más y más la dificultad de hacer rodar la bicicleta, por el rendimiento de las piernas del ciclista, pues habían entrado ya en la fragosidad de los caminos de la serranía.

Sancho observaba, reprimiendo la risa, los heroicos esfuerzos de su amo para hacer rodar la máquina. Al fin, al tercer día de viaje, el Dr. Quix, desesperado y sin alientos, después de dar un gran suspiro, que resonó como un grito ahogado de ira y de cansancio, dejó la bicicleta en la mitad del camino, y se sentó en una piedra con la cabeza entre las manos.

—Oiga, mi amo: nadie debe decir de esta agua no beberé. Como su merced está tan reñido con los jumentos, no me atrevo, sin su licencia, a proponerle un modo de remediar la necesidad en que estamos.

—Habla, Sancho, pan, pan, vino, vino, que cuando la paciencia se acaba, acabarse deben también los largos discursos, tanto más si son necios e impertinentes.

—Pues como se trata de un remedio pollinesco, no quisiera encender otra vez la cólera de su merced.

—Más la enciendes con tus rémoras y preámbulos: di lo que se te ocurra, de llano en plano.

—Se me ocurre que como esa máquina tiene ruedas y apariencia de carro, con ponerle una cuerda y rabiatarla al pollino, echará a rodar con más alivio de su merced.

Púsose D. Quijote en pie: miró la bicicleta y miró el asno: y dándose una gran palmada en la frente, exclamó con alegría:

—¡Feliz idea! Arregla, Sancho, las cosas a tu gusto, que creo que has dado en el clavo.

No esperó segunda orden el fiel compañero, y como hombre práctico en artes de arriería, tiró de aquí y anudó allá hasta dejar la bicicleta uncida al asno, a tiempo que decía, mirando a su amo con aire socarrón:

—¿Qué tal, si no hubiera yo cambiado la máquina por el pollino? Más vale malo conocido que bueno por conocer.

Un tanto aliviado el doctor, merced al remolque, continuó su camino, amostazado y silencioso, con gran lentitud, porque el pollino se resentía de semejante reata, lo que hizo decir a Sancho con mucha oportunidad:

—No le pesa la carga, sino la sobrecarga.

Al otro día, el camino se les presentó aún más fragoso: habían llegado a la región fría y solitaria de los páramos. Por las travesías y cañadas, el pollino arrastraba a duras penas la bicicleta, pero subiendo la cuesta era de todo punto imposible.

Entonces Sancho concibió el pensamiento de montar a D. Quijote en el pollino, porque ya el Caballero del progreso daba la fiesta al diablo, e iba echando sapos y culebras, aunque se mordía los labios en lo que se refería a la máquina, desaguando su cólera por otra vena: el atraso en que estaban los países latino-americanos, que carecían de vías públicas, por la ignorancia y oscurantismo de sus moradores, que bien demostraban pertenecer en parte a la raza española.

—Mire, mi amo, pelillos a la mar: móntese en el pollino, y encarame delante la máquina, que yo iré a pie en lo que falta del camino.

—¡Oh, salvajismo de estos pueblos, a lo que obligas! —dijo D. Quijote, elevando los ojos al cielo, como para aplacar las iras del dios del progreso, cuyas leyes iba a contravenir de un modo tan afrentoso—. Por fortuna, Sancho, esto pasa en la soledad de esta serranía, donde nadie nos ve. Camina, eso sí, con ojo avizor, para que avises tan pronto descubras gente adelante o atrás, a fin de echar pie a tierra y tomar la actitud conveniente.

Considérese la extraña figura del insigne doctor, con sus hábitos de turista, a horcajadas sobre el pollino, con la bicicleta puesta delante de la alabarda, como se pone un niño en el pico de la silla.

Así caminaban, divertidos con los variados paisajes que la serranía ofrece, cuando acertaron a pasar por la orilla de un barranco, que era una antigua mina de greda para ladrillo y teja, al parecer solitaria, aunque se comprendía que estaba en explotación por los residuos dispersos y el aspecto general del suelo. Bajó los ojos D. Quijote para mirar a lo profundo del abismo, y detuvo el pollino.

—Mira, Sancho, esta gran profundidad es sospechosa.

—¿Por qué, mi amo?

—Porque tiene todos los signos geológicos de un cráter volcánico.

—¡En esta tierra tan fría!... Observa que no se descubre en su fondo ninguna planta, ni una gramínea siquiera, y que el color gris de la tierra nos está diciendo que es un suelo calcinado por la lava.

—¿Y cree su merced que haya fuego aquí dentro?

—Todo puede ser, Sancho: los volcanes son muy caprichosos en sus erupciones. El Vesubio, por ejemplo, se estuvo apagado ochocientos años, al cabo de los cuales reventó de un modo formidable, sepultando las ciudades de Pompeya y Herculano. Esta gran cavidad con su aspecto basáltico, en forma casi circular, situada a la altura en que nos hallamos sobre el nivel del mar, tiene todas las apariencias de haber sido un cráter.

—Si esas tenemos, en guerra avisada no muere soldado: pique el pollino, y pasemos de largo, porque nadie quita que tengamos de pronto un reventón.

—¡Pedazo de animal! ¿Crees tú que un viajero científico pueda pasar de largo a vista de una cosa tan rara sobre la faz del planeta? Espera, pues, que voy a ver si es posible el descenso hasta el fondo del cráter.

—¡Cuidado, mi amo, con una matada!

—Quédate tú arriba, para que me pases los instrumentos que necesite.

D. Quijote sacó el termómetro, de que iba a hacer uso para medir la temperatura de la gran cavidad, y escogió el punto para el descenso, donde amarró el cabestro del pollino al tronco de un arbusto inmediato, y después de observar el instrumento, y ver que marcaba °centígrados, lo entregó a Sancho, recomendándole que se lo diese cuando fuese menester.

En seguida, nuestro egregio turista se descolgó por el cabestro hasta una profundidad de tres o cuatro metros, donde tocó el piso, que era un plano sumamente inclinado, el cual iba a terminar en uno de los muchos hoyos que adentro había, siendo así que el suelo era en extremo irregular, con altos y bajos, reductos y cavernas aquí, morros y picachos más allá; de suerte que nuestros viajeros no podían descubrir toda la extensión de la mina, que no estaba tan sola como lo creyeron, porque había dos trabajadores en el extremo opuesto, que era donde iba la pica.

Todo el tiempo que tardó D. Quijote en descender, lo empleó Sancho en trastear las alforjas, y a fin de darle plena libertad a las manos en esta operación, y la más precisa de comer algo, metiose el termómetro debajo del brazo, que fue tanto como meterlo por la boca de un horno, pues hizo subir la columna de mercurio casi hasta marcar la temperatura de su cuerpo.

—Ahora, Sancho, ata el termómetro con un cordel, y lo descuelgas poco a poco, para que no se quiebre.

Hízolo así el diligente criado: amarró el instrumento, y lo descolgó por el punto indicado; tomolo el sabio doctor, y agachándose en lo más profundo del hoyo en que estaba, se puso a observar atentamente los grados.

—¡Dios santo! ¡Esto es increíble! Vieras cómo ha subido repentinamente la temperatura, lo que me confirma en lo dicho: este es un cráter, y no tan apagado como parece.

—¿Qué es lo que dice, mi amo?

—Que el termómetro ha subido quince grados de

un golpe: ¡está en...!

—¡Pues sálgase su merced cuanto antes! Cómo sabemos si ya está subiendo la candela.

D. Quijote, no obstante su valentía, optó por seguir el consejo de su criado, y salió con prontitud asombrado de aquel cambio brusco de temperatura, que daba a entender la existencia de fuego subterráneo, más o menos profundo; y se confirmó más en ello al oír, cuando estaba agachado, ciertos ruidos sordos muy vagos, que eran los barretonazos que daban los mineros por la otra parte.

—Pero es particular —dijo Sancho— que yo no sienta el rescoldo en la cara, estando tan cerca del volcán.

—Ni yo tampoco, que estuve más abajo, pero un instrumento científico como el termómetro es infalible: a él debemos atenernos con los ojos cerrados, ¡Quince grados de diferencia en cuatro metros! Estamos, amigo mío, pisando un suelo volcánico.

—Apuremos, pues, el paso —dijo Sancho, dándole de palos al pollino, cuando D. Quijote volvió a montar y acomodó delante la bicicleta.

El camino daba vuelta en torno del barranco aunque no tan cerca de la orilla que pudiesen volver a ver su fondo, por efecto de la maleza y las quiebras del terreno.

—¿Oyes, Sancho?... Desde que estaba allá abajo, creí percibir ciertos ruidos subterráneos, como de lejanas detonaciones, y ahora parece que aumentan.

—En verdad, mi amo, que yo también los oigo, y creo que nada bueno nos anuncian estos golpes de *profundis*. ¿Si será que el volcán está ya próximo a reventar?... cuál no sería su sorpresa, su tribulación y su espanto, al ver una espesa columna de humo, que empezaba a salir de la grande y medrosa excavación!

—¡Estamos perdidos, Sancho!... El volcán vomita fuego!...

Sancho dio un grito de horror y no pudo articular más palabra, pero esta parálisis de su terror pánico no le llegó a las piernas, porque antes de que el Dr. Quix tomase ningún partido, el señor d'Argamasille salió corriendo por esos páramos abajo con la celeridad de un venado.

D. Quijote, sereno y valiente en toda ocasión, lo siguió a trote largo en el pollino, volviendo sus ojos a la pavorosa humareda que surgía del cráter volcánico.

—¿Qué te parece ahora, Sancho? —gritaba a su compañero—, ¿dudabas del termómetro? Pues allí tienes ya el rescoldo que echabas de menos.

Sancho no estaba para pláticas: iba encomendándose a todos los santos de su devoción, a tiempo que D. Quijote, en medio de su necesaria derrota, pensaba en todo: recordó a Plinio el antiguo, la ilustre víctima del Vesubio, y estuvo a punto de torcer el cabestro al pollino, y volver al cráter, para imitar en la muerte volcánica al célebre naturalista de la antigüedad.

Si el Dr. Quix hubiera llevado a cabo su heroico pensamiento, habría tenido ocasión de observar, ¡raro fenómeno! que el humo partía del hoyo donde se hallaban los trabajadores, quienes por ser ya la hora de almuerzo, habían hecho fuego para calentar un guisado de frijoles, un tasajo de carne y dos arepas de maíz amarillo, hermosas como dos soles!

CAPÍTULO XIX

De los consejos que el Dr. Quix dio a Sancho, y la llegada a Sanisidro

En las dos jornadas siguientes, la decoración del suelo cambió por completo.

Caminaban por un gran valle, formado por el río de las Ánimas, donde estaban los más ricos plantíos de la provincia. Prados llenos de pastos, labranzas de maíz, plátanos y yuca; aquí una hacienda, con su gran casa de teja, o un conuco, con su choza pajiza; más allá, en las verdes lomas, los animales de cría en perfecta libertad: todo se unía para indicar a nuestros viajeros que estaban próximos a la ciudad y en el seno de una población laboriosa.

—Acércate, Sancho, que quiero instruirte en varias cosas indispensables para la nueva vida que has de llevar, porque barrunto que estamos ya al término del viaje. Todas las carreras tienen leyes y disciplina particulares: las tienen los que profesan la Religión, lo mismo que los que toman por oficio las armas o la toga; y asimismo las tienen los que siguen las letras y las artes, pero en ninguna carrera es tan estrecha y rigurosa la observancia de sus propias leyes y disciplina, como en la novísima Orden del progreso, a que estamos afiliados, so pena de quedar privados de los bienes y alta fama que en tan preclara hermandad se alcanzan.

—Diga su merced, que soy todo oídos.

—Primeramente debes medirte en el lenguaje, procurando trocar los nombres vulgares de las cosas, que todo el mundo usa y entiende, por otros más nuevos y resonantes, sacados del tecnicismo científico o de otras lenguas, o bien, apelando a la metáfora. Por ejemplo, si estás enfermo, di que estás morboso; si te desazonan o cosquillean los nervios, que estás neurótico o neurasténico; llama al sol, helio; al mar, undívago elemento; al calor, plutónico ambiente; al frío, espasmo gélido; al alma, psiquis; a Dios... mejor será que no hables de Dios, sino del Gran Misterio.

—¡Pero eso es una gran herejía, mi amo!

—Cuánto mejor, Sancho, porque en pueblos totalmente católicos, como estos de Hispano América, sería vulgaridad y necio tradicionalismo acomodarse al sentir y pensar de todos. Debes, pues, aparecer incrédulo, porque la incredulidad religiosa es la salsa con que se condimentan todos los manjares en la mesa del progreso.

—Si esos manjares son como aquellos del buque, con razón de que sepan a diablo. Hágase su merced hereje, renegado o turco, que yo moriré en mi ley, que es la ley de Cristo.

—No, Sancho, no me has comprendido: el progreso moderno es tan suave y acomodaticio, que apenas toca en la superficie, en la apariencia de las cosas. Si tu fe y tu conciencia te impiden como a mí ser incrédulo, aparenta, por lo menos, desdén o indiferencia, tratándose de dogmas y doctrinas de la Iglesia.

—Vuelta la burra al trigo, mi amo. ¡Qué empeño se le ha metido en hacerme mal cristiano!

—Mi empeño es hacerte gran filósofo y espíritu libérrimo, puesto que con esto, y con que taches de ridículas las ceremonias del culto católico, en presencia de los devotos bastará para que se te estime como espíritu fuerte del siglo, colocado muy por encima de las multitudes y medianías creyentes. Persiguiendo el mismo intento, no debes citar, para autorizar tus juicios, el nombre de ningún Santo, Pontífice, Obispo ni Religioso, aunque haya sido tan sabio como Salomón; ni tampoco traer a cuento, con el mismo fin, ningún personaje ni autor español o criollo, porque el progreso es esencialmente laico, cuanto a lo primero; y cuanto a lo último, los nombres extranjeros por sí solos, tienen un prestigio y autoridad de que carecen los nuestros.

—¿Y de dónde voy a sacar yo, que no soy leído, un nombrazo de esos, a cada triquitraque? —Si la memoria no te ayuda en el momento preciso, ganguea un poco, y suelta por las fosas nasales un nombre cargado de consonantes, diciendo que ese tal autor lo dijo, y nadie dudará de lo que afirmas, aunque sea un desatino, ni tampoco te pedirán cuenta de la invención. Igual cosa debes tener presente respecto a los nombres de lugares: a excepción de Francia, no debes citar ningún nombre de pueblo latino, porque el progreso tiene su geografía especial y privilegiada, en la cual no tiene cabida nada que huela a tierra española, ni aun a tierra italiana.

—¿De modo que no puedo hablar de España ni de Italia? Sepa su merced que es más estrecha que una Cartuja la orden en que nos hemos metido.

—Sí puedes hablar de ellas, pero con sujeción a estas reglas de la Orden: sólo es permitido nombrar a Italia cuando se trata de una cantatriz, un mármol, una pintura o una ruina; y de España, solamente para recordar la arquitectura arábiga, las corridas de toros y las hogueras de la Inquisición. En cambio de estas severas restricciones, tienes amplia libertad para hablar de los demás lugares, que gozan del privilegio dicho, *de re ómnibus*, en la confianza de que aun cuando te refieras a la más rústica y desmantelada aldea, en teniendo nombre sajón o francés, en la imaginación de tus oyentes aparecerá el lugarejo como un gran centro de civilización y de progreso, digno de ser tomado por modelo.

—Debiera darme por escrito estas cosas, para poder arrimarme al maestro de escuela o al sacristán del pueblo a donde vamos, si su merced no está presente cuando las haya menester.

—No es esto todo: como estos pueblos de Sur-

América tienen la misma lengua y las mismas costumbres que los de España, con pocas variantes, debes manifestarte siempre en abierta oposición contra las cosas de la tierra, y acoger, por el contrario, a ojos cerrados, cuanto se importe del extranjero.

—Pero esto, mi amo, peca contra aquel viejo refrán: a la tierra que fueres, haz lo que vieres.

—Eso no habla con los pueblos semisalvajes, y además, contra ese refrán está otro que dice: nadie es profeta en su tierra; y por ello, ningún pensamiento, palabra ni obra es cosa buena en su terruño. Haciéndote, pues, propagandista e introductor de extrañas novedades, ganarás fama de progresista y aureola de modernismo.

—En ganando dinero, lo demás lo doy de barato.

—En tu persona debes también guardar la disciplina de la Orden: caminarás precipitadamente en público, aunque no lleves prisa alguna, porque con esto darás a entender lo habituado que estás al movimiento vertiginoso de las grandes capitales, sin desperdiciar un segundo, siguiendo el lema del gran pueblo: *time is money*.

—Destrípeme ese latín, mi amo.

—No es latín, Sancho, sino inglés, el cual significa que el tiempo es oro, dinero sonante. Volviendo al modo de presentarte, como los españoles e hispanoamericanos tenemos por naturaleza el pie pequeño, y sea acaso esta la causa de nuestro retardo en el camino del progreso, a fin de obviar este inconveniente, y no quedarnos atrás de la raza sajona, cuyos individuos tienen el pie de media legua de andadura, ahora se ha inventado una especie de calzado con una punta sobrante en hueco, de más de cuatro dedos; y este calzado, de asimilación fisiológica, será el que debes usar para que con sólo verte los pies, crean que eres extranjero.

En esto descubrieron mucha gente de a pie y de a

caballo que venía hacia ellos por el mismo camino.

—¡Importantízate, Sancho!, pues si no me engaño, esta lucida comitiva viene de la ciudad a nuestro encuentro.

Los transeúntes con quienes hasta allí se habían tropezado, eran casi todos labriegos, por lo que D. Quijote poco se había recatado de ellos en punto a cabalgadura, pues no obstante la manifiesta violación de las leyes del progreso, iba muy a sus anchas sobre el pollino, pero al divisar tanta gente, y sospechar lo que era, prontamente echó pie a tierra y aderezó otra vez la bicicleta, contento de ver que ya el suelo era menos rebelde a las ruedas.

No bien se allegaron los del séquito, descubriose en ellos la mayor sorpresa, unida a un continente respetuoso y tímido, a vista del Dr. Quix y su compañero. Adelantose, sin embargo, un joven, en quien el ilustre sabio fijó al punto toda su atención, porque llevaba como él traje de turista el cual se descubrió con elegancia y le dirigió la palabra a nombre del gobierno y habitantes de la provincia de Sanisidro.

Sancho miraba y oía todo con grandísimo asombro, a tiempo que el Dr. Quix, detenido en su bicicleta en la mitad del camino, estaba hechizado con la arenga del joven comisionado, que era el mismo que ya sabemos, el ingeniero electricista Policarpo Zúñiga, quien no fue a Roma por la respuesta, puesto que el Dr. Quix, cuando apenas terminó la bombástica y neurótica salutación, tomó aliento, se empinó en la rodante máquina, hizo un saludo napoleónico con su atoquillado casco prusiano, y rompió a hablar en estos términos:

—¡Saludo en vosotros al pueblo soberano de América! al pueblo de las energías indomables y los heroísmos helénicos, al pueblo de las titánicas convulsiones, que ha sacudido la coyunda de una esclavitud secular e inmisericorde, llena de despotismos psicológicos, de ideas fósiles y de enervante tradicionalismo, para abrir los ojos a la sidérea luz de la razón, la libertad y el progreso, ideales radiosos y fulgurecentes, que el ser antropológico persigue en su fatigosa marcha a través del Evo misterioso e infinito!

"Apóstol de la nueva idea y eterno peregrino del progreso, mi patria está donde haya tinieblas que disipar, multitudes irredentas que instruir y campos sin cultivo donde aventar la fúlgida simiente del modernismo redentriz, que no quiere para el pensamiento trabas, ni para los pueblos fronteras. Yo vengo con la vidente misión de abrir las cien puertas de este edénico mundo, cerradas durante siglos por un nacionalismo estúpido, de abrirlas, repito, a la evolución salvatriz del cosmopolitismo, para traerle elementos étnicos más propulsores, hombres de otras razas, dotados de circunvoluciones celulares más rápidas y fosfóricas, que analizan todas las cosas con la precisión del número estadístico, y todo lo explotan en grande con la potencia del capital, que es el Júpiter Tonante de la edad moderna, un Coloso más grande que el de Rodas, erigido por la raza sajona en la América Septentrional, para que todos los pueblos del globo pasen por entre sus enormes piernas, reconociendo dócilmente la supremacía de los nuevos factores del progreso: la máquina y el billete de banco.

"Mantened, pues, abiertas las puertas de vuestro rico país a los zapadores del progreso universal; estrechad filas con ellos, para que pronto veáis estos valles y colinas rasgados por el arado eléctrico; y estas altas montañas, agujereadas por su base, para dar paso a los trenes de vapor; y estos ríos invadeables, cruzados por el aire con las redes del puente colgante; y estas humildes chozas y solitarias aldeas, convertidas de la noche a la mañana en palacios de la industria y ciudades populosas, todo por obra del cosmopolitismo avanzado y el progreso indefinido!" Es indescriptible el entusiasmo que este discurso produjo en la comitiva: era la primera vez que resonaba en la provincia una voz tan potente y deslumbradora, a que se agregaba la extraña figura del Caballero cosmopolita, con su traje clásico de turista, montado en la bicicleta, primera máquina de su especie que rodaba por la comarca.

Absortos, mudos, lelos de admiración quedaron todos ante aquella como visión apocalíptica: la prensa, que es un poder sobre todos los poderes, se había encargado de cuasi divinizar al Dr. Quix, el inventor del heliógrafo.

Ya se le designaba con el nombre de Nuevo Josué, que por artes químicas, había detenido al sol en su carrera para hacer que alumbrase de noche. ¡Y eso que no se conocían sus más recientes y estupendos descubrimientos en la virgen América! El mismo Sancho estaba con la boca abierta, oyendo hablar a su amo en términos tan flamantes y enflautados; y tanto él como los del encuentro no dudaron que el Dr. Quix sabía la magia blanca, y hasta la azul del modernismo poético, y que podía transformarlo todo con sólo tocar el suelo aquí y allá con la punta metálica de sus zapatones de turista.

Policarpo se puso al lado del doctor, y entre vítores y detonaciones de pólvora, regresó la comitiva, acompañando en su marcha a nuestros agasajados viajeros, a quienes se ofreció coche en una aldea inmediata, para que hiciesen su entrada a la ciudad. A uno y otro lado del camino, entre la aldea y la ciudad, se agrupaban los curiosos, bajo las banderas y guirnaldas que exornaban las casas del tránsito.

Ni D. Quijote ni Sancho, desecharon el coche, pero ni uno ni otro quisieron dejar a la buena ventura la bicicleta y el asno. Ordenó, pues, el doctor a su colega que liase bien la primera sobre el pollino, y que acomodase también sobre la alabarda los instrumentos científicos, que a la mano llevaba, a saber: trípode, fotografía, brújula, termómetro, barómetro, etc., etc. De esta carga preciosa se hizo cargo inmediatamente el ingeniero Policarpo, como cosa de su resorte, y la entregó en seguida a dos personas de su confianza, para que la llevasen delante del coche en que iba el Dr. Quix, pues así lo quiso este, con la mira de que se entendiese que tal como en la Caballería de las Armas, los paladines que iban a las justas y torneos, llevaban delante el lío de las que habrían menester, así en las justas y torneos de la civilización, los Caballeros del progreso debían de llevar delante las máquinas e instrumentos científicos que acreditaban su brillantísima carrera.

Iban, pues, en trofeo sobre el pollino, y abriendo la marcha, los menesteres dichos, como talismán y emblemas del progreso, sobre los cuales pudiera haberse escrito aquel reto caballeresco que se leía sobre las armas del famoso D. Roldán:

Nadie las toque,
nadie las mueva,
que estar no pueda
con Roldan a prueba.

Esto no hablaba con Policarpo, quien sí podía estar a prueba con el Dr. Quix, como hombre venido de Nueva York, y por ende ducho en las cosas modernas, que podía a su sabor, con envidia de los circunstantes, tocar, examinar y requerir los flamantes instrumentos del progreso.

En una palabra, el recibimiento fue espléndido: hubo banquete, discursos, boletines de la prensa y numerosas demostraciones en obsequio del egregio viajero, quien supo corresponder a estas ruidosas pruebas de admiración con palabras alentadoras y retumbantes, empapadas en el caldo en que nadaban todas sus ideas: la evolución y el modernismo a todo trance.

Acosado a preguntas sobre el heliógrafo, se vio en la necesidad de repetir su conferencia sobre el asunto, añadiéndole el reciente hallazgo del helióforo, aunque guardándose de decir el paraje, porque empezaba a temer que Policarpo le fuese a la mano en estos descubrimientos científicos.

Aunque las rentas de la provincia eran escasas, el gobierno creyó de su obligación ayudar al Dr. Quix en sus admirables empresas: no hacerlo, era exponerse a ser calificado de retrógrado, y merecer la censura universal: el progreso es el *Sanctus Sanctorum* de la época. ¡Desdichado de quien se le oponga! Al día siguiente de la llegada del mágico doctor, circuló impreso un pomposo decreto, por el cual se le auxiliaba con doscientos pesos mensuales, durante el tiempo que permaneciese en la provincia.

—Entienda, mi amo, que nunca la habrá visto más gorda su merced: lo reciben como un príncipe, y le llenan el bolsillo de dinero, sin más trabajo de su parte que hablar aquí y allá sobre el bendito tema del progreso, que ya veo que no es humo de pajas, sino cosa de gran provecho.

—Esto te dice con harta elocuencia que la profesión que seguimos es la más útil y gloriosa en los tiempos presentes. No es menester llegar en ella al terreno de los hechos, para subir a la empinada cumbre de la Fama. El abogado tiene que ganar ruidosos pleitos; el médico, hacer curaciones prodigiosas; y el artista, modelar estatuas, pintar lienzos o componer músicas, obras que salgan del común nivel, para que lleguen a merecer la atención del público; a tiempo que los que toman puesto en nuestra Orden, tienen y les basta con salir por el mundo, como apóstoles andantes, predicando en nombre del progreso, para que, sin más ni más, todos los oigan, todos los reciban, todos los agasajen, y en una palabra, todos les rindan homenaje, y los sigan como seguían al poeta Orfeo los primeros habitantes de la Grecia.

A Policarpo le vino la llegada del Dr. Quix como anillo al dedo: ya tenía con quién conversar y quién lo entendiese, tratándose de cosas del gran mundo, novedades científicas y empresas modernas. Los ratos que pasaba al lado del inventor del heliógrafo, que eran los más del día, aquello era de verse: componían y descomponían el mundo con una facilidad admirable por medio del átomo, la molécula, la célula y la evolución espontánea. En sus fulgurantes conversaciones, silbaban las locomotoras, crujían los cables, giraban las turbinas, humeaban las calderas de vapor, y todo eran dinamos, bombas, motores hidráulicos y corrientes eléctricas! La gente los oía con la boca abierta.

Pero el Dr. Quix estaba de paso: todas las súplicas de Policarpo y vecinos notables de la ciudad se estrellaron contra su palabra empeñada de no parar hasta la dichosa villa de Mapiche, donde hacía días lo esperaba Santiago, su amable y simpático compañero de viaje, cuyo nombre andaba de boca en boca, como el de un joven afortunado, en camino de la celebridad y de la gloria.

CAPÍTULO XX

De la llegada de Santiago a su tierra, y general regocijo del pueblo con tal motivo

A media legua de Mapiche, en el camino para Sanisidro, había una hacienda cultivada con esmero, desde la cual se divisaban el campanario de la iglesia y los techos de las casas de la villa, por entre los ceibos y guamos que daban sombra a ricas y extensas arboledas de café.

Una poética callejuela, formada por dos hileras de naranjos y astromelias[4], servía de entrada a la casa, que era muy hermosa, con patio enclaustrado, de anchos corredores, sostenidos por pilares de madera, que ora servían de graneros en tiempo de cosecha, ora de sitio de recreo para grandes y chicos, cuando estaban vacíos.

El pródigo papayo, cargado de frutos, con sus humos de gentil palmera, cabeceaba por encima de las matas de rosa y de jazmín que había alineadas en el patio, el cual estaba atravesado por un cequión torrentoso, que parecía un verdadero arroyo, abundante y cristalino, en cuyos bordes crecían, desordenados y viciosos, los claveles, los pensamientos, las violetas y multitud de florecillas de jardín.

Las seis de la tarde serían, cuando salió de la hacienda una joven de porte esbelto, no obstante la sencillez de su traje de campo: daba la mano a dos niños, que pugnaban por escapársele, para correr libremente, cuando se vieron fuera de la puerta de entrada, en la pintoresca callejuela de los naranjos y astromelias, la cual terminaba en el camino nacional de Sanisidro a Mapiche, de modo que los viajeros podían verla al paso en toda su extensión.

La joven eligió la sombra de un naranjo, en cuyo tronco había una gran piedra que servía de escaño, y dio

---

[4] Alstroemeria, popularmente llamada «astromelia», lirio del campo, lirio del Perú o lirio de los incas.

libertad a los niños.

—Ahora sí, mientras es la hora de comer, pueden jugar aquí, pero cuidado con salirse de la callejuela, porque los acuso con mi mamá.

Los chicos se apretaron sus sombreritos de paja, montados en sendas cañas, dando gritos de contento, y partieron a escape a lo largo de la callejuela, por la cual transitaban a aquella hora los peones de la hacienda, unos cargados de frutos, otros de herramientas, y otros guiando los fatigados bueyes, todavía enyugados, que volvían de la labranza.

La joven sacó hilo y aguja del bolsillo del delantal, y se puso a tejer: su edad no pasaba de veinte años, y en su semblante había encendido Dios esa llama misteriosa que conocemos con el nombre de simpatía, llama que atrae instantáneamente, aun antes de que podamos apreciar las otras prendas de una mujer. Los peones, hombres y mujeres, la saludaban al paso con respetuoso cariño: era la perla de la hacienda y el paño de lágrimas de las pobres campesinas, que acudían a ella de preferencia, seguras de hallar siempre una tierna y amable protectora en sus cuitas y trabajos.

Tal era María, a quien ya conocemos, la cual vivía con sus padres en aquella hermosa y apacible mansión de la virtud y del trabajo. D. Luis, su padre, era la pasta de la sencillez y la hombría de bien: sus aspiraciones, sus gustos, sus penas, todas sus facultades físicas y morales estaban vinculadas en el campo. El extremo del mundo era para él la última cerca de alambre de sus potreros.

El sol besaba con sus postreros rayos las cimas de los montes más empinados; el aire tibio de la tarde olía a azahares y jazmines en la callejuela de naranjos y astromelias; las aves ocultas entre el follaje, modulaban su último canto: era la hora del crepúsculo.

María, inclinada sobre el tejido, cantaba a media

voz. De pronto, el enorme mastín de la casa, que se había echado a sus pies, se levanta, latiendo ruidosamente, a tiempo que los niños, casi asfixiados por la carrera, llegaban gritando: —¡Un viajero! ¡un viajero!...

Un jinete entraba en aquellos momentos por la callejuela: la mula en que venía caminaba con lentitud, no obstante los esfuerzos del viajero para hacerla apurar el paso.

María se levantó inmediatamente y contuvo el perro. El jinete, a pocos pasos de la joven, dio un grito de gozo inmenso, y se tiró de la mula, corriendo hacia ella con los brazos abiertos.

—¡María! María!...

La joven se había quedado absorta, como clavada en el suelo, con los ojos extremadamente abiertos e inmóviles. Se escapó el tejido de sus manos, y un temblor nervioso sacudía su cuerpo de pies a cabeza, como sacude el viento la débil hoja de un árbol.

—¡María! ¿No me conoces?... ¿Qué te pasa, Dios mío? ¿Estás enferma?...

La joven lanzó entonces del fondo de su corazón un grito agudo, brotó de sus ojos un raudal de lágrimas, y se precipitó en los brazos del viajero.

—¡Santiago!... Bendito sea Dios! ¡Ah, también la alegría puede matar! Los chicos continuaban alborotando la casa con sus gritos, y el perro latiendo furiosamente, de suerte que en breves momentos toda la familia y servidumbre de la hacienda rodeaban al ahijado del padre Juan, cuya historia tenía para aquellas almas sencillas mucho de novelesco y extraordinario.

Lo miraban de hito en hito, le hacían mil preguntas atropelladamente, sobre su largo destierro, sobre su salud y retorno: en fin, por mucho rato Santiago estuvo en los brazos de aquella familia, que era también la suya.

Nada había cambiado en la casa de D. Luis desde

su separación, excepto los niños y niñas, a quienes encontró muy grandes, y María, cuya hermosura no se cansaba de admirar.

Santiago pensaba seguir a Mapiche aquella misma tarde, aunque llegase de noche, pero se le opuso toda la familia.

—De ninguna manera —dijo doña Paula— porque mi hermano no está prevenido, y tu llegada allá de sopetón podría causarle daño, cuando no hay necesidad de tanto apuro.

—Pero mañana será lo mismo.

—No, porque ahora mismo se le despacha un peón con el aviso de que tenemos buenas noticias, y que muy pronto llegarás.

—Qué peón ni qué pan caliente —dijo D. Luis— aquí está el hombre de las circunstancias, como llovido del cielo.

Era tanta la confusión y ruido de voces que había en el patio de la hacienda, donde ocurría esto que no advirtieron por el momento en la llegada de otro personaje, que parecía seguir los pasos de Santiago, que había dejado su caballo en la callejuela, y entrado al patio con cierta cautela: era un hombre como de cuarenta años, de rostro franco y picaresco, que vestía a la usanza del país.

Cuando D. Luis advirtió su llegada, todos volvieron los ojos hacia la puerta, incluso Santiago, quien se adelantó en el acto, para echarse en los brazos abiertos del recién llegado que lo levantó en el aire como una pluma, dando gritos de gozo.

—¡Yo te creía muerto, muchacho!... ¡Qué contento para todos! Esta es mano de quemar el pueblo a música y cohetes.

—¿Y cómo supo tan pronto mi llegada?

—Por el correo de las brujas: para algo debe servirme la vigilancia a que estoy obligado como alcalde.

—¿Es usted el alcalde? —le preguntó Santiago con gratísima sorpresa.

—A falta de hombres buenos, estoy ahora con la vara en la mano, y a ello debo hallarme aquí en tu llegada, pues desde aquella loma, donde por casualidad estaba, vi un viajero por el camino, me pareció forastero, pensé que podría traer noticias de la capital, tomé una vereda, le asenté las espuelas al potro, y aquí me tienes, pronto a llevarte a la grupa para ganarle las albricias al padre Juan y a la tía Romualda.

—No, Macario —dijo María—, ya está dispuesto que Santiago se quede en casa hasta mañana.

—Sí —agregó D. Luis—, aquí no manda el señor alcalde, sino yo, que soy el dueño de la casa. Santiago se queda, porque ya es tarde; y tú Macario, arreglarás allá las cosas de modo que mi cuñado el vicario esté prevenido para esta gran sorpresa, y pueda recibir mañana a su ahijado y a toda esta casa, que se irá con él, si Dios no dispone otra cosa.

—Pues donde manda capitán, no manda marinero. Yo sabré hacer las cosas como me ordenan; y con la misma, me despido de ustedes, porque ya reviento por llegar a la villa con esta gran noticia.

Y Macario, con su carácter allanerado y su ruda y simpática franqueza, se despidió alegremente de todos, dejando para último a D. Luis, a quien le guiñó los ojos de cierta manera muy significativa, que movió la risa y aprobación de todos.

D. Luis lo entendió al vuelo, y desapareció como por encanto, para reaparecer de nuevo con la clave del enigma en las manos: un garrafón y tres copas.

—¡Bravo! —exclamó Macario, mientras D. Luis servía— ¡A la salud de Santiago! Y los tres cruzaron las copas y saborearon un ron viejo, que a ser apreciada su excelencia por el número de estrellas, como suelen hacerlo con el brandy, bien merecía ponerle encima toda la Vía Láctea. El garrafón pasó a manos del mayordomo de la hacienda, por orden de D. Luis, para que obsequiase a los peones, en gracia del fausto suceso que festejaban.

Pronto se oyó el galopar del potro de Macario, que se alejaba rápidamente de la hacienda, cuando ya en las casitas del campo brillaban las luces del alumbrado y el fuego de las cocinas. María pidió permiso a Santiago, y se retiró un momento para ir a la cocina a reformar la comida, pues no era justo que se sirviese lo ordinario en ocasión tan singular.

La hermosa niña estaba radiante de alegría: sus ojos, húmedos por las lágrimas, brillaban intensamente. Parecían los reflejos de un sol oculto en el fondo de su alma: el sol de la esperanza, que volvía a alegrar su vida.

La noche cerraba a toda prisa, y era necesario atender al querido huésped, que traería hambre. Así fue que, mientras Santiago se despojaba de los arreos de viaje, y platicaba con los jefes de la casa, sobre tanto de contar que tiene un viajero, María iba y venía por dentro, de la despensa a la cocina, entorpecida por la propia impresión de su inmensa dicha, dando disposiciones aquí y allá, y tirando las hojas de las puertas y alacenas hasta dejar hecha y servida la comida, lo mejor que pudo improvisar, dada la premura del tiempo.

Para Santiago fue este recibimiento, tan familiar y expansivo, un verdadero bálsamo de consuelo. En la posada de Sanisidro había sabido lo que no esperó saber de boca de Chucho: que Lola estaba para casarse con Policarpo Zúñiga; y entonces se lo explicó todo. Su alma apasionada recibió una terrible sacudida: estuvo a punto de alejarse otra vez de su tierra, y alejarse para siempre, pero lo detuvo el respeto y cariño entrañable de sus padres adoptivos, y el dulce recuerdo de María, su tierna compañera de infancia, que tenía puesto predilecto en su corazón.

Se concentró en sí mismo para estudiar su desventura. Por fortuna, él había sido en extremo reservado: sólo la buena Romualda era poseedora de su secreto. Podía, pues, echar tierra a aquella triste historia, borrarla de su corazón, si era posible, sin exponerse a las bromas y comentarios de sus amigos.

Triste y cabizbajo hizo la larga jornada de Sanisidro a la hacienda de D. Luis, donde su alma volvió a la alegría y la esperanza, entrando, digámoslo así, bajo el pórtico de una mansión adorable, en que ardían inextinguibles y fragantes, los suaves perfumes del verdadero afecto.

Dícese que toda comparación es odiosa, pero hay comparaciones inevitables, que están en la naturaleza misma de las cosas: Santiago, no obstante el júbilo con que recibía las cordiales y sencillas demostraciones de aquellos seres queridos, tenía una espina en el alma, y era natural que comparase uno y otro recibimiento: la evasiva de Lola, con el cariño entrañable de María; la rígida etiqueta de doña Ángela, con la tierna solicitud de doña Paula. Lágrimas silenciosas arrancaron a sus ojos estos diversos pensamientos, lágrimas de cruel desengaño, por una parte, y de gratitud profunda, por otra; lágrimas que fueron la eterna despedida de Lola, y la confirmación solemne del íntimo afecto que sentía por María, su fiel e invariable compañera, dechado de ternura y sentimiento.

Las siete de la noche serían, cuando Macario detuvo su brioso caballo frente a la casa del vicario de Mapiche: la puerta estaba cerrada, según costumbre, pero el celoso emisario se llegó a una ventana y tocó: uno de los postigos se abrió en seguida.

—Buenas noches, señor vicario.

—¡Hola! ¿Cómo que es Macario? ¿Qué quiere el señor alcalde a estas horas?

—Ganarle unas albricias.

—¿Albricias de qué, Macario?

—De Santiago, mi padre.

—¡Mi ahijado! ¿Has sabido algo?

—Mucho, mucho: el muchacho está bueno y ya en camino.

—¡Que ya viene!... ¡Loado sea Dios! ¿Y cómo lo has sabido?... ¡Romualda, Romualda, manda abrir la puerta! —gritó el vicario, volviendo la cabeza hacia adentro, con la voz trémula por la sorpresa y la alegría.

—No se moleste, padre Juan: mañana vendré con más despacio a darle todos los pormenores de esta gran noticia. Por ahora, recójase a dormir tranquilo en la confianza de que le digo la verdad, y haga que Romualda se ocupe de prevenir lo necesario porque mañana va a tener mucha gente en la casa: viene D. Luis, doña Paula, María y toda la familia a ganarle también las albricias. Ellos son los que me mandan con esta embajada.

Macario, sin decir más, se despidió, dejando al vicario en suspenso.

—¿Pero qué es mi amo, qué dice Macario? ¿Ha estallado ya otra revolución? Estas y otras preguntas hacía la pobre Romualda al vicario, quien continuaba asomado al postigo, hasta que vio perderse en la oscuridad a Macario, cuyo caballo sacaba chispas del empedrado de la calle.

—¡Bendito sea Dios, Romualda! Santiago ya viene ¡ah, el pobre muchacho!...

Las lágrimas no lo dejaron continuar. Las grandes impresiones, tristes o alegres, producen el completo mutismo en las personas sensibles: Romualda lanzó una exclamación indefinible, y se quedó mirando al vicario llena de asombro, esperando oír la confirmación de tan fausta y anhelada nueva.

—¡Al fin te volveremos a ver, hijito del alma!... —dijo, por último, anegada en llanto, cuando el vicario le contó lo que sabía.

—Hay que arreglarlo todo, Romualda, prevenirle su aposento, asear, componer y echar la casa por la ventana el día de su llegada. Es un gran favor que nos hace el cielo, devolviéndonos el muchacho.

—Ya había pensado en todo eso, mi amo, y ahora mismo voy a empezar a hacer lo que se pueda, pero necesitamos la ayuda de la niña María, que se pinta sola para estas faenas, porque yo no sirvo ya para nada.

—No tengas cuidado, que mañana vendrá, y si no fuera porque la noche está muy oscura, iría a casa de D. Gaspar, a prevenirlo también, para que me ayude, porque no hay que contar ahora con Macario, que vive embargado con su alcaldía.

Aquella noche fue de grata impresión en la casa del vicario, cuya servidumbre no pasaba de otra mujer rústica, que desempeñaba la cocina, bajo la dirección de Romualda, y de un sirviente para ver la mula y hacer las diligencias de calle.

En todo el pueblo circuló la nueva del regreso de Santiago. Macario, aparte su alcaldía, era todo un cacique, uno de los hombres más populares e influyentes de Mapiche. Su oficio principal era el de sastre, y decimos principal, porque según acontece en los lugares pequeños, era hombre que se aplicaba a todo, desde sacristán y corista en la Iglesia, hasta capitán efectivo de las milicias del pueblo. Hacía, pues, de sastre, de barbero, de picador y veterinario; de agricultor y trapichero, pues tenía siembra de cañas y un trapiche de bueyes, lo cual no le impedía atender una pulpería, y redactar, por los viejos formularios españoles, cualquier acto entre vivos o de última voluntad. Con esto, y con un carácter alegre, franco e insinuante, y ser pariente y compadre de media población, podrá valorarse su importancia e influjo en el pueblo: dicho se está que en política era Macario una de las figuras culminantes de Mapiche.

Al otro día muy de mañana, cuando el padre Juan volvía de decir misa, el alcalde lo estaba esperando en la vicaría, lo abrazó estrechamente y le comunicó el regreso de Santiago, que llegaría de un momento a otro, con toda la familia de D. Luis.

No es para descrito el alborozo del vicario y de su ama de llaves. La casa empezó a llenarse de gente. La expectativa era grande. De pronto se oye un gran tropel en la calle; todos corren a asomarse por las puertas y las ventanas: son los viajeros, que llegan entre gritos de gozo, exclamaciones, saludos, relinchar de caballos y carreras de niños. Luego, unos instantes de silencio: era el momento en que Santiago caía en los brazos temblorosos del vicario y de Romualda, abrazo mudo, prolongado y conmovedor que hizo verter lágrimas a casi todos los presentes.

A partir de aquella hora, la casa fue un jubileo. Las familias del lugar, advertidas desde la noche por el diligente alcalde, empezaron a enviar sus saludos. y regalos. Cestas, azafates y bandejas, con pan, dulces, frutas, tortas, pasteles y otros bastimentos. Macario había organizado a maravilla estas sorpresas. ¿Cómo podría el padre Juan, falto de recursos y de tiempo, prevenir estas cosas? La actividad del alcalde y la benevolencia de las familias atendieron con demasía a esta necesidad.

El recién llegado era objeto de la más viva y cariñosa curiosidad. Sus viejos camaradas de escuela y de taller, las personas más allegadas al vicario, todo Mapiche, en fin, quería ver y saludar al joven que de tan luengas tierras venía.

En el almuerzo, que fue un verdadero banquete, reinó la más franca cordialidad; y los que mayor animación le comunicaban, por su carácter alegre y expansivo, eran Macario y D. Gaspar, personas de gran confianza en la casa. Al levantarse de la mesa, en un momento en que estos se vieron reunidos con Santiago y María, que conversaban solos en el ángulo de un corredor, Macario le dijo a la joven con mucha seriedad:

—Te pido perdón, María, por un olvido involuntario. De seguro que estás quejosa, y con mucha razón.

—¿Quejosa de qué, Macario?

—Tú, qué vas a confesarlo; pues de no haber despachado anoche mismo un peón al Granadillo, para que tu gusto fuera completo.

—¡Ah!, ciertamente —dijo D. Gaspar, adivinando la intención de Macario— falta el representante del Granadillo en esta fiesta: media palabra habría bastado para que tuviésemos aquí a Nachito, aunque puedo jurar que ya está en camino. ¿No es verdad, María?

—¿Nachito Rodríguez? —preguntó Santiago al punto.

—El mismo que viste y calza...

—¡Por Dios, Santiago! no les creas nada —dijo la niña encendida como una amapola.

—Es un muchacho muy devoto: camina dos leguas todos los domingos para venir a oír misa a Mapiche.

La pobre niña estaba en ascuas; Santiago, pensativo; y Macario y D. Gaspar, en carcajada, viendo el cortamiento de la niña, a quien siempre daban bromas de esta especie, aunque nunca la habían visto tan confusa y atribulada como en esta ocasión.

Desde la temporada que pasaron María y Lola en el Granadillo, Nachito, de la misma edad de Santiago, y amiguito de este, había puesto sus ojos en María, y desde entonces la pretendía con alma, vida y corazón.

Esto no había sido un secreto para Santiago, pero, sin saber por qué, ahora no le cayeron bien las bromas que en tal sentido le daban, y menos aún el visible cortamiento de ella, que para salir del paso, optó por dejarlos solos, so pretexto de ir a reunirse con varias jóvenes amigas, que estaban de visita en la casa y la esperaban.

Nachito era hijo del capitán Rodríguez, temible caudillo del Granadillo, el que fomentaba las turbulencias de la aldea contra la villa. No había recibido el muchacho más instrucción que la primaria. Era bien parecido y valentón, pero, aunque rico en bienes de fortuna, era muy pobre en prendas de sociabilidad y cultura. Su afición predilecta era montar buenos caballos y tener la mejor cuerda de gallos de la comarca; su mayor gusto, domar un potro; su mayor desdicha, ver la derrota o muerte de uno de sus gallos sobre la arena del circo. Tal era el pretendiente de María, el cual se vino volando a Mapiche, tan luego supo la noticia de la llegada de Santiago, según lo había asegurado D. Gaspar: los enamorados son en extremo solícitos y puntuales en aprovechar cualquier motivo de cortesía o cumplimiento que los ponga en trato o roce con la familia de la que pretenden.

En la tarde del mismo día, Nachito hizo su visita de bienvenida a Santiago.

María se retiró discretamente hacia el interior de la casa, a donde fue Macario, en pos de ella, riéndose del chasco del mozo para hacerle cargos y continuar la broma.

—Hoy es día propicio para arreglar ese matrimonio. Los viejos no lo quieren mal. Resuélvete, al fin, María.

—¡Por Dios, Macario, déjeme quieta! Yo no pienso

en tal cosa. Tanto me embroman con eso, que Santiago va a creer que sí tengo algo con ese mozo.

En la tardecita, regresó D. Luis a su hacienda, con toda la familia; las visitas fueron minorando, a medida que entraba la noche; y por último, la casa del vicario volvió a la apacibilidad y silencio de costumbre. Santiago halló su aposento tal como lo había dejado: todo estaba allí perfectamente conservado y en su mismo puesto. Pero su corazón sufría hondamente.

¿Dónde estaban las más caras ilusiones de su vida?... Una nueva espina vino a clavarse en la mitad de su alma. Contra lo que era de esperarse, pasó una noche de insomnio y de tristes pensamientos. Lola lo había olvidado, y María... María era la misma, llena de gracias y encantos, que lo había cautivado desde el primer momento en que la volvió a ver, pero María amaba a otro, según lo había entendido por la escena descrita, y lo que no sintió años atrás, cuando se impuso de las pretensiones de Nachito, lo sintió ahora de una manera irresistible: contra ese amor se rebelaba todo su ser. En un instante veía deshechas sus nuevas ilusiones, y sumido otra vez su corazón en la tristeza de su secreto infortunio.

CAPÍTULO XXI
Donde empieza la rápida evolución de Mapiche en materia de progreso

El nombre del sabio Dr. Quix, el amigo y protector de Santiago, corría de boca en boca por toda la villa. Todos ardían en deseos de conocer aquel extranjero, de quien se contaban cosas tan extraordinarias, y reventaban de orgullo al pensar en la gloria de Mapiche, espontáneamente elegida por el ilustre ciclo-turista para lugar de su residencia.

La llegada de un expreso, procedente de Sanisidro, a los pocos días del arribo de Santiago, puso en movimiento a todos los vecinos: era el anuncio oficial de la venida del Dr. Quix, y con este aviso del Gobernador para el alcalde, llegaron varias cartas particulares sobre el mismo asunto, en que se excitaba vivamente a los habitantes de Mapiche a echar el resto en el recibimiento de tamaño personaje.

Entre las cartas, venía una muy reservada de D. Manuel para D. Gaspar, en que le comunicaba sus impresiones y juicios respecto al Dr. Quix, con el mayor sigilo.

"Creo —le decía— que nos ha caído encima una gran calamidad. Infórmate allá menudamente con Santiago sobre los antecedentes y circunstancias particulares del Dr. Quix, porque para mí tengo que es un loco rematado.

Habla, sin embargo, con tal seducción sobre artes, ciencias y letras y promete cosas tan grandes y estupendas, que tiene alucinado al pueblo. Así es que desdichado de quien le vaya en contra, porque sería anatematizado como refregado y enemigo de la causa del progreso. He comunicado este juicio con varios amigos, en el seno de la intimidad, y todos están conformes con él, aunque en público tenemos que seguir la corriente.

En la familia, tenemos la pena de ver a Lola enferma: desde hace algunos días ha entrado en una tristeza y abatimiento que nos tiene alarmados.

Acaso tendremos que volver al Granadillo, a pasar otra temporada, porque ella lo desea, y el médico no se opone".

Junto con esta carta, D. Gaspar recibió otra diametralmente opuesta: era de Policarpo, quien a vuelta de muchos circunloquios y neologismos, le encarecía la conveniencia de recibir y tratar al Dr. Quix como correspondía a un hombre superior, cosmopolita y habituado a la vida moderna en los grandes centros; que interpusiese todo su influjo en la villa para impedir esas manifestaciones y obsequios vulgares, hijos de un regionalismo oscuro, a fin de que todo quedase chic, porque se trataba de ovacionar a un apóstol de la nueva idea, a un enamorado del ideal, a un atleta del modernismo científico y literario.

D. Gaspar abrió los ojos con gran sorpresa, en vista de estas dos cartas; guardó la de D. Manuel en el fondo de su baúl, y dejó sobre la mesa la de Policarpo, dispuesto a esperar los acontecimientos, doblemente picada su curiosidad con respecto al Dr. Quix, pues Santiago lo pintaba como un tipo excéntrico, extraordinario, cuasi fantástico; y no era D. Gaspar de aquellos a quienes se comulga fácilmente con ruedas de molino, sino hombre que sabía buscarle el hueso a las cosas.

Al anochecer, aquel mismo día, D. Gaspar se presentó en casa del vicario, e impuso secretamente a este de lo que sabía respecto al Dr. Quix, y lo más que podría saberse, poniendo en confesión a Santiago. El padre

211

Juan, picado también por la curiosidad, hizo llamar a su ahijado, que estaba fuera, y tan pronto llegó, se encerraron los tres en la sala de la vicaría.

—Santiago —le dijo D. Gaspar— algo nos has contado sobre la vida íntima del Dr. Quix, pero tenemos motivos para hacerte una averiguación formal y minuciosa sobre la materia, en el seno de la mayor intimidad.

—Ciertamente —agregó el vicario— interesa que nos digas cuanto sepas sobre este raro personaje.

Santiago los miraba con profunda sorpresa.

—¿Dudan acaso de lo que les he dicho?

—Nada de eso; pero es posible que por olvido o falta de ocasión no lo hayas dicho todo. Después te diremos el porqué de esta urgentísima y secreta averiguación.

Les contó, pues, punto por punto, cuanto sabía, sin prescindir del más mínimo detalle, desde su encuentro con el pastor de Montiel, hasta su despedida del doctor en el puerto de las Palmas, comunicándoles, asimismo, con naturalidad y sencillez, sus propias impresiones, en vista de las cosas extravagantes que a cada paso advertía en su ilustre compañero de viaje, así en acciones como en palabras.

A medida que Santiago hablaba, D. Gaspar se movía en la silla con una inquietud extraordinaria: en sus ojos había esa como radiación luminosa, propia de las personas inteligentes, que anuncia una idea feliz o un gran descubrimiento, en lo cual no se habían fijado ni el vicario, que continuaba oyendo con viva atención, ni Santiago, que lisa y llanamente proseguía el relato del viaje y aventuras del Dr. Quix.

De pronto, D. Gaspar se pone en pie, hablando consigo mismo, da dos o tres paseos a lo largo de la sala, y vuelve a sentarse, interrumpiendo bruscamente a Santiago:

—¡Hombre cándido!... ¿No has caído todavía en la cuenta de quién sea este enjuto caballero, aparecido en la Mancha, nada menos que dentro de la histórica cueva de Montesinos, llamado D. Alonso Quix, que es lo mismo que Quijano, y con un pelmazo de criado y escudero llamado Sancho de Argamasilla?...

El vicario se paró como tocado por un resorte, con los brazos levantados al cielo.

—¡Es posible, D. Gaspar!... Luego cree usted que sea...

—Don Quijote en persona, señor vicario.

—¡Don Quijote!... —repitió Santiago estupefacto.

—El mismísimo, muchacho, que tan lindamente te ha metido las cabras en el corral del teclado eléctrico, le contestó D. Gaspar, en medio de una ruidosa carcajada.

—Dejémonos de chanzas —dijo el vicario—. ¿Habla usted en serio D. Gaspar?

—Y muy en serio: según la tradición árabe, ni D. Quijote ni Sancho han muerto: duermen encantados en la misteriosa cueva de Montesinos. Si estos, que Santiago nos trae con tanto estrépito de fama, no fueren ellos mismos, en carne y hueso, por de contado que serán sus descendientes en línea recta.

—Pero eso de sueños y encantamientos es cosa relegada ya a cuentos y consejas para los niños. ¿Cómo, pues, nos viene usted a nosotros con esas, D. Gaspar, en pleno siglo de luces? —le replicó Santiago.

—Pues muy formalmente. Ahora, para que tú no tengas escrúpulo en creerlo, te hablaré en fino, es decir, en términos modernos: D. Quijote es un fenómeno del mundo invisible, un ente particular, que ora por autohipnotización, ora por transfusión espiritista a través de las generaciones, cualquiera que sea su médium evolutivo, es lo cierto que el Héroe de los Molinos de Viento, vive y viaja, aparece y desanda por el mundo, como el Judío Errante: en él ha encarnado el espíritu de cada época de una manera joco-típica.

Fue filósofo y artista entre los griegos, procónsul y tribuno en Roma, cruzado con Pedro el Ermitaño, caballero andante en la Edad Media, y es ahora apóstol de la ciencia y del progreso en los tiempos modernos.

El vicario y Santiago estaban confundidos. D. Gaspar, agregó, con su inalterable buen humor:

—Conque, mis amigos, que este descubrimiento quede aquí entre los tres: punto en boca, y obrar según el tiempo en que vivimos.

—¿Y qué hacemos en este caso?

—Lo que todos hacen, aunque estén, como nosotros, convencidos de la verdad: dejar que ruede la bola, sin meternos a detenerla, porque sería tanto como hurgar un avispero. No se trata sólo del Dr. Quix, sino de la bandera que enarbola, que aunque esté en manos de un loco, es la bandera del día, la bandera resplandeciente del progreso, sobre la cual está escrito: *noli me tangere*.

—No obstante lo dicho —dijo el vicario, dominado por el sentimiento de la gratitud— sea loco o cuerdo, es hombre de gran corazón, y de nuestra parte lo serviremos y obsequiaremos con demasiado gusto.

—Perfectamente, señor vicario, su locura no lo priva de ser gran caballero, y a canas honradas no hay puertas cerradas. En lo público, usted verá la pompa del recibimiento que le haremos. Policarpo va a quedar satis fecho —dijo D. Gaspar, riéndose con estrépito—. ¡Hay que echar las campanas a vuelo!...

—¿Las campanas?... —preguntó el vicario, encarándose con D. Gaspar.

—¡No, señor! con las cosas de la Iglesia no deben meterse.

D. Gaspar continuaba riéndose.

—De ninguna manera, mi respetado amigo. Esté usted tranquilo por ese lado, pues no me refiero a las campanas de la Iglesia, cosa demasiado clerical y vieja, sino a las campanas del progreso moderno, que son los tipos de imprenta. Es necesario poner en actividad la prensita que hay en el pueblo. Tú debes encargarte de esto, Santiago, porque sin prensa, las fiestas del recibimiento carecerían de lo principal, que es la publicidad y resonancia, para los fines cosmopolitas.

—Ya había pensado en eso —dijo Santiago, penetrado de la idea de D. Gaspar— porque fue una de las cosas que primero me averiguó el Dr. Quix: si había imprenta y periódico en Mapiche, pues es apasionadísimo por la prensa. Macario está ya en cuenta de esto, y se ocupa en hacer limpiar la imprentica, para publicar el programa de la recepción.

—Bueno, bueno: verán ustedes una fiesta chic, a la moderna, sin ranciedades ni oscurantismos, como la quiere Policarpo. ¡Yo también conozco los resortes del gran mundo! La conferencia secreta duró tanto, que Romualda estaba molesta, porque se había pasado la hora del rezo, y harto curiosa, viendo correr las horas de la noche sin que se abriese la puerta de la sala del vicario, donde oía la conversación animada de los tres, interrumpida de cuando en cuando por la risa de D. Gaspar.

Santiago, corrido y avergonzado al principio, acabó por adherirse en todo al juicio formado por D. Gaspar, confesando que él también había tenido por loco al celebérrimo doctor en varias ocasiones. No obstante esto, se sentía inclinado al sabio viajero por una fuerza irresistible de gratitud y simpatía, y se propuso darle de su parte gusto en todo lo que pudiese, inclusive en la obra y propaganda del progreso, su tema favorito.

Macario, desde que recibió el oficio del Gobernador, andaba de la seca a la meca, buscando casa, y previniendo lo necesario para el gran recibimiento. A falta de mejor acomodo, se eligió una casa de altillo, que llamaban la Posada del Fraile, porque en tiempos pasados allí solía alojarse un fraile misionero. Ahora vivía en ella un zapatero remendón, llamado Toribio, ya viejo, que recibía huéspedes, cuando llegaban, los cuales eran algún buhonero, prestidigitador o acróbata, de esos que de año en año visitan las aldeas.

Una estrecha escalera de madera comunicaba el suelo con el altillo, el cual era una sola pieza. Se le dio una lechada a las paredes, se pintaron las puertas y ventanas, y con muebles prestados aquí y allá, se aderezó el alojamiento en el altillo, que tenía un balconcete para la plaza; todo con beneplácito y sorpresa del maestro Toribio, que no recordaba haber tenido nunca un inquilino tan encopetado como el que esperaban. En la parte más visible del exterior de la casa se puso, por indicación de D. Gaspar, un letrero, en caracteres muy gordos, que decía: Hotel Cosmopolita.

Se despachó aviso a los vecinos de las aldeas del Granadillo, las Cocuizas y Peña Negra, para que viniesen a las fiestas de recepción; se organizó una Junta para que formulase el programa: y desde luego se pensó en un obsequio campestre, en una gira al día siguiente de la llegada del gran Caballero, la cual se efectuaría en la hacienda de D. Luis.

El pueblo de Mapiche nunca la había visto más gorda en materia de fiestas, y por eso andaba en candela, remendando aquí, blanqueando allá, y preparándolo todo para el gran día, que llegó, al fin, risueño y alegre, como un día de pascua.

En bestias propias unos, en alquiladas otros, y en facilitadas a préstamo los más, salieron en gran cabalgata al encuentro del Dr. Quix, presididos por Macario, quien a fuer de alcalde de la villa, era el jefe político del cantón, y el cual, so pretexto de enfermedad, se había estado encerrado más de veinticuatro horas, aprendiéndose el discurso, que era obra de D. Gaspar.

Se reprodujo, poco más o menos, la misma escena de Sanisidro, cuando se lo toparon en el camino: curiosidad, sorpresa y silencioso respeto. Feo, y mucho, les pareció, pero nadie se atrevía a decirlo, tal era la aureola de grandeza en que venía envuelto aquel raro personaje. No faltó quien creyese de buena fe que la fealdad estrambótica era cualidad característica en los sabios modernos.

Escarmentado el Dr. Quix, de su viaje de ciclista por caminos de recuas, aceptó mula del Gobierno para trasladarse a Mapiche; y Sancho tuvo a dicha aceptarla también, considerando la suerte de su pollino, honrado con la carga de la bicicleta y los instrumentos antes dichos. Policarpo venía con ellos.

Macario, que no se cortaba ni delante del Padre Eterno, sacó a bailar el trompo que llevaba enrollado, con una entonación digna del mejor tribuno.

¡Aquello fue discurso y medio! Habló de las entrañas de la tierra, del polvo cósmico, de la Teosofía y la Antropología, de los rayos X y la balística, de la evolución estético-sociológica de la bestia humana (del hombre quería decir), y de las radiaciones aurorales del nuevo ideal, fulgurecente sobre los albíneos e impolutos horizontes de la modernísima etapa! Policarpo lo oía con admiración y asombro: en sus adentros, se sintió corrido

217

y humillado, pues él creía que era privilegio suyo exclusivo hablar en la comarca sobre aquellas cosas modernas, y se hallaba con que el alcalde de Mapiche se le iba muy por encima en artes del más refinado modernismo. D.

Gaspar, confundido con la multitud, se retorcía los bigotes y pujaba, reprimiendo la risa, a tiempo que Macario, que en punto a letras no sabía de la misa la media, estaba muy orondo del buen efecto de su ininteligible discurso, oyendo la contestación del sabio doctor, que no se hizo esperar, dicha con la elevación y altisonancia con que él sabía ponderar la excelsitud de la causa del progreso.

Como puede colegirse, el encuentro de Santiago con sus viejos amigos, fue en extremo cordial y expansivo; y pasados los cumplimientos oficiales y presentaciones del caso, la comitiva se puso en marcha, e hizo su entrada en la empavesada villa, bajo arcos de flores y ramas olorosas, y con ruido de música, pólvora e infantil algazara. En los arcos había inscripciones alusivas al héroe de la fiesta, dictadas por el autor entaparado de cuanto se hacía en Mapiche, el agudo bromista D. Gaspar, que se hacía el burro muerto, para coger zamuros vivos, a quien Macario tenía por un oráculo, y como tal lo consultaba en todo: "Al Maestro del ideal", decía en uno; "Al Iluminador de los Pueblos", se leía en otro; "Al Intelectual Culminante", etc.

—¿Recibió usted mi carta? —le preguntó Policarpo a D. Gaspar, tan luego se vio con él en medio del concurso.

—Oh, sí, y ya ves como las cosas van por buen camino: el Dr. Quix llegará al Hotel Cosmopolita, que está montado a la moderna.

—¡Hay hotel en Mapiche!

—Y muy bueno: con elevador, servicio a la carta, y

todo al estilo americano.

—Ah, entonces estamos en regla: el doctor es un modernista intransigente, y no debemos salirle con tradicionalismos ni antiguallas.

—Pues no tendrá por qué quejarse, Policarpo. La ocasión es propicia para que el mundo sepa que también Mapiche ha entrado por el aro brillante del progreso. Mañana habrá un picnic, en el chalet de L'Orquette (la Horqueta era el nombre de la hacienda de D. Luis), en obsequio del doctor, a que asistirá la *high-life* de la villa; y pronto crujirá la prensa...

—¿Tienen imprenta?

—Montada en el mismo Hotel: así es que circularán en breve las crónicas de esta gran ovación. Los reportes están ya en actividad.

En la casa del maestro Toribio, o mejor dicho, en el Cosmopolita, se había montado la prensita, provista de media docena de cajas; y la causa de sacarla de donde estaba, e instalarla allí, no era otra sino aprovechar los ratos de ocio del mismo zapatero, que era en la villa el único que entendía de imprenta, pero como aquel no era negocio productivo, él no lo ejercía como oficio, sino en caso de necesidad, o por complacer a los amigos, como en esta vez. Dicha imprentica había sido introducida a Mapiche en años anteriores, durante un largo y tempestuoso proceso eleccionario, como arma de partido.

Al llegar la comitiva al Cosmopolita, todos los del lugar que acompañaban a los viajeros, inclusive Macario, recibieron gran sorpresa: la escalera para subir al altillo había desaparecido. ¿Cómo se subirá ahora? se preguntaban mirando a todas partes, en los momentos en que el Dr. Quix era conducido a dicho altillo por lo más granado de la villa.

De pronto, D. Gaspar, que iba entre ellos, hace girar la rueda de una garrucha instalada en el piso bajo, y al instante se ve descender de lo alto un tablón cuadrado, que cerraba la portezuela o entrada del piso superior. Un ¡bravo! acompañado de exclamaciones se oyó entre los presentes: era el elevador, que D. Gaspar había combinado con la ayuda de un carpintero, utilizando una garrucha de subir materiales de fábrica, la cual existía de tiempo inmemorial arrinconada en la sacristía de la Iglesia.

El Dr. Quix y Policarpo, habituados a los ascensores en los hoteles del gran mundo, se montaron incontinenti sobre el tablón, que tenía una endeble barandilla hecha con tablas de cajones; y el mismo D. Gaspar, ayudado por el maestro Toribio, que tenía puños de atleta, dio vuelta a la garrucha, hasta levantar la plataforma descrita a nivel del piso superior, y así fueron bajando y subiendo los que quisieron, admirados del nuevo sistema.

Cuando se retiró la gente, y el maestro Toribio se recogió en su departamento, D. Quijote y Sancho se estuvieron en el piso bajo, que era el aposento destinado para este, platicando largo rato sobre muchas e interesantes materias, entre ellas el éxito asombroso de la Fierabrasina, que Sancho había hecho negocio suyo exclusivo, con plena autorización de su amo. La fama de las píldoras del Dr. Quix crecía como la espuma, y el dinero caía diariamente en los bolsillos de Sancho, que bendecía y alababa la pródiga tierra de América.

—Aunque su merced viene provisto de buena cantidad de píldoras, sería conveniente que pidiese a Barcelona cuantas pueda cargar un buque, porque se venden como pan caliente, y día por día se descubre en ellas alguna nueva virtud.

—¿Nuevas virtudes, dices?

—Sí, mi amo, pues no solamente son medicina de cristianos, sino también de animales.

—Explícate, Sancho, porque yo, que soy su inventor, ignoro que tenga esa otra aplicación, a la verdad sorprendente.

—El caso es que yo tampoco lo sabía, pero so me ocurrió recetarlas, en la posada de Sanisidro, a una mujer que se quejaba de una gallina, porque no le ponía huevo alguno desde hacía tiempo; y cata, mi amo, que di en el clavo. Diole tres o cuatro píldoras, confundidas con granos de maíz, y a los pocos días la gallina empezó a poner.

—¡Oh! entonces son ovomífugas.

—¿Qué quiere decir ese latinazo, mi amo?

—Que facilitan la postura de huevos, o en otros términos, Sancho, que hacen a las aves buenas ponederas.

—Exactamente, y yo espero que andando el tiempo, puedan recetarse también a las vacas y cabras para hacerlas lecheras. No olvide poner todo eso en esas letanías mayores que su merced mandó imprimir en cada caja.

—En la lista de enfermedades sobre las cuales obra la Fierabrasina, querrás decir; lo que en verdad tendré muy presente para la próxima edición de rótulos. Has debido obtener de esa mujer la carta-certificado que en tal caso es de ordenanza. Ahora, tira del elevador, para que me subas a mi aposento, porque ya es tarde, y hay que mañanear.

Aquí fueron los aprietos y sudores: Sancho se prendió de la garrucha para hacer subir la plataforma, sobre la cual se había puesto D. Quijote, muy tieso y espetado, pero fueron tales las sacudidas, y tanto el vaivén de la maroma, que tuvo que agarrarse con ambas manos de la barandilla, mientras que Sancho renegaba, y los echaba redondos contra semejante sistema de ascensión. Cuando logró subirlo, le dijo jadeante:

—Mi amo: será mejor que mande poner una escalera en vez de este guindajo.

—¡Estúpido! ¿No sabes que este es el modo de subir y bajar en los grandes hoteles?

—Pues sepa su merced que si menudean las subidas, no será Sancho quien aguante la carga.

—No te acobardes, hombre, porque dentro de pocos días, la fuerza animal que ahora exige esta máquina, será reemplazada por un motor eléctrico, o de vapor, según los planos que al intento ha ofrecido presentar nuestro compañero Policarpo, ingeniero electricista.

—No lo pongo en duda, mi amo, pero en el ínterin, yo le suplico que no deje la subida para tan tarde, a fin de que haya aquí otras personas con quienes compartir la carga.

Esta conversación era de piso a piso, por entre las rendijas del entablado, y con ella terminaron los faustos sucesos de aquel día, quedando, en seguida el modernísimo hotel y toda la engalanada villa sumidos en la oscuridad y el silencio: Mapiche dormía.

CAPÍTULO XXII

De lo que sucedió en el encantado chalet de L'Orquette, y del celebrado aparecimiento de El Flamígero

Cuando los celestes aurigas empezaron a guiar el carro esplendente del sol por los siderales espacios, y los pajarillos iniciaron su cuotidiano y armonioso concierto, la afortunada villa se puso de nuevo en movimiento.

D. Gaspar y Santiago habían pasado la noche en la hacienda de D. Luis, o sea en el chalet de L'Orquette, ocupados en los preparativos de la fiesta campestre organizada en obsequio del Dr. Quix, a la cual asistiría lo más selecto de Mapiche y las aldeas vecinas.

El patio principal de la hacienda, pintoresco de suyo, estaba engalanado con sencillez y elegancia. De pilar a pilar lucían festones de flores naturales que el viento columpiaba graciosamente, y por todas partes se veían banderitas y adornos de telas y papel picado de varios colores. En síntesis, la casa rebosaba de alegría y atractivos. Gran número de labriegos con la ropa de pontificar, ayudaba a las faenas domésticas desde las primeras horas del día, en que por el torreón de la chimenea empezó a salir una espesa e interminable columna de humo, señal de que el horno y los fogones se hallaban en plena actividad.

La cocinera de mayor fama en la villa era Romualda, y no obstante su edad y achaques, desde la víspera, fue trasladada a la hacienda en un pollino manso, para que empuñase el espetón y la cuchara en el departamento de la cocina.

A la hora convenida, empezaron a llegar las familias en alegres caravanas de a pie, y también los invitados de más lejos, en grupos de a caballo, entre ellos los del Granadillo, capitaneados por Nachito Rodríguez, que se prometía tirar aquel día la gran parada, es decir, arrancarle el sí a María y arreglar su matrimonio, para lo cual contaba con Macario, que le hacía buen tercio, entre otras causas, porque detrás de Nachito estaba la temible figura política de su padre, el capitán Rodríguez, hombre quisquilloso y de malas pulgas, que convenía tener grato. Esta misma consideración, estimada prudentemente por D. Luis y doña Paula, los había obligado a llevar con cierta diplomacia las pretensiones de Nachito.

Santiago no se atrevía a abrirle su corazón a María, la cual le manifestaba sencillamente su afecto como antes. ¿Qué podría decirle? Si ella amaba a Nachito, su declaración sería extemporánea e imprudente: dada la inteligencia y sensibilidad de la joven, aquello vendría a ser un cruelísimo tormento para ella. Ver convertido en amante a quien sólo amaba como amigo.

Además, pensaba Santiago, María debía conocer su secreto, María era la amiga íntima y confidente de Lola; María, pues, debía comprender que el nuevo afecto que por ella sentía era cosa reciente, y acaso pudiera atribuirlo a despecho por el comportamiento de Lola.

En este estado de pena e incertidumbre se hallaba el pobre joven, cuando llegó el Dr. Quix a Mapiche. Tuvo, pues, que dejar a un lado sus ocultos pesares, para atender a su amigo. Al volver a tratar a María en la hacienda, su nueva pasión rayó en delirio: la voz dulce, cadenciosa e insinuante de María, la gracia y donaire de sus movimientos en las faenas de la casa, sus ojos brillantes y expresivos, todo en ella le pareció más seductor que nunca.

La casa estaba ya llena de gente. Los músicos habían llegado también, y ocupado puesto en la mitad del patio, a la sombra de un emparrado, que cubría una parte de la gran acequia, y era el lavadero ordinario de la casa.

Componían la banda un violín, una flauta, una bandola y dos guitarras, ejecutados por artistas rústicos, que tocaban por mera fantasía, pero muy sabrosamente.

En estos momentos, oyose gran grita de muchachos por la parte del camino: todos corrieron hacia la callejuela de entrada, adivinando lo que podía ser. Cuanta gente había en los aposentos e interior de la casa, inclusive la buena Romualda, salió afuera, al oír la bulla y Vítores que resonaban en el gran patio: era la llegada del Dr. Quix, quien para colmo de pública curio sidad, venía en bicicleta de suerte que media villa se le puso atrás atraída por la novedad del caso.

La música dio al viento sus alegres sones, y la comisión de recibo, presidida por D. Gaspar, hizo al punto los honores al ilustre huésped, el cual saludó al concurso, batiendo repetidas veces en el aire su sombrero de turista, levantado sobre las altas ruedas de la bicicleta. La fiesta había empezado.

A partir de este instante, la animación se hizo general. Mientras las señoras descansaban de la fatiga del camino, las muchachas, que en la flor de la edad son infatigables, después de rectificar su tocado en el cuartito de costura de María, que D. Gaspar bautizó con el nombre *boudoir*, se dieron a recorrer, risueñas y salerosas, los corredores del patio, recibiendo los piropos de los jóvenes que platicaban en corrillos.

Sirviose, en seguida, la primera copa a los hombres: era de excelente cocuy, pero bautizado por D. Gaspar en la pila del extranjerismo, para darles en la vena del gusto al Dr. Quix y a Policarpo, quienes se lo tomaron como whisky. Y a poco rato, vino la segunda copa, que fue de ron añejo, y lo paladearon como brandy del muy bueno.

Los platos fuertes del almuerzo eran un gran hervido o sancocho, para el cual le torcieron el pescuezo a más patos y gallinas que los que murieron cuando las bodas de Camacho, y las tradicionales hallacas, hechas y aliñadas con femenil maestría. Alrededor de estos dos platos, que eran las columnas de Hércules en aquel abundante y opíparo banquete criollo, lucían sus crespas hojas las coles y lechugas en las diversas ensaladas; humeaban los pasteles y tortas horneados, cubiertos de figurillas y arabescos; sobresalían por los bordes de anchas bandejas las costillas y perniles de lechón y de ternera, adobados desde la víspera en orégano y vinagre, y asados al rescoldo con paciente lentitud; y para complemento, el plátano y la papa, de varios modos preparados, y todo género de verduras, frescas y en sazón, directamente traídas del barbecho a la olla; y la tajada de aguacate: "blanda, amarilla, mantecosa, tierna," y al lado de estas tajadas, y las de excelente queso, una provocativa arepa dorada "que hay que soplar, porque al partirla humea."

Era la hora del almuerzo; pero faltaba algo que se esperaba por momentos.

D. Gaspar salía a la puerta a cada momento, y miraba hacia el camino, hasta que al fin llegó, a todo correr, un muchacho de la villa, con un paquete de tarjetas impresas que mandaba el maestro Toribio, y que D. Gaspar recibió con vivo interés: era la lista de los platos, el menú, que había arreglado a estilo moderno, es decir, en francés e inglés, desde la sopa hasta los postres, sin perdonar ni el agua.

Cuando Policarpo vio la nómina de los platos en aquella forma chic, se congratuló muy de veras con D. Gaspar por los adelantamientos de Mapiche en el ramo culinario; y no se cansaba de ponderar el *consommé*, los *potayes*, *entremets*, etc., llamando hasta el aguacate por otro nombre: *persea gratíssima*.

¡Oh, poder de la sugestión onomástica! Por obra de unos cuantos renglones en idioma extranjero, aquella rica provisión de manjares criollísimos, vino a convertirse a los ojos del Dr. Quix y del joven electricista en un banquete a lo europeo, es decir, moderno y civilizado. Los de Mapiche preguntaban a D. Gaspar por qué le cambiaba nombre a todas las cosas, y este les contestaba al oído:

—¡Silencio, mis amigos! el progreso tiene su idioma, que no es por cierto el español ni el criollo: el bautizo de las comidas con nombres extraños es hoy un condimento indispensable, la sal, si se quiere, en los banquetes modernos.

No nos detendremos a hablar de los brindis y ardiente entusiasmo que hubo en la mesa, pero sí relataremos un incidente, que le aguó a Sancho el gusto del espléndido almuerzo. Es el caso que, por tentación de Judas, se habló en la mesa de la crónica palpitante en la comarca, cual era un tigre cebado, que en aquellos días salía en el Granadillo, haciendo estragos en las reses domésticas, sin que hubiera podido nadie darle caza, no obstante las trampas y tiros que le habían hecho.

D. Quijote, que oía con vivo interés los miedosos cuentos de la terrible fiera, levantando de pronto la voz, dijo en son de reto:

—Esa empresa corre de mi sola cuenta, y ruego al señor alcalde, aquí presente, que impida toda otra expedición contra el tigre de Granadillo, porque yo solo tendré la dicha de cogerlo y presentarlo vivo a la admiración de todos.

D. Quijote se había puesto en pie, y miraba en torno de la mesa con los ojos saltados, enardecidos de súbito por el fuego de aventuras que inflamaba su pecho.

—¡Dios nos asista! —exclamó Sancho, volviéndose a Santiago, que le quedaba cerca, con un gesto muy significativo de terror.

Grande fue el asombro de todos ante una salida tan inesperada. El alcalde, obedeciendo a una mirada de D. Gaspar, accedió a lo que le pedía el peregrino doctor, no obstante la temeridad de la empresa.

—¿Y pudiera saberse de qué modo piensa el Dr. Quix darle caza al tigre? —preguntole Policarpo, no menos admirado que los demás.

—Por un procedimiento de mi invención; por medio de la electricidad.

—¡De la electricidad!...

—Sí, señores, por medio de corrientes eléctricas haré con la fiera lo que no han podido los viejos sistemas de cacería.

La mesa se levantó bajo la impresión extraordinaria producida por el anuncio de esta cacería eléctrica, suceso que venía a poner por las nubes la fama de brujo científico de que gozaba el Dr. Quix.

En los momentos en que la concurrencia se dispersaba por los amplios corredores, comentando el hecho, y la ciencia y valentía del mágico doctor, se oyó un rumor de voces y de gritos no muy lejanos, que interrumpió la animada conversación electro-técnica que pasaba entre el Dr. Quix y Policarpo, a quienes se allegó D. Gaspar, amable y cortésmente.

—Oh, D. Gaspar —le dijo Policarpo—, ¿oye usted?... Parece un *campmeeting*.

—Con casualidad, venía a invitarlos para asistir no a un *camp-meeting*, pues no se trata de eso, sino a un divertido *camp-show*.

—¡Un *camp-show*!...

—Sí, tenemos en obsequio del doctor un interesante *cock fight*, que es la diversión que motiva esa bulla.

En el patio del trapiche, que quedaba adyacente a la casa, existía un circo construido de cañas, en que se jugaba a los gallos todos los domingos.

Allá fueron llevados el Dr. Quix y Policarpo, a presenciar el *cock fight*.

Era un desafío, casado de antemano, entre Macario y Nachito, jefes de los bandos contendores y dueños de los mejores gallos de la comarca.

Este juego tradicional, bárbaro con el nombre español de riña de gallos, y culto y civilizado, si se le bautiza con el nombre puritano de *cock fight*, entretuvo por largo rato a la parte masculina de la reunión.

D. Luis había hecho preparar dos barriles de guarapo fuerte, con la cachaza del trapiche, bebida deliciosa como fresco en el medio día, sobre todo bajo el sol ardiente de los trópicos. Terminada la primera pelea, en que el triunfo fue del gallo de Nachito, todos los espectadores tomaron por asalto el vasto caney del trapiche, donde a la sazón se servía en rebosadas copas el apetitoso guarapo.

D. Luis y Macario, tratándose de una bebida tan: vulgar y criolla, no se atrevieron a ofrecerla al Dr. Quix ni a Policarpo, que también aparecía circundado por la aureola del extranjerismo, debido a sus ideas, traje y costumbres; pero D. Gaspar, que en todo estaba y a todo atendía, los sacó de dudas diciéndoles: —Tienen ustedes mucha razón: estos señores no tomarían guarapo fuerte ni a palos; pero sirvan dos copas, que yo me encargo de ofrecerlas con otro nombre a nuestros distinguidos huéspedes.

Se hallaban estos en sitio de honor en torno del circo, empeñados en una discusión técnica sobre la manera más ventajosa de allanar un empinado cerro que a la vista tenían, pues el Dr. Quix opinaba por un funicular, y Policarpo por un túnel, en lo cual se invertirían de quince a veinte millones de dólares, aportables por alguna compañía extranjera, mediante la garantía de una concesión territorial de valor céntuplo. D. Gaspar se les acercó con amable y refinada cortesanía, presentándoles las copas de guarapo.

—Me permito ofrecer a ustedes la ponderada crema de caña, bebida laxo-refrigerante recomendada por los higienistas modernos.

—¡Oh, buen amigo, con mucho gusto la aceptamos! —le contestó el Dr. Quix, saboreándola enseguida, lo mismo que Policarpo; y uno y otro se desataron en elogios de tan rica y deliciosa crema! Entre Macario y Nachito, con acuerdo de D. Luis, habían organizado baile, pues las muchachas, privadas de asistir al *cock fight*, estaban aburridas dentro de la casa. La música tocó alegremente, y Santiago, con el corazón palpitante y ciego de amor, buscó a María para bailar la primera pieza; pero cuál no sería su contrariedad e ingrata sorpresa al ver que Nachito, resplandeciente de satisfacción y de alegría, daba ya el brazo a la joven, que era, sin disputa, la reina de la reunión. Sus miradas, llenas de celos y de profundo disgusto, se tropezaron con las de María, luminosas e inteligentes, pero veladas por un no sé qué de tristeza.

Lleno de despecho, Santiago sacó otra pareja, a tiempo que D. Gaspar comprometía a los caballeros del progreso a tomar parte en el baile, que se iniciaba con una polka zapateada, a la cual le dio el nombre de *Bostón.*

El entusiasmo de los bailarines llegó a su colmo, y a la mitad de la pieza, se oyó la voz alegre de D. Gaspar, que exclamaba, después de haber hecho que cesase repentinamente la música.

—¡Bomba para las damas!

Todos los galanes se fruncieron, por más que les sobraban las ganas de echar algún piropo a las parejas. A Nachito, que bailaba con la niña de la casa, le tocaba iniciar la bomba. Todos esperaban en silencio: el caso no admitía excusa. Púsose encarnado como una amapola, tosió tres veces, se pasó el pañuelo por la frente para limpiarse el sudor, y con entrecortada y tímida voz dirigió a María esta copla:

De domingo en domingo
te veo la cara:
¡Cuándo será domingo,
Virgen Sagrada!

La música tocó de nuevo, y continuó el baile, junto con los aplausos tributados al galán, que tuvo tino en elegir la copla, porque era en realidad de domingo en domingo cuando veía a la espiritual María.

Tocole después el turno a Santiago, que estaba bailando de mal grado, pues su espíritu era más de tristeza que de alegría. Excitado para la bomba, la música hizo una pausa, y todos estuvieron prontos para oír. Con voz que le salía del alma, el joven recitó esta copla, buscando con sus ojos a María.

Si oyes doblar las campanas,
no preguntes quién murió,
pues si te casas con otro,
¿quién ha de ser sino yo?...

La música borró al punto la impresión general de tristeza que produjo este verso, dicho con tanta sinceridad, atribuyéndolo a alguna historia de amor que dejaba Santiago en remotas tierras, pero no así en el corazón de María, conocedora de los secretos de su compañero de infancia. ¡La pobre niña pensó en Lola! Era para ella, sin duda, aquella intencionada copla. Si Nachito hubiera sido un hombre más conocedor del corazón humano y de mayores alcances, habría notado la viva conmoción de su pareja, y la sombra de oculto pesar que había nublado su semblante al oír la voz apasionada y triste de Santiago.

Adivinando Macario que D. Gaspar tenía la intención de comprometerlo para la bomba siguiente, previno el lance mandando callar la música y dando el grito de ordenanza:

—¡Bomba para la dama, D. Gaspar! Este no se hizo de rogar, y con su cara siempre festiva y picaresca, le clavó los ojos a su pareja, que era una muchacha graciosísima, de tipo andaluz, con unos ojazos negros, que echaban chispas, de la cual andaba prendado nuestro gran humorista, según se decía en la villa; y frotándose las manos, le endilgó esta copla, que fue acogida con estrépito de risas y de aplausos:

¿Para qué pondrán farol
en la puerta de tu casa?
Si es para alumbrar la calle,
con solo tus ojos basta.

Se bailó otro rato, y ya se creía que habían terminado las bombas, pues en seguida de las dichas, las hubo como un tiroteo graneado, cuando D. Gaspar, dirigiéndose al ingeniero electricista, que a la sazón bailaba el *Bostón* como un relámpago, a estilo extranjero, le dijo recio, para que todos lo oyesen y cesase la música:

—¡Bomba para la dama, Policarpo! ¡Aquí te quiero escopeta! Sereno el semblante y alta la frente, nuestro galán técnico, dirige una mirada en torno de la sala, en que se pintaba la seguridad del triunfo, y cierto anticipado agradecimiento por los aplausos que ganaría en aquel torneo, sin competidor para él, como poeta de la nueva escuela del ideal azul y la marfilínea torre.

Al níveo alcázar del albo ensueño,
ideal palacio do imperas tú,
en raudo giro, nimbada asciende,
palidecente, mi estrofa azul.

Hubo un momento de silencio: nadie había entendido el verso del joven electricista. A la verdad, esta literatura del Ensueño y del Símbolo necesita de tiempo y de mucho fósforo en las entenderas para digerirla. Vino a romper el conflictivo silencio una chistosísima mueca que la pareja de Policarpo hizo a sus compañeras, encogiéndose de hombros e inclinando la cabeza, con lo cual quería decirles:

—¡Nos dejó en ayunas, mis amigas!...

Tan oportuna salida de la muchacha, que interpretaba el sentir general, fue motivo de ruidosos aplausos, que ufanamente tomó para sí el azulado vate, a quien el Dr. Quix felicitó con verdadera efusión literaria, prodigándole los más metafóricos elogios Las horas corrían rápidas. Al ruido de la fiesta, los campesinos habían acudido a la hacienda, y formaban corros por todas partes. Sancho hacía su agosto entre ellos, vendiéndoles las famosas píldoras, siguiendo aquel adagio que él practicaba siempre: unos en el son y otros en el sorbetón.

Mientras se servía la merienda, la cual fue presentada al Dr. Quix y a Policarpo con el nombre civilizado de *lunch*, D. Gaspar llamó aparte a D. Luis, y le dijo:

—Necesito que haga usted llevar el mayor número de asientos que sea posible para la sombra de los guamos en el potrero de las vacas.

—¿Y eso para qué, D. Gaspar?

—Es que a Macario no le sale la píldora de la pérdida de su gallo, y quiere sacársela a todo trance.

—¿Con otra riña?

—Nada de eso. Ha desafiado a Nachito para una carrera de a caballo, pues quiere probarle que su potro no tiene rival en la carrera. Se ha juntado el hambre con la gana de comer, pues Nachito cree y afirma que su caballo es mejor que el de San Jorge. Han nombrado ya jueces y testigos, y están alistando los caballos. Este es un lance imprevisto, al cual conviene darle carácter de formal espectáculo, en obsequio de nuestros ilustres y civilizadísimos huéspedes.

A D. Gaspar nadie le daba un no: D. Luis puso lo necesario para el caso a disposición de su chispeante amigo; y este, ayudado por diligentes obreros, adornó en un abrir y cerrar de ojos, todo un lado de la cerca, que era de alambre, con flámulas y banderolas que hizo quitar disimuladamente de los corredores y patio de la casa. El potrero era un prado de alguna extensión, alfombrado de césped, y con una pintoresca arboleda de guamos, en forma de parque, desde la cual podía verse la improvisada carrera.

A María le dio privadamente D. Gaspar la comisión de hacer un ramillete de flores, que sería el premio ostensible del vencedor. En esta hermosa labor se hallaba en el interior de la casa, cuando se le acercó Santiago, con su semblante apagado por la tristeza.

—Santiago —le dijo María, al verse sola con él— tengo una queja de ti.

—¡Una queja, María! ¿En qué he podido ofenderte?

—Antes me tratabas con mayor franqueza, con mayor confianza. Ahora, aunque sufres, nada me dices, nada me comunicas.

—¡Ah, María, es muy cierto lo que me dices, pero no me culpes, por Dios! No me atrevo a abrirte mi corazón, como quisiera. ¡Oh, si tú pudieras leer directamente en él, sin que mis labios pronunciaran una sola palabra!...

María miró sorprendida a su compañero de infancia, e iba a contestarle, sin duda, que era Lola la causa de sus íntimos pesares, porque así lo creía ella sinceramente, pero se contuvo al tropezarse con las miradas intensas, suplicantes y profundamente expresivas de Santiago, que estaba trémulo de amor en su presencia. Diole el corazón un vuelco extraño, sintió que se le oprimía el pecho, e inclinó la cabeza en silencio, aturdida y confusa, creyendo que fuese una ilusión lo que escuchaba y lo que veía.

La voz de D. Gaspar interrumpió bruscamente el interesante coloquio de los dos jóvenes.

—¡A los guamos, a los guamos del potrero, todo el mundo! Tú, María, convida a las damas para que asistan a la carrera, y lleva prevenido el ramo, pues a tí te corresponde prenderlo en el pecho del vencedor. ¡Oh! compadezco a Macario, porque con este aliciente, Nachito es capaz de matar el caballo a espolazos.

María se puso encarnada, e hizo un gesto de disgusto.

D. Gaspar, acompañado de Santiago, se dirigió a la sala, en solicitud del Dr. Quix y su nuevo e inseparable compañero. Por el camino se atusó el bigote, se compuso el nudo de la corbata y se asentó las solapas de la levita, acercándose a ellos con voz de refinada cultura y sonrisa de cortesano.

—Resta que ustedes nos honren con su presencia en el *sport.*

—¡Oh! —dijo Policarpo— ¿conocen aquí el *sport?* Es, sin duda, un gran progreso.

—¡Válgame Dios, muchacho! Te he dicho que Mapiche está en todo a la moderna. Ahora verás un *match* en toda forma, de caballos dignos del más renombrado *betting*. Al hipódromo, pues, que el *book mater* nos espera.

Al Dr. Quix le reventaba la satisfacción hasta por la suela de los zapatos, viendo tales muestras de modernismo en un pueblo hispano-americano, que él suponía "irredento del oscurantismo español".

Toda la concurrencia fue a tomar puesto a la sombra de los guamos, en el potrero de las vacas, convertido en hipódromo en menos de quince minutos.

La banda de música se situó en lugar conveniente: sólo faltaba que apareciesen en la escena los caballos y los *jockey*, que no se hicieron esperar.

La tarde era hermosa, y balsámico el viento suave que movía las flámulas y banderolas. Los últimos y casi rojos destellos del sol agonizante producían extensa sombra delante de los árboles, donde estaba apiñado el concurso, oyendo los acordes de la música y recreándose en la contemplación del paisaje. De pronto resonó un grito de contento por todas partes: en la puerta del potrero habían aparecido los anhelados jinetes.

Nachito venía sobre su ponderado caballo, que era un altanero y brioso alazán; pero su competidor, que montaba un arrogante potro moro, no era Macario, sino Santiago, novedad que sorprendió no poco a todos, incluso el mismo D. Gaspar. ¿Qué era aquello? ¿Por qué no corría Macario su propio caballo, siendo consumado jinete y exclusivamente suya la apuesta? Pronto salieron de dudas, pues el mismo Macario apareció en la escena, y les explicó en secreto lo ocurrido, de esos secretos que corren a media voz de boca en boca, con la celeridad del rayo: era que Santiago le había exigido que le cediese el cargo de jockey, haciéndole ver que no cuadraba bien a su carácter de alcalde entrar en pública lisa delante de aquellos caballeros extraños.

Esta podía ser o no ser la verdadera causa, como la enfermedad del Rey que rabió, pero lo que sí era verdad de a folio, era que Santiago, devorado por los celos, había echado mano de aquel racional motivo, para disputarle a Nachito la palma del triunfo y privarlo del ramo de flores que María tenía preparado para el vencedor.

Ambos aparecieron a los ojos del numeroso concurso como gallardos paladines. Los caballos, metidos de improviso en medio de aquel bullicioso gentío, entre música y gritos, se mostraban fogosos e impacientes, tascando el freno y haciendo airosas cabriolas, en tanto se casaban las apuestas particulares y se disponía la carrera. Uno y otro jinete, enardecidos por la emulación, tenían los ojos centellantes, y esperaban con viva ansiedad el momento supremo, a semejanza de los campeones de las justas y torneos de otros tiempos, llevando grabado en la mitad del corazón, ya que no sobre la armadura, el nombre de la dama de sus pensamientos.

Ante aquel duelo *sui generis*, inesperado y de nadie comprendido, excepto de los dos combatientes y de la pobre María, esta se había quedado en suspenso. Pálida y llena de sobresalto, comprendió que Nachito y Santiago se consideraban rivales, y temblaba por las consecuencias: la figura del capitán Rodríguez enojado, era para ella una pesadilla.

La música cesó, y sucesivamente se oyeron en medio de un gran silencio las tres voces de partida, y luego el ruido trepidante del galopar de los impetuosos animales. ¡Momentos de ansiedad! Caballos y jinetes parecía que volaban: centenares de pechos contenían el resuello, y centenares de ojos seguían sin pestañar a los diestros galopantes. Esta suprema expectativa debía durar muy pocos minutos, porque el potrero no era tan largo.

Macario, a horcajadas sobre el tronco de uno de los guamos, lanzó de repente un gran grito, tirando al aire el sombrero:

—¡Mi potro ha ganado!...

Un hurra estrepitoso y prolongado saludó al vencedor: efectivamente, Santiago había pasado a Nachito en la carrera. La música tocó alegremente, y todos esperaban el retorno de Santiago para batirle las palmas del triunfo, como en efecto lo hicieron con grandes muestras de simpatía y entusiasmo, cuando este llegó frente al concurso sobre el gran potro de Macario, que echaba copos de espuma por debajo de los enchapados arneses; y mientras el alcalde se le echaba encima a su caballo y lo colmaba de caricias, Santiago, llevado casi en peso por sus numerosos amigos, se vio de pronto delante de María, que con mano trémula colocó en su pecho el bello y codiciado ramo de flores, sin proferir una palabra siquiera, pero bañándolo en la luz de una mirada elocuente de ternura, de alegría y de esperanza! A Nachito fue necesario desarmarlo, porque estuvo a punto de matar a tiros su vencido alazán. Tal fue el fin y remate del *sport*, improvisado por D. Gaspar.

El picnic estaba terminado: había llegado la hora de tornar a la solitaria villa, hora en que todos van y vienen, solicitando los objetos que les pertenecen; es la hora tumultuosa de los reclamos y las contrariedades: que no aparece la gorra del niño, la sombrilla de la joven, ni el bastón del caballero; que los de a caballo andan del tumbo al tambo por las espuelas y las polainas, que las pusieron aquí o más allá, y no parecen tampoco; que en las cuadras, repletas de bestias ensilladas, a este le falta el freno o el bozal, y aquel se queja porque le han cambiado la gualdrapa o el sudadero; no había, en fin, quien no anduviese en busca de algo que le faltaba o estaba trocado.

Pero el que puso el grito en el cielo fue Sancho, pues al ir a aderezar su pollino, lo encontró sin la jáquima, que era nueva, comprada por él mismo en Sanisidro. El asno estaba amarrado con un pedazo de cabestro, sucio y raído: inmediatamente se quejó ante el dueño de la casa, que viene a ser el Cristo en estos casos. D. Luis, que andaba de aquí para allá, despidiendo a la concurrencia, se apenó en extremo, porque se trataba nada menos que de Mr. d'Argamasille, colega del Dr. Quix, y ordenó a sus criados que buscasen la flamante jáquima por todas partes.

De esta activa e inmediata solicitud resultó que la jáquima, junto con otros aperos, habían sido robados, y que todas las sospechas recaían en un desdichado mozuelo, ratero de profesión, que en medio de la fiesta, había venido también a rondar la hacienda, por aquello de que a río revuelto, ganancia de pescadores.

—¡El Zorro! —exclamó Macario—, buen pájaro ése. No es la primera que hace, pero en esta vez la habrá de pagar caro.

Dio en seguida sus órdenes a dos comisarios de policía, los cuales salieron como perros de presa tras las huellas del ratero, que no debía estar lejos, porque lo habían visto por los lados de la caballeriza, mientras estaba la concurrencia en el potrero. Llamábanlo el "Zorro" porque no dejaba parar gallina en poblado ni en los campos.

Este suceso fue causa de mayor alboroto a la hora de partir, pues a la voz de que Zorro había estado por allí unos buscaban con más ahínco sus cosas, otros procuraban reponer lo perdido, y todos comentaban el hecho y esperaban con viva curiosidad la captura del afamado ratero, el cual fue aprehendido no lejos de la hacienda, con el cuerpo del delito a cuestas, pues llevaba dentro de un saco la jáquima, los otros aperos y varias baratijas pescadas en la ruidosa fiesta.

Gran tumulto se formó en el patio de la hacienda a la llegada de Zorro, mozo que no pasaba de veinte años, de ojos lánguidos y rostro macilento.

Confuso y cabizbajo compareció ante el alcalde, quien empezaba a reconvenirlo por el hurto, dando orden de llevarlo a la cárcel, cuando se oyó la voz tenante del Dr. Quix, que se metió en el centro del grupo, ya montado en la bicicleta.

—En nombre del progreso y de la Ciencia, señor alcalde, no llevéis a ejecución el arresto de este infeliz, que a todas luces parece ser irresponsable del delito que se le enrostra. Estáis sugestionado todavía por la vieja y rutinaria escuela penal clásica, y aplicáis por ello procedimientos de justicia bárbaros e inmisericordes: ¿no veis que este individuo es oxicéfalo y cloroneurótico, señales que denotan una anomalía particular, así en sus condiciones psíquicas como biológicas, por ser indicios de un gran desenvolvimiento y actividad en la circunvolución de las células afectivas, en especial de aquellas donde está localizado el amor a las cosas ajenas? Antes, pues, que procesarlo como reo, debéis considerarlo como paciente, y mandarlo, no a la cárcel, sino al Establecimiento de Antropología Penal más inmediato, donde pueda yo estudiar el caso a la luz de los principios modernos.

Policarpo apoyó desde luego la opinión de su grande e ilustre amigo, en quien él veía la luz del siglo y el pináculo del progreso, en tanto que D. Gaspar, reprimiendo la risa y comprendiendo el aprieto en que se hallaba el pobre alcalde, contestó al Dr. Quix, con la mayor naturalidad, adhiriéndose en un todo a su parecer, y proponiendo que el Zorro fuese llevado al Hotel Cosmopolita, donde había un departamento destinado de antiguo a Clínica Antropológica, en el cual podría el sabio doctor estudiar cuantos tipos criminales se presentasen en lo sucesivo.

Aquello era una gran mentira, y sin embargo nadie protestó: por el contrario, es tal el puntillo de la época en materia de progreso, que los de Mapiche aplaudieron sinceramente la invención de D. Gaspar, que los hacía quedar bien a los ojos del modernísimo sabio. La posada del Fraile iba viento en popa por el camino del progreso: en un santiamén se había convertido en Hotel Cosmopolita, en clínica antropológica y en empresa editorial, como después veremos.

El Zorro, más malicioso que el mismo Caco, descubrió a través de tan extraña terminología que se trataba de disculparlo por enfermo; y entonces, a medida que el sabio hablaba, él ponía los ojos más lánguidos y el rostro más triste, con lo cual engañó a los cándidos y acabó de persuadir al Dr. Quix de la verdad de sus observaciones.

Con este incidente científico-penal concluyó la fiesta y la crónica del día, volviéndose todos a sus respectivas posadas, menos el Zorro, que fue conducido al Cosmopolita, bajo la inmediata inspección del Dr. Quix, constituido de hecho en Protomédico de la Clínica Penal Antropológica de Mapiche.

CAPÍTULO XXIII

Donde se continúa el capítulo anterior, y se relata la descomunal aventura del tigre electrizado.

Al clarear el día siguiente, Macario despertó sobresaltado con los fuertes toques que le daban en la puerta de la casa. A medio vestir se echó afuera, y hallose con el maestro Toribio que iba a pedir justicia.

—¿Qué novedad ocurre, maestro?

—Lo que era de esperarse: el pájaro voló anoche mismo.

—¿Qué pájaro?

—Pues quién ha de ser, sino el Zorro. Bien lo dije yo, cuando me metieron en la casa semejante lámpara: se ha ido en alta madrugada por las tapias del fondo, llevándose el gallo del corral, dos vasos y el paño de manos.

—¿Y qué ha dicho el Dr. Quix?

—Él persiste en creer que el Zorro es una alma de Dios, y que estas rapiñas son debidas a no sé qué celdas y revoluciones que tiene en el cerebro, pero lo que a mí me importa es darle caza, para recuperar mis cosas, y que usted, a escondidas del doctor, lo zampe en la cárcel varios meses, que es un remedio más eficaz para corregirlo que el que quiere emplear nuestro sabio, con perdón de su sabiduría.

—¿Y qué pensaba hacerle?

—Hágase usted cargo, señor alcalde: había mandado comprar buen vino y matar gallina para el muy pillo, pues según las disposiciones que dio anoche, pensaba tenerlo bien comido, bien bebido y tomando la Emulsión de Scott, para engordarlo como un bienaventurado.

Vistiose Macario, tomó a las carreras el desayuno y se fue a casa de su Mecenas, antes de dictar providencia alguna. D. Gaspar se rio a carcajadas del fracaso de la

Clínica, y le aconsejó que por ningún respecto desautorizase las doctrinas del Dr. Quix, que eran las del mundo moderno, pero que por debajo de cuerda, bien podía dejar caer sobre el Zorro todo el peso de su vara de alcalde, haciendo caso omiso de los paliativos y caldos de sustancia de la escuela penal antropológica.

Trascurrieron dos o tres días, durante los cuales el Dr. Quix, Policarpo y el herrero de la villa trabajaban con gran interés la máquina o aparato inventado por el primero para cazar tigres; D. Gaspar y el maestro Toribio apenas se dejaban ver, trabajando a puerta cerrada en la pieza donde estaba la imprentica, que era la misma de la zapatería; Macario y las demás autoridades del lugar andaban empeñados en la pronta realización de una obra pública, que era urgente terminar antes de que partiese el Dr. Quix para la cacería eléctrica del Granadillo: iba en ello el buen nombre de Mapiche, por lo que se dirá en seguida.

El río de las Ánimas, en una crecida poco oportuna, se había llevado el puente que era forzoso pasar entre la villa y el Granadillo; y aunque los de a caballo podían pasar por el vado, y los de a pie por unos palos, eran estos medios muy rudimentarios y atrasados para ofrecerlos a la vista del eximio Caballero, flor y nata del progreso.

¿Qué hacer en este aprieto? En tres o cuatro días, sin materiales ni rentas, no era posible echar un puente de mampostería como el que había tumbado el río. Entonces D. Gaspar, que era la ninfa Egeria del alcalde y el Ayuntamiento, les dio la idea de poner una tarabita o puente de cabuya.

—¡Una tarabita! —dijeron los del Cabildo con asombro— ¡si eso es más viejo que Matusalén! El puente primitivo de los indios. ¡Qué diría el Dr. Quix al ver semejante atraso!

—No tengan cuidado por eso: hagan clavar los postes, tender las sogas y arreglar el cesto, que yo me encargo de lo demás. Eso sí, mis amigos, guárdense de decir en público que están construyendo una tarabita: los nombres corren por mi cuenta, y desde ahora les aseguro que saldremos airosos con la obra.

El vicario, a quien llegaban por diversos conductos las noticias de cuanto pasaba en la villa, no sabía qué pensar de tantas novedades, que eran objeto de risa para unos, y de ingenua admiración para los más; y estaba deseoso de verse con D. Gaspar, para platicar sobre el asunto y pedirle cuenta por la parte directa que tenía en tales cosas.

En estas perplejidades y deseos estaba el sencillo levita, cuando se le presentó el hombre, con su rostro amable y su picaresca sonrisa.

—¡Oh, D. Gaspar, cuánto deseaba verlo!

—Siempre a sus órdenes, señor vicario. Me había tardado en venir, porque, como ya lo sabrá, desde hace días hemos entrado en la vida agitadísima del progreso, que no da lugar ni para cultivar uno sus buenas y antiguas relaciones. Ahora mismo, vengo de la Empresa Editorial...

—¡Empresa editorial en Mapiche! ¡Está usted loco, D. Gaspar!

—La nueva Empresa Manzanares & Ca., en el Hotel Cosmopolita.

—Por Dios mi amigo, déjese de bromas, y explíqueme lo que pasa, porque yo estoy en la luna.

—Pero, señor vicario, ¿ha olvidado usted que el maestro Toribio Manzanares, a más de zapatero, sabe algo de imprenta, y tiene posada? Pues lo demás es cuestión de nombres: de la Posada del Fraile, se ha hecho Hotel Cosmopolita, y de la imprentica de la villa, una Empresa Editorial; y como el maestro no está solo en estos trabajos, ahí tiene usted explicada la razón social Manzanares & Ca.

Mientras el padre Juan se reía, porque no le quedaba otro recurso, D. Gaspar sacó del bolsillo y entregó a su viejo amigo un papel impreso, con el siguiente mote:

El Flamígero
Revista Universal de Ciencias, Artes, Literatura e Industrias.
Vocero del progreso de Mapiche.
Director en jefe: Toribio Manzanares.

El vicario lanzó una exclamación de sorpresa y hasta de orgullo: era el primer periódico que salía en la villa. Con el interés que puede suponerse, se puso los anteojos y empezó a leer, pero... al primer tapón, zurrapas.

—¿Qué significa "umbrálica". Yo no conozco ese término.

—¡Oh, señor vicario, qué atrasado se halla usted en letras modernas! Esa voz sale de umbral, y en la moderna y babilónica evolución del lenguaje, viene a reemplazar esa larga y anticuada lista de vocablos castellanos que se ponen al inicio de un libro o periódico, como prólogo, prospecto, proemio, prefacio, preliminares, introducción, etc.

—¡Ah! ya comprendo, aunque más propio habría sido poner *umbraladura.*

Y continuó leyendo, pero volvió a apartar sus ojos del impreso con desconsuelo.

—Está visto, mi amigo, que yo soy muy escaso: no entiendo el título del prospecto, y ahora me atranco al comienzo del primer párrafo. ¿Qué quiere decir esto?

Borealiza al fin para Mapiche el Evo póstero...

—Realmente, señor vicario, está usted del todo a pie en literatura modernísima. Eso quiere decir que ya brilla para Mapiche la aurora del porvenir.

—Mire, D. Gaspar —dijo el vicario, quitándose los anteojos y devolviéndole el papel— lo mejor será que usted me lea y traduzca al mismo tiempo.

Hízolo así D. Gaspar, adoptando un tonillo declamatorio y zumbón, que realzaba las lindezas que decía el periódico. Después de la umbrálica, seguían unos versos nebulosos a Psiquis y a Venus Citerea, con el título de Floripóndicos; y a renglón seguido venía el reportaje, es decir, las notas recogidas por los reporteros de El Flamígero, relativas al suceso magno, a las fiestas de recepción del Dr. Quix, entre las cuales estaba, en forma de revista, la descripción del picnic en el chalet de L'Orquette.

Aquí fueron las sorpresas y carcajadas del vicario, cuando su amigo le iba explicando todo: que el kiosko central del chalet, era el emparrado del lavadero; que el *boudoir* de las damas, era el cuartico de costura de María; que el *buffet*, era el comedor de la hacienda; que los *garzones*, eran los criados de D. Luis; que el hipódromo, era el potrero de las vacas; y viniendo a la mesa y las comidas, el vicario se quedó lelo al oír leer toda aquella larga lista de platos extranjeros, y más cuando supo que eran todos criollísimos, inclusive unas galletas de trigo de Turquía, que D. Gaspar no quiso traducirle por el momento.

—Adivine, señor vicario: usted las come muy buenas todos los días, hechas por Romualda.

—Galletas de trigo de Turquía... no caigo. ¿Qué puede ser?...

—Las arepas, mi amigo, las arepas de maíz, que ha sido necesario europizarlas, para que puedan figurar en un banquete civilizado.

Entre los sueltos de crónica, había uno cuya lectura se hizo repetir el vicario ahogado por la risa: era el relativo a la tarabita sobre el río de las Ánimas, Decía así:

"Atrevida Empresa. Inspirado el Ilustre Ayuntamiento en las grandes conquistas del progreso moderno, ha hecho construir un Cable Volante de Trasporte sobre el torrentoso río de las Ánimas, según el sistema novísimo inventado en Norte América, para salvar las corrientes impetuosas y los más escarpados precipicios. Los cables propulsores y la lanzadera rodante son de pieles bovinas sebificadas, de superior calidad. Lo inaugurará el sabio viajero universal Dr. Quix de Manchéster, al emprender su próxima e importante cacería eléctrica. Bien por el progreso de Mapiche".

El Flamígero puso la villa en candelas: con raras excepciones, los vecinos, hombres y mujeres, suspendieron sus oficios para leerlo u oír su lectura derretidos de contento, viendo tratadas y descritas las cosas de su tierra en términos tan refinados y flamantes, solamente usados en las grandes capitales.

La sección destinada a anuncios y *adresses* produjo maravilloso efecto, porque halagaba con pomposos términos la vanidad de los pobres y humildes artesanos. El albañil se vio subido a arquitecto; el carpintero, a ebanista; el herrero remendón, a mecánico; el pulpero, a jefe de almacén; cada horno era una panadería; cada banco de taller, una fábrica; cada figón un *restaurant*; las arboledas se volvieron parques; las calles, avenidas; las acequias acueductos; la escuela de primeras letras tomó el nombre de Pedagogía Politécnica; en fin, todo aparecía en El Flamígero con un ropaje brillante de civilización y progreso que complacía y ufanaba a los sencillos moradores de Mapiche. ¡Ejemplo harto común de la flaqueza humana!

A la entrada de la villa, por una de las dos únicas calles que tenía, habitaba una india muy ladina, buena cocinera, en un caserón de palma, sombreado poéticamente por varios corozos; mujer muy conocida con el nombre de la Toña, que hacía famosas empanadas, y las vendía, en asocio de un café, con arepa o cazabe, a las gentes que venían a misa los domingos, y también a los del poblado.

Uno de los primeros anuncios de El Flamígero era el referente a la Toña, el cual vale la pena de trascribirlo, para que se vea con cuánta razón se desternillaba de risa el vicario con las cosas de D. Gaspar.

Pastelería Americana de Madama Antonia.
Servicio pronto y esmerado.
Boulevard de las Palmeras. 2ª Avenida.

Policarpo, que había comido con deleite estos pasteles americanos en el Cosmopolita, junto con leer tal anuncio, cogió su sombrero y salió disparado a tomar un *lunch* en dicha pastelería, suponiéndola yanqui; y quedose perplejo al hallarse con la Toña, que hablaba español y tenía un tipo indígena muy caracterizado.

—Es particular —se dijo— habré equivocado, sin duda la dirección.

Y se volvió para el Cosmopolita, donde se tropezó con D. Gaspar, a quien contó la especie, averiguándole por la Pastelería.

—Pues de ella vienes.

—¡Cómo! ¿Es americana aquella mujer?

—Tan americana como el mismísimo emperador Atahualpa.

—Quiero decir... ¿es yanqui?

—¡Ah! eso es otro cantar. Si tal fuese, no sería americana sino de nombre, porque tú, que has vivido allá, debes saber, por ser notorio, que los señores yanquis no pertenecen a la raza americana, con la cual no se ligan jamás. En cambio, esta mujer y todos los de la América Latina, somos americanos genuinos, americanos por la sangre. Saca cuenta si la india Toña será americana, siendo como es descendiente en línea recta del último cacique de Mapiche! Policarpo se mordió los labios: él creyó que Madama Antonia sería una rubia alta, de cofia y espejuelos, emigrada de Boston o de Filadelfia. Para disimular su chasco, fuese en seguida a continuar sus trabajos eléctricos al lado del Dr. Quix, quien lo esperaba con El Flamígero en las manos, leyendo a grandes voces, con entusiasmo y cosmopolitánica fruición, las noticias universales que daba, de gran interés para el mundo, en particular para los países intertropicales, y no se diga para los habitantes de Mapiche. He aquí la muestra:

"Moscow. Comunican de San Petersburgo que ha mejorado la cantatriz Querubini del refriado que sufrió en el Teatro Imperial".

"París. En los círculos elegantes empieza a estar de moda el dejarse crecer el pelo. Témese que los barberos se amotinen. Agitación en la Bolsa".

"Nueva York. El célebre millonario Bancroff ha ofrecido cincuenta mil dólares por un botón de la casaca militar de lord Wellington".

El Flamígero salió en canje para las cinco partes del mundo. La olvidada villa, puesta sobre el torno mágico de la prensa, iba a comparecer onomásticamente ante propios y extraños, ataviada con las galas del progreso moderno, y enaltecida con la visita del gran sabio turista, inventor del heliógrafo.

La noticia de otra alarmante travesura del tigre del

Granadillo, hizo abreviar los preparativos y poner en ejecución la renombrada cacería eléctrica, tan deseada del Dr. Quix, como temida de Sancho. La fiera se había llevado una marrana parida, casi de los alrededores de la aldea. El chiquero estaba situado dentro de un cafetal sombrío, en la vega del río de las Ánimas, a pocas cuadras de la casa pajiza del conuco.

Con gran presteza se hicieron en aquel paraje los trabajos del caso: sobre un enorme ceibo, a cuya sombra estaba el chiquero, se construyó un tablado, donde debían situarse el Dr. Quix y Sancho con la batería eléctrica, consistente en una pila cargada hasta su máximum, a fin de que produjese conmociones violentas. Por medio de conductores puso en contacto los polos de la pila con una ingeniosa red de alambre, en forma de embudo, armada en el suelo, en cuya parte más angosta estaba la presa, que era uno de los lechoncitos huérfanos.

Los que veían tales preparativos, se devanaban los sesos, pensando cómo habría de quedar cautivo el tigre en aquella endeble red de alambres, cuando era bueno que se había escapado de otras trampas, levantando como plumas los palos y vigas acomodados para aplastarlo.

Era tal el terror que inspiraba el tigre, que en pleno día, los peones que ayudaban en estos trabajos, creían oír a cada instante sus feroces rugidos, y ver su figura espantable por entre el cafetal sombrío.

La noche se vino encima, y el paraje quedó oscuro, desierto y silencioso.

El Dr. Quix y Sancho, desde temprano, se habían encaramado al tablado del ceibo, dispuestos a pasar la noche en vela. Estaba convenido que desde la casita, que estaba en alto, y donde había también gente en vela, avisarían a los cazadores la aproximación del tigre, levantando al efecto un farol encendido en la punta de una caña, de modo que fuese visto por ellos de lo alto del ceibo.

—Tengo que darte mis instrucciones, Sancho: cuando yo te indique, bajarás con presteza, llevando los cordeles y las esposas, para que amarres bien el tigre de pies y manos, en tanto gobierno yo acá las corrientes eléctricas, que no deben cesar hasta que la fiera se halle perfectamente electrizada.

—Mire, mi amo, mejor será que invirtamos los papeles: yo me entiendo acá arriba con los alambres y su merced se baja a entenderse con el tigre cuando sea la hora.

—¿Tienes miedo, Sancho?

—No es propiamente miedo, sino falta de experiencia: yo no he amarrado nunca tigres, y como soy tan sensible de nervios, aunque se esté quietecito, si llegase a menear siquiera la punta de una oreja, saldría de estampida hasta ponerme en seguro.

—Tienes razón, Sancho: temperamentos neuróticos como el tuyo, no sirven para el caso. Así es que yo bajaré, y tú manejarás los electrodos.

Un indeciso rayo de luna penetraba a través de las copas de los árboles, y alumbraba la trampa eléctrica, donde estaba aprisionado el lechoncito.

La noche avanzaba con medrosa lentitud. Pasaron varias horas en completo reposo: sólo se oía el rumor perenne del río y el chillido monótono de los grillos. Sancho dormía, pero su amo velaba: sus grandísimos ojos brillaban como dos brasas entre el ramaje del ceibo. De rato en rato, merced a los tirones que el doctor le daba por medio de una cuerda, la inocente presa lanzaba agudos chillidos, que hacían despertar a Sancho con gran sobresalto.

Llegó un momento en que el doctor aguzó el oído y se quedó en suspenso: oíase un rugido sordo y cavernoso hacia lo más espeso del monte.

Miró en dirección de la casa, y vio una luz que subía y bajaba con prontitud: era la señal convenida.

—¡Sancho! ¡Sancho! ¡El tigre se acerca! Despertar Sancho, oír espantado semejante anuncio y huir, ramas arriba, hasta lo más alto del ceibo, todo fue uno.

—¡Cobarde! ¿Has de dejarme solo en el momento crítico? Baja pronto para que dirijas la corriente eléctrica.

—Súbame acá los alambres, mi amo, que desde lo más alto, la corriente debe caer con mayor fuerza.

—¡Silencio, imbécil!... Los instantes son preciosos y decisivos.

Apenas había acabado de pronunciar estas palabras el atrevido electricista, cuando se oyó un rugido espantoso, que lo hizo estremecer, a pesar de su probada valentía, y casi al mismo tiempo, en uno de los claros del cafetal, pálidamente alumbrados, apareció una como oscura y moviente masa, un bulto negro, que avanzaba, quebrando a su paso las hojas secas esparcidas por el suelo: era el rey pintado de nuestras selvas, el tigre cruel y feroz, que había olfateado la presa, y se acercaba cauteloso, aterrorizando a hombres y animales con sus siniestros rugidos.

El Dr. Quix, mudo e inmóvil, con los ojos fijos en la fiera, esperaba el momento supremo. ¡Qué angustiosos instantes!... Después de largos y lentos rodeos, deteniéndose ya aquí, ya más allá, como si temiese dejar en descubierto las espaldas, el tigre avanza recto como una flecha, da un salto y cae sobre la presa, que chilla horrorosamente. La máquina se pone en ejercicio, los conductores trasmiten sin cesar encontradas corrientes a los alambres que envuelven el tigre, este tiembla, acaso por efecto de la conmoción eléctrica, ruge de un modo extraño, se recoge como un ovillo, y salta hacia atrás con tal violencia, que lo recibe uno de los atravesaños que sostenían la trampa, contra el cual se da tan tremendo golpe en la nuca, que al punto suelta la presa y se desploma aturdido, cayendo patas arriba como un cuerpo muerto.

D. Quijote dio un gran grito de contento, y en tres trancos se bajó con los cordeles y esposas, para asegurar la fiera, llamando con vivas instancias a Sancho, pero este, abrazado a una rama en la copa del ceibo, se negaba a bajar con toda la energía de su terror pánico.

—¡Mátelo! ¡Mátelo de un tiro, mi amo!...

—¡Matarlo!... ¿Estás loco, Sancho? ¿Ignoras que soy miembro de la Sociedad Protectora de Animales? El tigre está perfectamente electrizado; y si tratase de hacerme algún daño, le dispararía en el acto la botella de Leyden que al efecto traigo prevenida.

Una luz intensa, vivísima brilló de súbito en lo alto del árbol; Sancho había encendido la linterna de petróleo del doctor, para avisar a los de la casa que el tigre había caído en la trampa eléctrica. Seguidamente se oyeron voces, gritos y ruido de pisadas por entre el cafetal. Ojos de espanto, temblor de piernas, exclamaciones de horror, todo ello hubo a la llegada de los vecinos, entre los cuales iban Macario, Santiago, Policarpo y D. Gaspar, que estaban con el credo en la boca, temiendo que el tigre fuese a hacer una diablura con sus renombrados huéspedes.

La luz de la linterna les permitió ver un cuadro raro, terrible y por extremo interesante: el Dr. Quix, arrodillado en tierra, contemplaba radiante de gozo al tremendo animal, que en aquellos instantes empezaba a rugir y forcejear, tratando de librarse de los cordeles y hierros con que ciertamente estaba bien ligado.

—¡Oh, señores —exclamó nuestro egregio y afortunado cazador— saludemos con un hurra el soberano poderío de la Ciencia y el progreso!... Aquí tenéis, señor alcalde, esta hermosísima fiera, que gustosamente dedico al Jardín Zoológico de Mapiche. Mejor, no la conocen en Europa, ni creo que lo fuesen los mismos tigres enviados por Hernán Cortés al emperador Carlos V.

Policarpo, entusiasmadísimo, hablaba al gran Caballero en todas las lenguas, menos en español, para expresarle su admiración y lo satisfecho que estaba de haberle servido de *attaché* en los aprestos eléctricos, pues por lo demás, había creído lo más *chic* mirar los toros desde la talanquera.

Macario, atónito todavía, dio las gracias por el regalo, a nombre de la villa, y buscando luego a D. Gaspar, le dijo a media voz:

—Ahora sí, mi amigo, llegamos a dónde íbamos! — ¿Por qué, Macario?

—¿Dónde existe ni ha existido nunca tal Jardín en Mapiche? Aquí sí es verdad que torció la puerca el rabo.

—En poca agua te ahogas. Mañana mismo se da un decreto fundando el Jardín Zoológico de Mapiche, y santas pascuas.

Amarrado sobre unos palos, el tigre fue llevado en triunfo a la casita vecina, donde tenían cena preparada para los cazadores y su numerosa comitiva; pero como no ha de faltar alguna pena en las grandes alegrías, los pobres campesinos, dueños del conuco, que se veían libres de las garras del tigre, estuvieron a punto de perderlo todo en las llamas de un incendio.

La cocinita no estaba hecha para resistir tantos fogones: así fue que el vuelo de las chispas prendió el techo, y pronto el fuego tomó creces. A los gritos de alarma, D. Gaspar, con una rapidez y serenidad admirables, en medio de la confusión general, busca vasijas, las pone en manos y aprovechando el agua de una acequia que corría por el patio, empieza a apagar el incendio, poniéndose a la cabeza de la cuadrilla salvadora como un verdadero matafuegos, provisto de una tinaja, que llenaba y vaciaba con una destreza increíble, con aplauso de los atribulados circunstantes.

A la voz de fuego, el Dr. Quix había sido de los primeros en lanzarse a las llamas. Para una imaginación tan fosfórica como la suya, aquel espectáculo, en que se unían al bramido y siniestro resplandor de las llamas, los lloros y lamentos de las mujeres, los gritos y carreras de los hombres, y hasta los sordos rugidos del tigre aprisionado, lo sacó de quicio, y creyendo hallarse en uno de esos grandes incendios de Londres o Nueva York, corría como un fantasma por entre el humo y las llamas, alentando con estentóreas voces a los que trajinaban con el agua:

—¡Aquí bomberos!... Aquí de vuestro noble oficio. ¡Arriba valientes!...

En esto, se le prendieron las toquillas del sombrero de turista, que eran muy sutiles, y D. Gaspar, que tal ve, le tira encima una tinaja de agua, que lo baña de pies a cabeza, logrando así apagarlo por dentro y por fuera, pues con esta violentísima empapada le pasó el acceso de locura.

Apagado el incendio, aunque con pérdida de la cocina, y restablecida la calma, se cenó con lo que había quedado, que no fue poco, pues Sancho, en medio del conflicto, tuvo la valentía de entrarse a la cocina, y poner en salvo una gran olla de sancocho, cuyos vahos incitantes le habían llegado a las narices.

CAPÍTULO XXIV

De la última e inesperada aventura del Dr. Quix, y otros sucesos con los cuales termina su mal pergeñada historia

Cuatro semanas después de los sucesos narrados, la villa de Mapiche estaba completamente transformada para los que la conocían y vivían lejos de ella, como D. Manuel Alquiza: en materia de nombres, el progreso no había dejado títere con gorra. El Flamígero, en cada número, daba la noticia de algún nuevo adelanto. Pronto empezaron a llover sobre la villa los catálogos, circulares y anuncios de las fábricas extranjeras que están a caza de nuevas plazas de consumo para sus artefactos y productos de exportación.

Macario y los del Ayuntamiento, bisoños al principio en el arte de progresar al vapor, pronto comprendieron a fondo el juego, y empezaron a explotarlo a su gusto en el campo de la política, emancipándose de los consejos de D. Gaspar, quien nunca creyó que la broma tomase tales proporciones.

Tan peritos estaban, que de acuerdo con el maestro Toribio, y a escondidas de D. Gaspar, para que este no se les escapase, encajaron en El Flamígero un artículo en estos términos:

"Otro gran progreso. Siendo, por desgracia, muy frecuentes los incendios en la comarca, el ilustre Ayuntamiento, acogiendo el noble y humanitario pensamiento del eminente sabio Dr. Quix, ha tenido a bien decretar la organización de un Cuerpo de Bomberos, de acuerdo con los adelantos del siglo; y considerando el espíritu progresista del notable ciudadano D. Gaspar Umpierres, y los grandes y heroicos servicios que ha prestado en este ramo, desde luego lo ha nombrado con general aplauso Primer Jefe de dicho Cuerpo en el Cantón".

—¡Me han trabajado, mi amigo! —decía D. Gaspar al vicario, sin poder contener la risa, comentando dicho artículo—, esta ha sido la bomba más gorda de El Flamígero. Yo creía a Macario más pollo en estas materias, y resulta que me ha dado una picada de gallo fino!

—¿Y con qué pensarán comprar las bombas y sostener el Cuerpo? —preguntó el vicario con toda la sencillez de su buena fe.

—No sea cándido, mi amigo: le digo que todo es bomba y pura bomba.

¿Sabe usted lo que pienso hacer en ejercicio de mi cargo? Vivir prevenido de tinajas y totumas, para cuando ocurra el caso!

El Jardín Zoológico se había instalado con música, pólvora y discursos en el patio de la caballeriza del Cosmopolita, donde se construyó la jaula para el tigre. Con una dificultad tropezó el Ayuntamiento en el amplio sendero del progreso: la penuria del tesoro público, pues la rentas del Cantón no soportaban tales extraordinarios. Esta dificultad fue obviada con una gran medida, medida paternal y salvadora, aconsejada por economistas de nuevo cuño: se creó un impuesto más, con el nombre de Fomenticio, impuesto sagrado que debían pagar todos los vecinos por fas o por nefas, porque estaba destinado al progreso de la villa, representado por el momento en dos grandes objetos: el tigre, que pedía seguridad y alimentos: y El Flamígero, cuya impresión había que pagar semanalmente al maestro Toribio.

Los de la villa empezaron a refunfuñar contra el nuevo impuesto, aunque nadie se atrevía a hablar claro, por temor al calificativo de retrógrados.

No sucedió así en las aldeas, donde el Fomenticio levantó gran polvareda, polvareda que en el Granadillo formó un nublado, en medio del cual aparecía la figura del capitán Rodríguez, como un Júpiter pronto a lanzar rayos y truenos contra el gobierno del Cantón.

Tal era el estado de las cosas, cuando una noche — noche de oscurantismo y de barbarie, como la calificó el Dr. Quix— entraron a deshoras en la villa diez hombres embozados, que rodearon en silencio la casa y rededores del Cosmopolita. La población dormía en la mayor quietud: sólo D. Quijote velaba, trazando el plano de un gran Odeón para Mapiche, que había ofrecido presentar al Ayuntamiento. Cuatro hombres, ágiles como ardillas, saltaron hacia adentro por las tapias del corral, mientras los otros quedaron fuera, repartidos a trechos en la calle.

Ya hemos dicho que en el patio de la caballeriza estaba la jaula del tigre. Los embozados se deslizaron como sombras, pasando del corral a dicho patio, donde rasparon fósforos, encendieron dos luces y se acercaron a la jaula: el tigre se puso en pie y clavó en ellos sus ojos amarillos y siniestros.

Dos de los salteadores iban provistos de sendos palos, en que enastaron lanzas que llevaban al cinto, a tiempo que los otros levantaban las velas encendidas para alumbrar bien la jaula.

Los dos lanceros se cruzaron una mirada de inteligencia, brillaron en el aire los aceros, y con la celeridad del rayo fueron a clavarse en el cuerpo del tigre, el cual da un rugido espantoso y se lanza contra los barrotes de la jaula, donde acaban de matarlo sus misteriosos enemigos.

Con los formidables rugidos de la fiera, despiertan los de la casa y todo el vecindario, pero sólo D. Quijote se precipita del altillo, y corre al teatro del desastre, en momentos en que daban al tigre los últimos lanzazos.

—¡Ah, malandrines e infames asesinos!... —exclama, lanzándose contra ellos a puño cerrado.

En este preciso instante apagaron las luces, y uno de los matadores del tigre dio al valeroso Caballero tan fuerte golpe con el palo de la lanza, que lo tendió en tierra aturdido y bañado en sangre.

—Aquí de la justicia!... ¡Aquí del alcalde!... Pronto, señor hotelero, acudid con la servidumbre, que hay asesinos dentro de la casa!...

Oyendo estas voces, mezcladas con los ayes lastimeros que el doctor daba, acudieron el maestro Toribio y otras personas de la casa, y en último lugar Sancho, a quien se volvió D. Quijote, para decirle con doliente voz:

—Vuela, Sancho, a casa del alcalde, para que no se escapen estos malhechores. Mira, qué gran herida me han hecho en la cabeza.

Acercaron las luces, y en viendo Sancho la sangre que cubría el rostro del valiente Caballero, díjole indignado, pero con sorna:

—Quiero ahora saber, mi muy benigno señor, si aprisionados como lo merecen estos criminales, piensa su merced tomarlos de su cuenta, para tratarlos lo mismo que al Zorro, a vino y caldos de gallina.

—¡Ah, grandísimo bellaco! A palos los trataré yo si caen por mi mano.

A la noticia del tigre muerto y el Dr. Quix apaleado, la villa entera se puso en alarma. En la conciencia de todos estaba la verdad del hecho, que en público se tenía como un misterio. Aquellos hombres venían del Granadillo, y todos señalaban al capitán Rodríguez como autor de la tragedia del Cosmopolita, que acabó a lanzazos con el Jardín Zoológico. Pero nadie se atrevía a decir nada, unos por miedo al famoso caudillo, y otros, porque de todo corazón aplaudían el hecho. El sumario, instruido con gran aparato de justicia, no dio la menor luz, no obstante ser público y notorio que el capitán Rodríguez había dicho en plena plaza del Granadillo, protestando contra el nuevo impuesto:

—Ese tigre nos hace más daño enjaulado que suelto.

Por estos días había llegado a Mapiche, y hospedándose en el Cosmopolita, un maromero con un gran globo, en el cual ascendía, haciendo suertes.

Pronto salió el programa de la primera función, novedad que vino a distraer los ánimos, preocupados con el último suceso, pues ya no se habló de otra cosa sino del próximo espectáculo nunca visto en la comarca.

Santiago había abierto su taller de sastrería con el resonante título de El Figurín Parisiense, que todos juzgaron muy propio y verdadero, por venir el sastre directamente de Europa, inclusive Policarpo, quien al punto mandó a hacer un vestido chic, primero que se pondría cortado y hecho en el país.

Cuando ocurrió la tragedia del Cosmopolita, el vicario llamó a su ahijado, y le dijo:

—Guárdate, hijo, de mover tus labios contra mi compadre el capitán Rodríguez, que es hombre peligroso tratado por las malas. Ya sabes que la política es un torno que da vueltas sin cesar, y el día menos pensado lo podemos tener de alcalde. Prudencia, pues, y mucha prudencia.

Demasiado lo sabía Santiago: así fue que, sin meterse en hablillas ni enredos, se contrajo a prodigar con verdadera solicitud todo género de atenciones y cuidados a su excelente protector y amigo Dr. Quix, mientras sanaba de la herida.

Además, harto tenía él en qué ocuparse, pues todos sus pensamientos estaban en María, de quien dependía su suerte. A los veinte años, una preocupación de esta naturaleza es absorbente. Después del paseo a la Horqueta, vivía entre el temor y la esperanza. El paso más delicado e importante estaba ya dado: su amor no era ya un secreto para María, pero la visible sorpresa y turbación de esta, se prestaban a encontradas interpretaciones.

Hizo depositaria de sus impresiones a la buena Romualda, la cual recibió grandísimo gusto, aprobándole una elección tan feliz, en que ella había pensado más de una vez. Lo alentó y le dio esperanza; sin embargo, cuando Santiago le manifestó sus temores de que María correspondiese a Nachito, Romualda se llenó de congoja, e hizo propósito de averiguar lo cierto con las precauciones del caso.

Un sábado en la tarde, se presentó en la hacienda de D. Luis el sirviente del vicario, con una esquelita de este, que recibió y leyó María, porque iba abierta. Decía así:

"Mi querido cuñado: Interesa que vengas mañana con mi hermana Paula, pues estoy comisionado para tratar con ustedes un asunto de familia, relativo al porvenir de mi buena sobrinita María. Haz que venga también esta, porque debemos oír su parecer. Tu afectísimo. Juan".

María se demudó al instante, y anegada en llanto entregó el papel a su madre, que lo leyó con rapidez, esperando hallar en él alguna mala noticia.

—Pero, hija ¿por qué lloras? Este llamato no tiene nada de particular.

—¡Ay, mamá! Sí tiene, y mucho: yo adivino para lo que puede ser. La última vez que me habló Nachito, me dijo que si no le daba directamente el sí, se valdría de su padre para que pidiese mi mano formalmente...

—¡Del capitán Rodríguez!... ¿Eso te dijo?... —exclamó atribulada doña Paula.

—Sí, mamá, y yo les había ocultado esto, para no mortificarlos, porque comprendo lo grave que será darle un no al capitán. De seguro, que él mismo o Nachito se han dirigido ya a mi tío, y para esto nos llama.

Madre e hija se llenaron de angustia, y lo mismo pasó a D. Luis, cuando se impuso de la esquela y de los fundados temores de María, pero dejándose llevar del cariño entrañable que a esta profesaba, le dijo con resolución:

—Cuenta, hija, conque si tú no aceptas a Nachito, porque no sea de tu agrado, aunque rabie y truene el capitán Rodríguez, le daré un no rotundo. En fin, mañana se verá.

Todos pasaron una noche de inquietud y zozobra: el bravo capitán era su pesadilla.

El día amaneció hermoso. María mañaneó más que de costumbre, cogió las mejores flores del jardín y se las puso a la Virgen, encendiéndole varias luces en el altar, para que los sacase con bien del peligroso trance.

Cuando llegaron a la casa del vicario, este los recibió cariñosamente en el zaguán, y D. Luis y doña Paula se entraron con él a la sala, mientras María, llamada por Romualda, se fue con esta para el interior de la casa. Después de los cariños de costumbre, la anciana puso las manos sobre los hombros de la hermosa niña, y se quedó mirándola fijamente: en su rostro amable se pintaban con extremada viveza la curiosidad, el temor, la súplica y una secreta alegría.

—Dime, hijita —le dijo por fin— ¿no has pensado nunca en casarte? Hoy van a pedir tu mano...

María la miró estupefacta, e iba a pedirle explicaciones, cuando oyó la voz de su madre que la llamaba con instancia.

La joven entró a la sala de la vicaría, temblando de pies a cabeza, y pálida como un cadáver.

—Tranquilízate, hija —le dijo doña Paula— Mi hermano nos pide tu mano ciertamente, pero no para

Nachito...

—¿Y entonces para quién? —preguntó ella respirando con libertad.

—Para su ahijado Santiago García. La transición era demasiado violenta.

En el semblante de María, lleno de sorpresa y de infinito gozo, y a través de las lágrimas que lo inundaban, leyeron sus padres y su buen tío, la íntima aceptación de su propuesta.

—¡Yo siempre lo he querido!... —dijo María, echándose en los brazos de su madre, que lloraba también de contento.

Fue aquel un día de gran regocijo en la casa del vicario, quien se ocupó en arreglar con D. Luis y doña Paula todo lo concerniente a la próxima boda, contando para ello con los trescientos pesos que había reunido, y se conservaban intactos en poder de D. Manuel.

Santiago y María, entretanto, hablaban de amor y de ventura bajo la poética sombra de las trepadoras y los rosales, en que jugaron de niños, oyendo el tic-tac del reloj de la vicaría, y fraguando planes contra los dulces y golosinas guardados en las alacenas del comedor. Romualda, llena de alegría, preparaba el almuerzo con los extraordinarios que el caso pedía, con tanta mayor razón cuanto que el vicario había mandado recado a Macario y a D. Gaspar, para que viniesen a almorzar, deseando compartir con ellos las gratas impresiones de aquella fiesta de familia.

De sobremesa estaban, cuando llamaron a Macario, de parte del maromero, quien lo esperaba en el zaguán de la casa.

—Oh, señor alcalde, vengo a imponerlo de un asunto, y a salvar mi responsabilidad.

—¿De qué se trata, amigo?

—Es el caso que estaba yo en el hotel desenfardelando el globo, y haciendo otros preparativos para la ascensión anunciada, cuando repentinamente se me acercó el Dr. Quix, diciéndome que costara lo que costara, el globo quedaba de su cuenta, y que procediese a inflarlo, porque iba a hacer una excursión científica por los aires. Yo, con el respeto debido, traté de disuadirlo de tal empresa, pero ha insistido con tal resolución, que allá ha quedado solicitando la barquilla.

Tanto el alcalde como el padre Juan, D. Gaspar y Santiago, que habían salido al llamato del maromero, oyeron a este con gran sorpresa.

—Eso es una locura —dijo el vicario— y debe impedirse a todo trance.

—Eso mismo creo yo —agregó el maromero— y por eso he venido a avisarlo al señor alcalde, para que ordene lo conveniente.

—Pues yo opino porque hay que darle gusto —dijo D. Gaspar—. ¿No ven ustedes que se trata de una expedición científica, dirigida en persona por el ya célebre inventor del heliógrafo, cazador eléctrico, sabio eminente y viajero universal Dr. Quix? ¿Qué se diría en el mundo moderno si aquí le impidiésemos tal empresa? Por el contrario, creo que debemos ayudarlo a conseguir su objeto, en obsequio de la Ciencia y del progreso.

Ante estas dos palabras, como si fuesen un conjuro mágico, todos inclinaron la cabeza. Macario fue el primero en romper el silencio, dando orden terminante al maromero de que inflase el globo y accediese en todo a las exigencias del doctor, con lo cual se haría partícipe de tan gloriosa empresa.

Uno y otro se fueron en seguida para el Cosmopolita, y D. Gaspar quedó con el vicario y Santiago comentando el peregrino caso.

—No tengan ustedes cuidado por la vida de nuestro atolondrado doctor: secretamente advertiremos al maromero, para que fije una cuerda en la parte inferior de la barquilla, de suerte que el globo quede cautivo, y vuelva a tierra con toda seguridad.

En esto llegó a la vicaría el maestro Toribio, en solicitud de D. Gaspar, para que lo sacase del aprieto en que lo había puesto el Dr. Quix, encargándolo de conseguir la barquilla.

—La cosa no es tan fácil —dijo D. Gaspar— pues tiene que ser de mimbres o de cuero, hecha a propósito. ¿Qué haremos, mi amigo?

—Al maromero se le ha ocurrido que pueda servir un catre de cuero patas arriba, pero yo no me atrevo... en fin, a eso vengo.

—¡Magnífica idea! No puede darse una barquilla más liviana ni más sólida, y además, ya está hecha. Que arreglen el catre y yo respondo del resultado.

El maestro Toribio no esperó más, y se fue contentísimo a poner en ejecución la salvadora idea.

Horas después, la plaza estaba repleta de gente: el enorme globo empezaba a cabecear en el aire, inflándose con lentitud. El Dr. Quix iba y venía, completamente enajenado, acomodando los instrumentos científicos en la improvisada barquilla. Sancho, que se había negado rotundamente a subir, cuando supo por Santiago, en mucha reserva, que el globo no pasaría de cierta altura, porque lo iban a tener amarrado, se resolvió a echarle un vistazo a la tierra desde lo alto, lo que vino a ser de gran conveniencia, puesto que el Dr. Quix era liviano como una pluma, y el globo necesitaba lastre.

El momento anhelado llega: el globo está completamente inflado; y reina un completo silencio. De pronto crujen las cuerdas, se oye un grito inmenso, y todas las caras se vuelven hacia arriba: el globo subía rápido y majestuoso, llevándose a los dos atrevidos aeronautas en el catre-barquilla.

A poca altura, el globo se detiene, tirado por la cuerda que ha quedado fija a una estaca en el centro de la plaza. Entonces el intrépido aeronauta, que advierte el obstáculo, con la celeridad del pensamiento, saca su navaja de turista, y de un tajo corta la tirante cuerda: el globo da una tremenda embestida y se lanza libremente en el espacio con una velocidad vertiginosa.

—¡Misericordia!... —gritó Sancho tendido en el fondo del catre, en tanto que D. Quijote, erizados los cabellos y centellante la mirada, le decía con voz de trueno:

—¡Arriba, Sancho! Prepara el termómetro porque vamos a tomar de cerca la temperatura del sol!...

Policarpo, cansado de esperar la vuelta del Dr. Quix, de quien no se tuvo más noticia, resolvió en noche de nostalgia y de absintio, abandonar su patria latino-americana, tierra de pigmeos y salvajes, como la llamaba él, para volverse con su fardo de ideales a vivir entre los civilizados habitantes del norte.

Lola, la pobre Lola, víctima de una educación funesta, herida en la mitad del alma y desilusionada de la vida superficial y ostentosa del gran mundo, cambió por completo de carácter e ideas, volviendo a las sencillas costumbres de su pueblo, y abriendo otra vez su corazón a los afectos de la tierra nativa, como único consuelo en su irremediable infortunio.

La villa de Mapiche continuó, sin embargo, disfrazada con la brillante nomenclatura moderna introducida en tiempo del Dr. Quix, y El Flamígero, que salía de cuando en cuando, convertido en la fugaz hoguera de donde salía todo este humo de paja.

Pero no es de admirar que el maestro Toribio, la Toña y otros cándidos, viviesen muy orondos con su nuevos títulos y letreros, sino que el mismísimo D. Gaspar, iniciador de la comedia, llegase a confesar, en serio, que sentía cierta satisfacción inexplicable cuando le daban oficialmente el ilusorio título de Primer Jefe del Cuerpo de Bomberos! Esto nos prueba, querido lector, que el mal es contagioso; de donde resulta que en estos dichosos tiempos de evolución y cosmopolitismo, todos, cual más cual menos, profesamos y seguimos, como el Quijote moderno, la Orden Caballeresca del progreso Onomástico.

Fin

Libros Mablaz

Ciencia Ficción y Fantasía

http://librosmablaz.com/

Libros Mablaz CLÁSICOS de Ciencia Ficción recuperados

http://librosmablaz.com/

Libros Mablaz

Narrativa — Relatos

/www.librosmablaz.com/